No contar todo

No contar todo

EMILIANO MONGE

LITERATURA RANDOM HOUSE

Parte de esta obra literaria se realizó con el apoyo del Fondo Nacional para la Cultura y las Artes, a través del Sistema Nacional de Creadores de Arte.

No contar todo

Primera edición: septiembre, 2018

D. R. © 2018, Emiliano Monge
Indent Literary Agency,
1123 Broadway, Suite 716,
New York, NY 10010

D. R. © 2018, derechos de edición mundiales en lengua castellana:
Penguin Random House Grupo Editorial, S. A. de C. V.
Blvd. Miguel de Cervantes Saavedra núm. 301, 1er piso,
colonia Granada, delegación Miguel Hidalgo, C. P. 11520,
Ciudad de México

www.megustaleer.mx

ISBN: 978-607-317-000-0

Impreso en México – *Printed in Mexico*

El papel utilizado para la impresión de este libro ha sido fabricado a partir de madera procedente de bosques y plantaciones gestionadas con los más altos estándares ambientales, garantizando una explotación de los recursos sostenible con el medio ambiente y beneficiosa para las personas.

Penguin
Random House
Grupo Editorial

A Rosa María García.
Y a Diego, Ernesto y Carlos Monge.

Pero, ¿por qué me demoro en otro? Si yo mismo tengo el poder de metamorfosearme, aunque sea contadas veces.

OVIDIO,
Metamorfosis

El mundo es sólo una palabra.

SHAKESPEARE,
Timón de Atenas

La historia no son los sucesos

"¡Rasputín, Monge Maldito!" Con este titular, acompañado por el retrato de mi abuelo en primera plana, abrió su edición el primer periódico de nota roja de la ciudad de Culiacán, Sinaloa, el 13 de marzo de 1962.

Cuatro años antes, apenas unos días después de que el último de sus hijos cumpliera los siete años, mi abuelo se había levantado de madrugada, se había bañado con agua helada, había desayunado los restos de la cena anterior —*sin encender ninguna luz de la casa*, le gustaba recordar a mi abuela— y se había marchado, convencido de que lo hacía para siempre.

Una hora más tarde, con el sol todavía escondido tras la Sierra Madre, Carlos Monge McKey llegaría a la cantera que por entonces regenteaba y que pertenecía al hermano de su esposa, es decir, de mi abuela, Dolores Sánchez Celis. Ahí estacionaría su camioneta, se bajaría empuñando una linterna, comprobaría que no hubiera nadie más en aquel sitio y dirigiría sus pasos hacia su minúscula oficina, donde lo esperaba el cuerpo del hombre que la tarde anterior había comprado.

Con el cadáver echado sobre un hombro, cargándolo más como un tablón que como un bulto, Carlos Monge McKey, quien dejaría muy pronto de usar su primer apellido, quedándose tan sólo con el que heredara de su madre, volvería sin prisa hasta su vieja camioneta. Allí, embebido de coraje por no haberlo previsto —era incapaz de apartarse de la tradición de estallidos repentinos de su estirpe—, se vería obligado a hacer crujir las coyunturas y a romper no pocos huesos del occiso, cuyos despojos ya había reclamado el *rigor mortis*.

Quizá porque a mí —que lucho contra el ángel vengador que el apellido me impusiera intentando negarle a cada acto, cada instante que comparto y cada sentimiento que demuestro ante los otros la seriedad que ellos erigen como templos— me habría sucedido, siempre he querido imaginar que en aquel instante fundacional, mientras mi abuelo se peleaba contra el nervio de la muerte, fue capaz de poner pausa a su coraje y de reírse.

Reírse de sí mismo forzando, por ejemplo, una comparación en la que otro forzaría una consecuencia: que Carlos Monge McKey, a punto de convertirse en otro hombre, destrozando las rodillas de un muerto cuya muerte será siempre un enigma, sonrió evocando a su abuelo: aquel carnicero que, a finales del siglo XIX, abandonó Irlanda y la familia que ahí tenía para marcharse a California. O para cambiar el escenario de sus días: ¿cómo explicar, si no, que varias semanas después desembarcara en Sinaloa y se quedara a vivir en aquel sitio, para él hasta ese día inexistente, peor aún: ni siquiera imaginado?

Pero aunque Carlos Monge McKey terminaría siendo un hombre de reírse a carcajadas y de hacer también reír a otros hasta el borde del desmayo, según me contarían sus compañeros del asilo en donde yo mismo habría de recoger las cosas que él atesoraba —un frasco lleno de canicas, los retratos de media docena de mujeres, dos mazos de tarot, un cartucho de dinamita, una bolsita llena de cenizas, un puñado de credenciales expedidas a nombres diferentes, los remedos de las tres libretas incompletas que querrían haber sido un diario, una pelota de beisbol firmada por varios jugadores de los Astros de Houston, una caperuza de cuero diminuta, los zapatos que mi abuela calzó el día que se casaron y un frasquito lleno de piedras biliares—, Carlos Monge McKey aún no lo era.

Así que no, no consigo imaginar a mi abuelo riendo al empotrar un muerto en el que había sido su asiento. Porque a pesar de que estaba emocionado, Carlos Monge McKey se mantenía circunspecto mientras colocaba las manos del occiso en el volante: los años de actuación habían sido demasiados y todavía llevaba puesta la máscara elegíaca que los hombres rotos al nacer siempre utilizan. Y es esta misma máscara la que permitirá que mi abuelo saque su pistola, la enfunde en el cadáver, quite el freno y deje que su vehículo descienda la pendiente, de tierra seca, dura y pedregosa, hasta empotrarse en el precario polvorín de la cantera.

Instantes después, con la indolencia de los hombres que conocen el temperamento de la pólvora, con la alegría contenida de los seres que se convencen de estar dándole la vuelta a su destino, Carlos Monge McKey caminará hasta el lugar del accidente, colocará una carga de explosivos en su vehículo y desenrollará el carrete de la mecha, alejándose de nuevo, y esta vez, quizá, sonriendo: estaba a punto de estallar el hombre que había sido por designio, por herencia, porque sí.

Guarecido detrás de un enorme bloque de granito, mi abuelo deja el carrete un momento, mete la mano, aquella que no carga la linterna, en su bolsillo, saca un minúsculo paquete, enciende el cerillo que crepita entre sus dedos, lo acerca a la punta de la mecha, ve correr la chispa, casi viva, sobre el suelo y contempla la explosión como contempla el mar quien por primera vez lo tiene enfrente.

Tras el fuerte estallido, que sin embargo no escucha nadie más pues la cantera está a medio camino de llegar a ningún sitio, mi abuelo observará el ascenso de las llamas un buen rato y verá después cómo las sombras se retiran de la tierra, dejándole lugar a la mañana. No habrá de irse hasta pasadas un par de horas: necesitaba estar seguro de que no quedara nada que no fueran las certezas de su muerte.

Y por supuesto no hubo otras certezas. O por lo menos no en el comienzo: no durante trece, catorce o quince meses. Entre otras cosas, porque el día de la primera de las muertes de mi abuelo, los peritos que llegaron hasta el sitio del desastre, con quienes había hablado personalmente su cuñado, Leopoldo Sánchez Celis, gobernador constitucional del estado de Sinaloa, encontraron, entre todo el trocerío, la pistola retorcida y chamuscada que Carlos Monge McKey siempre había llevado al cinto. Un arma que su familia y sus amigos habían visto cien mil veces.

Pero esto que aquí apenas he esbozado no es lo que importa. Éstos solamente son los acontecimientos. Y los acontecimientos nunca son la historia. Ni siquiera los hechos son la historia. La historia es la corriente invisible que mueve todo en el fondo. La historia es por qué mi abuelo intuía, como lo haría un animal, que tenía que marcharse. Igual que mi padre tuvo, muchos años después, que hacer lo mismo. Y como yo hice llegado mi momento.

Aquí la historia, escondida en los sucesos y eventos que la envuelven, como envuelve el corazón de una cebolla cada una de sus capas, es una impresión. El esbozo de un latido: un presentimiento, en el sentido estricto del término. El mismo presentimiento que, sin ser nunca por nadie referido, sin ser jamás nombrado en voz alta, pasa de un miembro a otro miembro de una misma estirpe, una estirpe que en este caso es la mía.

Sé que al escribir sobre este presentimiento les impongo, a todos aquellos que comparten conmigo un lazo familiar, voluntario o involuntario, mucho más que un malestar. Ellos podrán preguntarme: ¿quién eres tú para hacer esto, para apropiarte a nuestros viejos, nuestros padres, nuestros hermanos, nuestros hijos? Yo mismo lo pensé durante años: ésta no es mi historia. Pero un día también oí el presentimiento. Y esta historia se hizo mía.

Respirando puras sombras

I

Debían ser como las siete de la noche, o las ocho, cuando sonó el teléfono.

¿Pusiste café?

Café, café. No esa mierda que tú tomas.

Contestó tu tía Silvina, había habido un accidente, una explosión. En la cantera de Polo. Tu abuelo estaba muerto.

Sí, sabe a café.

El que habló fue el tío Raúl, tu tío abuelo, quiero decir. No mi hermano.

Claro que no lo conociste, era un idiota. No servía ni para dar una noticia. Le dijo a Silvina: *¿te acuerdas de tu papá?* Hazme el chingado favor: *¿te acuerdas de tu papá? Le explotó la dinamita y no quedaron ni los huesos*, así le dijo.

Cuando Silvina colgó, no podía ni hablar.

Ya sabíamos cómo era: siempre le pasaba cuando algo malo había pasado. Así que todos, tus tíos, tu bisabuela, tu abuela y yo, que estábamos cenando, nos paramos y corrimos hacia ella, al rincón donde teníamos el teléfono.

Es un decir, Emiliano: no sé si todos nos paramos, no sé si corrimos.

¿Cómo voy a recordarlo así de exacto?

Tu bisabuela, por ejemplo, estoy seguro que no lo hizo. ¿Cómo iba a pararse si no lo había hecho en varios años?

Decían que tenía un problema en la cadera, algo médico, igual que en las rodillas. Pero no creo. Para mí era el sobrepeso. De lo gorda no podía ni levantarse.

¿Vamos al sillón? Las sillas estas me lastiman.

No, ni siquiera comía tanto. Era igual que mis tías o que las tuyas. O como tus primas. Las gordas de nuestra familia no son gordas por comida, son gordas porque sí. Las ves comer y hasta dan pena: como pajaritos. Se sirven y sus platos parecen un juguete. Y no repiten nunca. Fíjate y verás.

Aunque igual y comen a escondidas, qué va a saber uno. Tal vez cuando nadie está mirando. Eso es, esperan a estar solas y terminan con el refri, la alacena y las tienditas. Y es que una cosa era mi abuela, en esa época, y otra las gorditas estas de ahora. Si hasta se operan y siguen siendo obesas. No sé cuántas madres les han hecho en la barriga —que si globos, que si grapas, que si cortes— y míralas. Si te alcanzan los ojos para verlas, claro.

No, no es eso. No me estoy haciendo. Nomás estaba señalando. Además, tú eres el que siempre está diciéndome lo mismo. *¿Y cómo está la piara de ballenas?*

Te dije que el sillón era más cómodo. Se lo compramos al vecino. El pobre Pedro perdió todo y nos dejó éste casi regalado.

¿Y cómo está la fábrica de burros?, también eso me preguntas todo el tiempo. De los idiotas, los tarados que dices que son tus tíos y tus primos. Si a tus hermanos nada más porque los guardas en vitrina.

Pues ni siquiera es que me pongas muy difícil demostrártelo. ¿O no decías ayer, cuando llegaste, que Nachito es asombroso? *Un imbécil de proporciones milenarias*, aseveraste. Luego me enseñaste los videos esos que hace, los del *coaching*, ¿no? ¿No fue así que me dijiste que se llama eso que él hace?

Eso, eso te dije entonces y ahora mismo lo repito. Si se pone eso de moda, tu pinche país al fin se habrá aceptado a sí mismo.

Ya, ya sé que esto es en serio.

¡Si hasta viniste! Estamos sólo a cuatro horas y nomás te me apareces cuando estás buscando algo. A ti te mueve el interés, Emiliano. O la ambición pura y pelona, que es todavía peor. Siempre has querido más de lo que tienes.

Que ya lo sé.

Sí, voy a hablarte de ese día y de todo lo demás. De la guerrilla y de la cárcel. También de Sinaloa, de tu otro abuelo y de por qué me fui de México. Ni que fueras de esos escritores que nomás andan buscando ajustar cuentas con su padre, ¿verdad? Tú eres más inteligente que todo eso. ¿O no?

Lo que sí voy a decirte de una vez es que esa otra tontería del narco y lo de Félix Gallardo son mentiras.

No, no me estoy adelantando. Nada más quería dejar esto bien claro.

Pues tú puedes enseñarme esa revista pero ya veré yo si lo creo. Tu abuelo Polo nunca anduvo en eso. Tu abuelo Polo nunca mató ni mandó matar a nadie. Por lo menos no sin un motivo.

Claro que hay motivos suficientes. Ahí está el doctor aquel que la debía. Ese cabrón había empezado. No sólo operó mal al tío Pifas, sino que hizo eso adrede. Y eso sí que no se vale. Imagínate que entras nada más por un problema y sales luego sin ninguno.

Está bien. Vámonos en orden. O en tu orden. Además de ambicioso, siempre has sido impositivo, Emiliano. Desde que estabas en el kínder nos llamaban por lo mismo. El abogadito, te apodaban las maestras. Impositivo, nervioso y terco. Igualito que tu madre.

Ya te dije que sí. Nada más te estoy jodiendo. Iré por partes. Tráete más café y te cuento de tu abuelo. Y las galletas esas de la mesa, las que todavía puedo.

II

No te las comas.

Asquerosas, sí. Dice el doctor que son las únicas que puedo. Pinches divertículos de mierda, literalmente.

¿Qué te decía?

Exacto.

El asunto es que tu abuela llegó hasta Silvina antes que el resto; así sucede con las madres, ¿no? ¿O vas a hacer como que tú no sabes de eso? Le preguntó cinco, seis, siete veces: ¿qué dijeron?, y después, desesperada, le arrebató el teléfono.

Pero ya no había nadie del otro lado de la línea. El tío Raúl llamó, escupió lo que pudo y como pudo: *no quedaron ni los huesos*, y antes de que fueran a pasarle a un adulto echó a correr tan lejos como pudo.

Sí, así lo creo.

Pero tampoco es que le esté haciendo al adivino. De sobra sé cómo actúan los Monge. Y tú también lo sabes, así que qué le haces al cuento. O no me dices siempre que no ha habido ni uno solo que se enfrente a sus problemas.

Está bien, también a eso llegaremos.

La cosa es que tu abuela, desesperada, empezó otra vez a sacudir a mi hermana, que seguía llorando muda. Pero ni así logró que reaccionara. Por eso fue que empezó a darle, a pegarle cada vez más fuerte: *¿Qué pasó? ¿Qué te dijeron? ¿Quién chingados era?*

Claro que pegaba. Era una madre sinaloense. Además, lo disfrutaba. Siempre he pensado que en el fondo le encantaba. No, no únicamente en el fondo. Lo disfrutaba desde que algo le decía: eso es, podrás pegarle. Quizá porque habían sido muchos años de vivir junto a mi padre. Pero quizá también porque era así.

Lo que no gozaba tu abuela era el cariño. Clarito la oigo cómo siempre nos decía: *besos, dos al año… en mi cumpleaños y en los suyos.* No le gustaba el contacto. A menos que éste aleccionara, a menos que éste lastimara. Tú seguro no te acuerdas, pero no cargó a ninguno de sus nietos.

No, ni una sola vez aceptó hacerlo. Ni a Ernesto, que había sido el primero.

Tampoco con tu abuelo. Con él era lo mismo: jamás los vi tocarse. Mucho menos abrazarse o darse un beso. Y no digo que en la calle. Te digo que así era hasta en la casa. Eran dos cuerpos cercanos pero extraños.

Sí, por eso fue tan raro verla destrozada. Porque apenas tu tía logró decirnos: *está muerto, papá está muerto,* tu abuela la hizo a un lado, la aventó nomás a un lado, se apoyó en la mesita del teléfono, movió los labios sin decir ni una palabra y se desplomó sobre la alfombra, arrastrando varias cosas en su caída.

¿Cómo voy a recordar qué cosas eran, Emiliano? Acababa de escuchar que tu abuelo estaba muerto.

No seas pendejo. Para ser inteligente te hacen falta sentimientos. Sentimientos por los otros. No por ti mismo, ésos claro que los tienes. Y muy bien desarrollados. ¿O no fuiste para eso a las terapias?

Sí, tienes razón.

En las dos cosas.

Me estaba desviando y también puede ser que eso suceda. Ahora que lo dices y lo pienso, me brinca de la nada un cenicero. Un cenicero de vidrio verde y grueso. No me acuerdo en realidad del cenicero, pero me acuerdo del sonido que hizo al destrozarse. Y de que pensé, mientras pensaba en mi papá, que mi madre iba a cortarse.

Está cabrón. Lo recuerdo y otra vez lo siento. Otra vez siento que ese día sentí que sería peor que se cortara mi mamá a que mi papá estuviera muerto. Por eso no empecé a llorar hasta no haber recogido los pedazos.

Claro que lloré y como un pendejo. Llevé a tu abuela hasta su cuarto y no paré en toda la noche. Iban llegando los tíos, los primos, los amigos y yo seguía llore que llore. Estoy seguro que, al final, fui el que más lloró de todos. Sin contar a tu abuela, que se siguió derecho el velorio, el entierro y los diez días de rezos.

Ya, ya sé que no son competencias.

¿Cómo crees que voy a estar diciendo eso? ¿No conoces a tu padre o qué te pasa? Además, ¿qué ganaría? Para que una competencia con tus tíos fuera justa, tendría antes que darme un derrame. Ganarles es como ganarle a hacer sumas a un caballo.

Tienes razón, las bromas luego. Aunque sean sólo las mías, porque tú sí que las haces cuando quieres. ¿O no dijiste que tu tío no podría enumerar cuatro vocales?

Es lo mismo que con tu orden, el cual, por cierto, no comprendo. ¿Por qué quieres empezar en éste y no en cualquier otro momento? Cuando volvió tu abuelo a aparecer, por ejemplo. O cuando volvió de nuevo a irse.

Eso es justo lo que digo. Que eso es más interesante: cómo volvió el cabrón de Carlos Monge.

Vamos allá afuera y te lo cuento.

III

Sí, se pone bueno a esta hora. Pero en un ratito quema.

Por eso puse el techito ese, jalas de esa cuerda y corre encima de las vigas.

Sin que nadie me ayudara. ¿Sabes cuánto te cobran aquí por hacer esto? Una fortuna. Y ni siquiera es que venga un español, viene un boliviano.

No, no digo eso. Si viniera un español sería aún peor. Tendría encima que aguantarlo. Lo que digo es que no tiene sentido que me cobre un boliviano, a mí que soy mexicano, en euros. Eso es todo lo que digo.

No me digas, cabrón.

Sé perfectamente dónde vivo, Emiliano. Además, ¿qué chingados vas tú a enseñarme? Yo por lo menos he sido congruente. No como tú. Muchas palabras, pero puros privilegios.

Lo sabrías si alguna vez vinieras. Aquí vivimos con lo justo.

Yo por qué tendría que ir si soy el padre. Y voy a serlo para siempre.

Pues sí. También él será mi padre para siempre.

No es lo mismo. Yo no tenía nada a qué ir a verlo.

Sí, mejor volvamos a eso otro.

Habían pasado dos años y medio. Igual un poquito más. Pero no tres, tu abuelo no llegó a estar muerto ni tres años.

Claro que lo habíamos olvidado. O no olvidado. Pero no era que pensáramos en él todos los días, no como al comienzo, sobre todo allá en El Vainillo. Ahí fueron los rezos y también ahí nos quedamos casi un mes entero, con la tía Prici.

Sí, la de los mangos.

Ella fue quien le hizo a tu abuela los vestidos de su luto. Hasta camisones negros le cosieron. Y es que Dolores, así como lo escuchas, anduvo vestida de negro todos esos años. En Sinaloa y en el D. F., donde nadie sabía nada de nosotros, donde no tenía que andarlo presumiendo.

Presumiendo, ¿eso dije?

Me da igual. Si hasta lo creo. Muchas veces he pensado que en lugar de lamentarlo lo andaba presumiendo. Igual que a veces he pensado que tu abuela no anduvo llorando por el muerto, sino que anduvo llorando por sí misma. No por su esposo, sino por haberse ella quedado sin esposo.

¿Qué coartada? Qué pendejada estás diciendo. Además ése es otro asunto. Y como dices, también a eso llegaremos. O llegarás tú sin mi ayuda. Porque yo en eso sí que no pienso meterme. Estarte hablando de esto para mí es suficiente. Contarte cómo había cambiado todo y cómo fue que revivió es más que suficiente.

Sí, sí. Sigamos.

¿Ves cómo el sol empieza a estar canijo?

Cuando al fin se terminaron los diez días de los rezos, el tío Polo apareció en El Vainillo se encerró con tu abuela un par de horas, nos llamaron a la sala y anunciaron que fundían en una sola las familias. Además de Raúl, Silvina y Nacho, mis hermanos fueron a partir de ese momento Jaime, la Nena, Polito y el Gordo. Y a partir de ese momento, también, mi tío sería mi padre.

¿Qué chingados tiene eso que ver?

Pues si eso dije lo sostengo. También Polo fue mi padre para siempre.

Y si vas a estar hinchándome los huevos, le paramos. Porque, claro, tú si puedes hacer bromas.

Está bueno. Pero ni una más y en serio, estoy hablando en serio.

Así como lo escuchas. Nos subieron en el carro y nos llevaron de El Vainillo hasta la casa del tío Polo. Nuestros primos ya sabían. Nos estaban esperando con regalos.

Es un decir, claro. A mí me tocó compartir cuarto con Jaime, Nacho y el Gordo. Los demás no me acuerdo cómo fue que se apretaron.

No, no volvimos a entrar en nuestra casa. No volvió a pisar ninguno aquel lugar en donde habíamos recibido la noticia. Nos trajeron nuestras cosas los guaruras del tío Polo, que entonces gobernaba Sinaloa. Tu abuela hasta cerró el restaurante que tenían en el centro.

Así estuvimos un par de años, arrimados. Y por supuesto, lo que al principio había sido emocionante, se fue volviendo insoportable poco a poco. Casi cualquier buen sentimiento, si lo raspas diariamente con la convivencia, se convierte en rabia o en resentimiento.

Pues según el lado que te toque. O según lo que te toque.

Y por supuesto, a los primos siempre les tocaba más de todo. Pero además, como en realidad todo era su lado, sentían que su más tampoco era para tanto, que tampoco era suficiente. Para nadie podía ser justo nada.

No te digo que hubiera problemas, te digo que de pronto siempre estábamos a punto de que todo se convirtiera en un problema, de que todo estallara. Menos con Jaime, Jaime y yo nunca tuvimos problemas.

Entre otras cosas porque no nos acercábamos al resto de los hermanos. Ni a los suyos ni tampoco a los míos. Desde entonces nos sabíamos diferentes.

Sí, está bien. Nos sentíamos diferentes. Como tú, cabrón. ¿O no es verdad?

¿Ah, no? Se te olvida con quién hablas.

Pero bueno. El asunto es que nos sentíamos diferentes de esa bola de cabrones desvalidos. De esos chamacos chiqueados por sus madres. Imagínate una casa con dos madres. Imagínate el horror que aquello era. Además, con un papá que se había muerto y otro que nomás aparecía de vez en cuando.

Jaime y yo preferíamos pasar las tardes lejos de la casa o acompañando a los guaruras del tío Polo. Por eso fue que a los dos, en ese entonces, nos enseñó el Félix a tirar con su pistola.

Sí, Félix Gallardo. El mismo. Pero ya te he dicho muchas veces que entonces no era nada de todo eso que sería, que nomás era un guarura. Lo que pasó después ya es otra cosa.

Y no te creas ni siquiera que él era el mejor de esos cabrones. Había uno al que llamaban la Gallina, que le daba a cualquier cosa. Ese cabrón podía atinarle a lo que fuera. Sólo a ti te he visto luego esa puntería. Pero tú, claro, el niñito asustadito, no quería ni usarla.

Tenía en el cuello, la Gallina, una enorme cicatriz que daba miedo. Decían que le habían dado un balazo en un enfrentamiento. Que se había metido un dedo en la herida y que así, sangrando, había tenido tiempo de chingarse a tres cabrones.

Tienes razón. Otra vez me estoy desviando. Pero éstas no son tonterías. Éstas son cosas que importan.

Tu puta terquedad me va a acabar hartando. Y a ver entonces quién te cuenta nuestra historia.

Ya, ya me dijiste que la historia no es lo que te importa. Pero eso no quiere decir que yo lo entienda. Que entienda qué chingados quieres.

Está bien. Nomás espero no entenderlo tarde.

IV

Aquella situación no podía aguantarse mucho tiempo. Por suerte, como a los dos años de vivir ahí arrimados en la casa del tío Polo, tu bisabuela, que vivía en el D. F. porque ahí estaban sus doctores, se puso todavía más mala y nos tuvimos que mudar para cuidarla.

Cáncer. El soberano de todos los males. Así le dicen, ¿no? ¿O era a ti al que así llamaban tus hermanos?

¿No lo sabías?

Pues ya lo sabes. Como decía tu abuelo Polo: *no pregunto, vaya a ser que me informen.* Y tú estás aquí haciendo preguntas. Así que algunas cosas que no quieras también vas a masticar y a tragarte, Emiliano.

Pero bueno, el asunto es que así fue como tu abuela, tus tíos y yo llegamos a vivir a la ciudad, sin conocerla, sin haber estado ahí más que una vez de vacaciones y, otra vez, sin ni siquiera haber hecho las maletas.

Nos llevaron, por supuesto, los guaruras de Polo. En carro. Un viaje que por entonces era interminable. Tan largo que uno debía partirlo en dos jornadas. Fue por eso que dormimos en Jalisco.

No, no en Guadalajara. Tu abuela se entercó en pasar a una iglesia de la que su madre hablaba siempre. Dolores, que nunca había sido creyente de adeveras, de pronto quería pedir por la enferma. Talpa, así se llama el sitio ese miserable y horroroso al que tu abuela ya no dejó de ir nunca, después de aquella noche.

Quién sabe qué le pasó ahí, pero nomás llegar al D. F. mandó a que le compraran un rosario y apenas unos días después, ella solita, se compró un cristo enorme. Uno de esos típicos cristos mal hechos, mal pintados, mal clavados.

Lo puso en su cuarto, que también era el cuarto de su madre, la viejita moribunda de la que no se separaba.

Sí, compartía cuarto con ella. Y nosotros cuatro compartíamos el otro. Eso no había cambiado. Seguíamos apretados y arrimados. Pero todo lo demás era distinto: los parientes, los chamacos de la cuadra, las escuelas, el clima, la luz. Hasta los chingados dulces que vendían en las tienditas eran otros.

Una muerte falsa nos había sacado de una casa y de una vida, y otra muerte, que estaba apenas sucediendo, como en cámara lenta, nos había vuelto a meter en otra casa y otra vida. Pero esa nueva vida, por lo menos para mí, sería por fin en serio vida. Como dicen: *la ciudad me abrió el mundo.* O como digo: enterró para siempre mi mundo en el pasado.

En el pasado, por supuesto. O al pasado, me da igual.

¿Qué más da cómo lo dije?

Pues así como te digo debí sentirlo entonces, sí.

Claro que quería enterrarlo. Olvidarlo todo. Cabrón, había visto el mundo, te estoy diciendo. Y no quería recordar nada que hubiera visto antes.

Vergüenza, eso es lo que debí de haber sentido. O como dice tu hermano Ernesto: *me daba oso.* Me daba oso comparar lo que veía al abrir los ojos con aquello que veía al cerrarlos.

Imagínate, Emiliano, de repente, salir a caminar y ver cómo levantan un chingado rascacielos. Pararte justo ahí ante la Latino y levantar luego los ojos. O ver cómo hacen un estadio. Y deja tú las construcciones, el tranvía. El chingado tranvía me emocionaba tanto que le robaba dinero a tu abuela para ir a darme una vuelta allí montado.

Y los museos, los parques, los mercados, las estatuas. La gente. La cantidad impresionante de gente. O el aeropuerto, puta madre, el aeropuerto. Era como haber llegado a otro planeta. Como lo que deben de sentir los astronautas que se paran en la luna.

No era que yo viniera de un hoyo perdido, de un pueblito pinchurriento o que sólo hubiera estado en El Vainillo. Era mucho peor: ¡venía de Culiacán! ¡La capital de Sinaloa! ¡Venía de tan lejos y al mismo tiempo de tan putas mierdas cerca! ¡Cómo no iba a…! ¿No me vas a interrumpir?

¿No vas a decirme que otra vez me estoy desviando?

Ajá, cabrón.

O más bien voy entendiendo. Aunque te diga otra cosa, igual y voy sabiendo.

Lo que quieres. O lo que no quieres, pero quieres que te crea que sí quieres.

¿Como tus rusos, no? Con su típico *ése es no es* que en todos lados meten. No eres el único leído. Aunque eso creas.

¿Ah no?

Quieres que te cuente cómo fue que revivió aunque en el fondo quieres que te diga por qué creo que regresó. Y al final, por qué creo que se hizo el muerto.

Órale pues. Pero este sol está tremendo. Ve nomás cómo estás sudando. Qué pinche asco.

Sí, en mi taller. Vamos ahí dentro.

V

No es un tiradero.

Es *mi* tiradero y yo lo entiendo. Sé dónde están todas las cosas.

Pues quítalas y siéntate. No seas inútil.

Allí en la mesa.

Sí, debajo de eso hay una mesa.

¿Estamos?

Fue como a los tres o cuatro meses de vivir con nuestra abuela, que era un yogur a punto de pasarse. O de pasarse, pero más. Porque el yogur ya de por sí está pasado, ¿no?

No, no te lo digo por burlarme. Te lo digo porque entonces nuestra abuela ni siquiera se paraba de la cama, pero ese día, cuando Nacho y yo llegamos de la escuela, ni siquiera ella estaba.

Por supuesto, lo primero que pensamos fue que ella, tu bisabuela, finalmente se había muerto. Nada más lejano de lo que estaba sucediendo. Pero claro, imaginarnos aquello otro era imposible.

No, no sé qué habrá pensado Nacho. Pero yo al tiro pensé: chingada madre, nos jodieron otra vez. Vamos de regreso a Sinaloa. Se terminó la vida en la ciudad. Y a punto estaba de enrabiarme cuando tu tío encontró la nota. Habían tenido que irse de emergencia. Por culpa de papá. Bueno, no todos: a la abuela la habían dejado en la casa de junto, con la vecina.

Por suerte, la nota la había escrito Silvina, así que la letra sí podía entenderse. Por suerte y porque a Dolores no la habían dejado ni hacer eso. Si de milagro, decía ella, los agentes le permitieron ir a pedirle a la vecina que se encargara de su madre.

Claro que todo esto lo supimos hasta estar con los demás. Porque la nota únicamente nos decía: *vamos al ministerio, allí los vemos, problemas con papá.*

¿Cómo voy a recordar qué ministerio? Además eso qué más da.

No, ni así podíamos haberlo imaginado.

Pues por dos cosas: primero, porque problemas con papá podía significar lo que hasta entonces había significado. Es decir, problemas para cobrar su seguro de vida. Y segundo, porque papá, ya te lo he dicho, también podía ser, también era, el tío Polo.

En serio que no. Pero ni cerca.

Aunque después, claro, uno va amarrando cosas. Como tú, Emiliano, vas a intentar hacer con todo lo que aquí te estoy contando. O como yo amarré, por ejemplo, las palabras que alguna vez, en El Vainillo, me había lanzado la tía Prici y que, en su momento, había tomado a broma. Broma cabrona, broma hija de puta, pero broma: *qué va a estar muerto tu padre… si por ahí dicen que anda en Mazatlán, paseándose en un yate.*

Exactamente. Todo eso, si sucede, sucede después. Nunca en el momento. No cuando sales corriendo de una casa y así también te vas a un ministerio. Hay cosas que no tienen presente. Si hasta hay gente que no tiene presente, ¿no?

Así como lo dije, lo escuchaste. Pero en fin, la cosa es que tu tío y yo llegamos al ministerio sin saber qué hacer ahí ni cómo dar con nuestra madre, cómo encontrar a nuestros otros dos hermanos.

Imagínate, ni siquiera preguntamos. Nos daba miedo. O vergüenza. Vete tú a saber. La cosa es que anduvimos solamente dando vueltas, hasta que un señor nos preguntó: ¿y ustedes dos, qué andan haciendo?

Ese mismo hombre, un viejo bastante mayor, fue quien nos llevó al cuarto donde estaban tu tío Raúl, tu tía Silvina y tu abuela. Era un cuarto pequeño, sucio y que olía a mierda. Lo recuerdo bien porque el hedor aquel se me quedó pegado varios días. Durante una o dos semanas todo me daba asco, no quería comer y cada vez que despertaba —me veo clarito haciendo eso— lo primero que hacía era olerme los dedos, las manos, los brazos.

Puta madre, Emiliano. Voy a hacer como que no dijiste eso.

¿No que muy inteligente? Psicoanálisis de mierda. ¿Cuántas veces te lo dije? ¿Y cuántas veces se lo dije a tu madre? Esa cosa solamente te apendeja. Como cualquier otra chingadera que te ponga a buscar donde no hay nada.

No me estés chingando. Yo estudié filosofía.

Sí, entre muchas otras cosas.

Lo suficiente, cabrón. Por lo menos para entender que yo no soy centro de nada, que ni siquiera quiero serlo.

Por supuesto que te encanta. Siempre has querido eso. A veces creo que hasta por eso te enfermabas. Para que todos te pusieran atención. Para que todos estuvieran preocupados.

No, no digo de niño, ahí sí estabas bien jodido. Pero más jodido fue que te gustara. Que empezaras a usarlo. ¡Dos… dos chingadas veces te enyesaron sin que tuvieras algo serio!

Nomás porque querías verte distinto, porque creías que con muletas resaltabas.

A mí qué vas a contarme. ¿O no te acuerdas cuando entraste a arquitectura? No aguantaste la carrera, nos hiciste gastar un dineral y, finalmente, ¿cómo te libraste? ¡Haciéndote el enfermo! ¡Tanto que hasta al pinche hospital tuvimos que llevarte!

Exactamente. No tenías ni una mierda.

¿Ah, sí? ¿También a eso llegaremos? Pues entonces sí quiero apurarme.

Olvidemos esto y lo que dije del olor y vámonos más rápido.

En el cuarto aquel, que ya te dije que recuerdo muy pequeño, había sólo un par de sillas. Por eso en una estaban tus dos tíos, durmiendo —Raúl, que debía tener nueve o diez años, sobre las piernas de Silvina—, y en la otra estaba, como ida, tu abuela.

No, lo dije mal. No estaba como ida, estaba más como metida dentro de sí misma. Como ahí, pero también en otra parte.

Lo que más me extrañó fue verla enfundada en un vestido de flores: se había quitado el luto que llevara tantos años. Luego, claro, me sorprendió ver en su rostro, el rostro de mi madre, un gesto que yo no conocía y que, a partir de aquella tarde, igual que se le habían pegado al cuerpo antes sus telas esas negras, se le habría de quedar pegado a las facciones, como un velo impalpable.

De neurosis. No sé, de coraje.

No, no de tristeza ni tampoco de decepción. De pura rabia.

¿Qué pasó?, le pregunté a Dolores acercándome a su silla y haciendo a un lado a tu tío Nacho, que también quería acercarse a nuestra madre. ¿Que qué pasó... que qué pasó?, me contestó entonces tu abuela: *¡Pues pasó que tu padre no está muerto, que el cabrón ese está bien vivo!*

¡Eso es lo que pasó!, sumó después, levantándose de la silla con violencia y aventándome una foto de Carlos Monge McKey, una foto que ninguno de nosotros conocía y en la que tu abuelo era tu abuelo, pero, al mismo tiempo, tampoco era tu abuelo.

Se había operado la nariz y la barbilla.

Y ahora, teatralmente, como dicen, tengo que ir al baño.

Me estoy meando, cabrón. ¿Qué quieres que haga?

VI

Cabrón, no lo vas a creer.

Ahorita volví a oler aquel olor que te decía. En el baño, al entrar. Y todo el tiempo que ahí estuve.

Exactamente. El que no podía quitarme de los dedos, de las manos.

¿Y sabes qué? Me acabo de dar cuenta de que no era el ministerio, el cuarto aquel donde estuvimos todavía como dos horas, el que apestaba de esa forma. Era mi papá.

¿De qué te ríes?

Vete mucho a la chingada.

Hasta aquí llegamos. En serio.

Me vale madres. Me vales madres.

VII

Sí, pero no mames.

Estás viendo llover y no te cubres.

Te estaba diciendo... Ya ni me acuerdo qué te estaba diciendo.

Sí, ahí se apareció tu abuelo, en el ministerio. O lo aparecieron. Porque también estaba detenido.

Por eso dije también. Tu abuela, lo entendimos después, estaba detenida. La aseguradora la había denunciado por fraude. Por intentar cobrar el seguro de vida de un hombre vivo.

Él estaba ahí por pendejo. O por cabrón. Como tú quieras. Aunque yo creo que por cabrón y por pendejo, las dos cosas. Porque, ¿sabes cómo descubrieron, los del seguro, que Carlos Monge McKey estaba vivo? ¡Nomás tuvieron que ir al sexto piso!

A tu abuelo, que seguramente se había hartado o se había acabado la lana o se había metido en algún pedo, qué sé yo, allí donde anduviera, se le ocurrió que, en una de ésas, volver no era mala idea. Pero, claro, sólo si tu abuela tenía el dinero suficiente. Es decir, si tu abuela tenía el dinero del seguro.

¿Y cómo crees que tu abuelo pensó que podía averiguar esto? ¡Entrando a trabajar a la misma aseguradora que tenía que haber pagado por su muerte!

Un puto genio, vaya. Si mis hermanos salieron a él, pero clavados.

No, no agarres eso.

No está todavía pegada.

Sí, una maqueta. De la de Siria. Es la escultura que haré el mes que entra en Damasco.

Pobre país, ése sí que está hecho mierda. No como el tuyo, donde la mierda es nomás la gente, donde la gente persigue la mierda, porque la mierda les encanta.

Está bueno. Pero esta vez sí fue tu culpa. Fuiste tú quien agarró eso.

No, cabrón, esta vez tengo razón. Más con tus manitas de destruyo lo que toco. Igualitas además a tus palabras, cuando dices, por ejemplo: *estoy siéndote honesto.* Si lo bueno es que tampoco eso te pasa tan seguido.

Para nosotros. Tu madre, tu padre, tus hermanos, tus amigos. ¿Qué sé yo? ¡La humanidad toda enterita!

Ves. Ahora eres tú el que se desvía.

¿Quieres o no quieres que le siga?

Pues entonces cállate, Emiliano.

En el cuarto aquel del ministerio. Ahí se reencontraron tus abuelos y ahí vimos nosotros nuevamente a nuestro padre.

Dolores casi se desmaya cuando lo metieron en el cuarto. Nacho y Silvina corrieron a abrazarlo. Tu tío Raúl también corrió, pero a apoyarse en el regazo de tu abuela. Yo me quedé ahí nomás parado. Como un imbécil. Como el imbécil que siempre he sido ante esas cosas.

Entonces el señor que había abierto la puerta, el mismo viejo que antes nos había llevado a mí y a Nacho hasta aquel

cuarto, me preguntó: *¿Qué, chamaco, no va a abrazar a su papá?*
Y como si en lugar de una pregunta hubiera oído una orden,
me acerqué a Carlos Monge McKey y me aferré a él con
todas mis fuerzas.

Pero ahí mismo, con la cara pegada en su pecho, también
sentí… ¿Ves? Otra vez el pinche olor de mierda.

La puta que me parió.

Sólo me falta que otra vez se me quede pegado.

Y por tu culpa, para colmo.

A ver si ahora no vas a ser tú el que así huela. El que me
huela así a partir de ahora.

Aunque pensándolo bien, así por fin tendrías algo en común con tus hermanos.

Tienes razón, innecesario.

¿Sabes qué? Mejor aquí sí le paramos.

Aunque sea para subir a comer algo.

Y nos calmamos.

VIII

Mejor aquí en la sala.

Sí, entonces todo era un desmadre.

Por suerte, existía tu otro abuelo, el tío Polo, que podía con ése y con cualquier otro desmadre. Fue gracias a él que no tuvimos que quedarnos mucho tiempo allí metidos.

Tu abuela, me enteré después, había llamado a su hermano y le había contado todo. Así que Polo ya se había encargado de hablarle a quién sabe quién para que luego ese cabrón también le hablara a otra persona. Y así, en cascada, de otro quien a otro más, había llegado al ministerio una orden: que dejaran el asunto.

No, no salimos de allí juntos. Primero nos fuimos tus tíos, tu abuela y yo, por lo menos tuvo esa decencia el viejo aquel del ministerio.

Tu abuelo se quedó en aquel cuarto. Aunque para lo que sirvió, daba lo mismo. Porque apenas estábamos cruzando la calle, papá nos alcanzó y dobló la esquina con nosotros.

Y así, como si nada, empezó a caminar junto a sus hijos y a su esposa.

En silencio. Sin decir ni una palabra.

No, tu abuela tampoco dijo nada.

Así anduvimos varias cuadras. No sé cuántas, pero no fueron poquitas. Cada quien metido adentro de sí mismo. ¿Qué tan adentro? Eso sí ya es cosa de cada uno.

Tus tíos, podría apostarlo, venían pensando en cualquier madre: Raúl, en una rama atorada en la banqueta; Nacho, en algún coche colorado; Silvina, en uno o varios restaurantes. Cada persona tiene un hondo diferente, Emiliano. Y algunos hondos ni siquiera llegan a hondos.

Yo venía pensando en lo mismo que pensé apenas abrazarme a tu abuelo allá en el ministerio: que quería que mejor sí estuviera muerto. Y no creas que te lo estoy diciendo en broma, ni que estoy exagerando. Cada cuadra que dejábamos atrás, deseaba volver el rostro y descubrir que aquel hombre en realidad era un fantasma.

Pero claro, no me atrevía a hacer eso, a volver el rostro y buscar a mi papá con la mirada. Porque la mera verdad, tal vez, fuera que lo único que entonces yo sentía era miedo. Miedo de observarlo y verlo detenerse, quedarse parado de repente, mientras nosotros continuábamos andando. O de mirarlo dar la vuelta hacia otra calle y alejarse, luego, para siempre.

En cambio, a mi mamá, sí que volteaba a verla a cada rato. Y aunque era a mi papá al que no había visto en varios años y el que se había operado para dejar de parecerse a sí mismo, era a Dolores a quien no reconocía. El velo de ira, el que te dije hace rato, se le había pegado a las facciones y el rostro de tu abuela había cambiado, en un instante, para siempre.

Así como lo escuchas.

Como si los ojos le hubieran crecido y la piel se le hubiera adelgazado, tanto que los huesos estuvieran a un coraje más de desgarrarla.

Nunca he vuelto a ver una mandíbula tan tensa, Emiliano, tan apretada que podía escucharse su crujir de calle en calle.

Pero lo peor es que no sólo la rabia le exprimía la cabeza. Te lo apuesto que también mordía sus dientes por rencor. Y no contra tu abuelo, no, por rencor contra sí misma, por no haberse imaginado que el cabrón estaba vivo.

Puta madre, hasta me duele a mí la boca de acordarme.

Y hablando de dolores, pásame esas pastas.

La rodilla, ya lo sabes. No volvió a quedarme bien. Y eso que he ido a no sé cuántos doctores.

Ella fue la peor de todas. No hay que ir nunca con doctores conocidos. Menos aún si son familia.

Son igual de malos que los otros, pero tienes que callarte. Ni modo que te pongas a insultar a tu cuñada, ¿no?

No, así sin agua. Es muy chiquita.

Sí, así llegamos hasta la casa de la abuela. Sin que ninguno hubiera dicho nada, sin que ninguno hubiera ni siquiera hecho el amago de hacerlo. Y así también entramos a ese sitio en el que todavía vivimos mucho tiempo.

Ustedes cuatro, para arriba, dijo entonces mi mamá cuando estuvimos en la sala. Yo no quería hacerle caso, pero tampoco deseaba enfrentarme a tus abuelos. Así que seguí a mis hermanos por la escalera. Y como ellos, me tumbé luego sobre el suelo del pasillo, intentando escuchar lo que mis padres se decían el uno al otro.

Pero ninguno de ellos dos, extrañamente, alzó la voz mientras hablaba. Apenas, de tanto en tanto, elevaban el volumen a tal grado que algún eco nos llegaba.

Palabras sueltas, frases incompletas. Casi nada.

Al final, agotados, tus tíos y yo nos fuimos a dormir cuando escuchamos la risa, las carcajadas de tu abuelo.

IX

No sé cuántas horas pasaron, pero aquellas mismas risas, aquellas mismas carcajadas, me despertaron en mitad de la noche.

Por eso me levanté de la cama, con cuidado de no espabilar a tu tío Nacho, que dormía a mi lado, igual que siempre había dormido: babeando, es decir, igual que siempre había y ha vivido.

Ya sé que tú lo dices todo el tiempo.

Exactamente, así como hizo: abrió la boca y se quedó nomás babeando, cuando le cortaste en dos su credencial esa del IFE.

Pero bueno, te decía que me paré, brinqué el colchón donde dormían tu tío Raúl, tu tía Silvina y tu tía Nena, que no sé a qué hora había llegado ni qué hacía metida en esa cama, caminé hasta la puerta y salí luego al pasillo. Pero antes de tumbarme sobre el suelo y de asomarme para abajo, escuché un sonido extraño, un fuerte ruido que bajaba desde el techo.

Intrigado, dudé un momento. Aunque quizá fuera un largo rato, no lo sé. Lo más difícil de acordarse, cabrón, es saber cuánto duraron las cosas, algún día lo entenderás. Ahora mismo, al decirlo, siento que allí estuve, en el pasillo, un chingo de tiempo, aunque siempre había creído que todo había pasado en un instante.

Bueno, sí, también eso es muy difícil. Saber qué es verdad y qué es mentira.

Sí, peor aún en la familia. Mucho peor entre los Monge.

Tampoco lo diría de esa manera. No mames, Emiliano, todo lo exageras. Y eso, aunque no quieras creerlo, también es una forma de mentira. Y la más Monge de todas.

Además, ¿no me dijiste que eso no querías hablarlo hasta el final?

Pues eso es.

La cosa es que ahí, parado en el pasillo, dudando qué sería mejor, me decidí por ir a ver qué hacía ese ruido que bajaba desde el techo. Y apenas ascendí los tres primeros escalones, casi me pongo a gritar: *¡Fuego! ¡Fuego!*

¿Cómo que por qué, cabrón? Porque en los cristales de la puerta que sacaba a la azotea brillaba el resplandor, anaranjado, casi vivo, precioso, de unas llamas.

No, no sé por qué no lo grité. O más bien, sí que lo sé: porque entonces, la verdad, el resplandor aquel me atrajo en vez de darme miedo. Fue por eso que mejor guardé silencio y que seguí subiendo la escalera. Estaba hipnotizado. Y ya sé que es un lugar común, Emiliano, pero eso fue lo que pasó. O así recuerdo, por lo menos, que me sentí en aquel momento.

Exactamente. También fue por esos tiempos.

Pero, ¿cómo sabes eso?

No, no recuerdo habértelo contado.

¿Y qué te dije?

Pues así fue. Le prendí fuego a mi escuela. Pero, ¿te cuento eso o acabamos con esto otro?

Seguí subiendo la escalera, ahora siento que aquello fue también más lento de lo que siempre había creído. Llegué hasta la puerta, que permanecía entreabierta, me agaché, o me hinqué, no estoy seguro, e intenté asomarme a través de la rendija.

Pero no alcancé a ver nada. Entonces, con cuidado de no hacer ni un solo ruido, alargué el brazo, abrí la mano y con el dedo empujé, lentamente, la hoja de la puerta.

Con este mismo dedo.

Sí, se fue abriendo en silencio. Y cuando al fin el vano era del tamaño que quería, saqué tímidamente la cabeza: tu abuela estaba ahí, en el techo de la casa, dando vueltas alrededor de una fogata, echando al fuego toda la ropa de su luto.

No, ella no me vio. Entre otras cosas, porque estaba como ida. Pero también porque yo, apenas comprendí lo que pasaba, metí de nuevo la cabeza, me di vuelta y bajé corriendo la escalera.

Y para no pensar en lo que apenas había visto, porque sentía y todavía siento que allí, aquel día en la azotea, observé algo que no debía nadie de haber visto, una pinche intimidad encabronada, empecé a preguntarme: ¿con quién se está riendo entonces? ¿Con quién se carcajea mi padre allá abajo?

Por eso, cuando otra vez estuve en el pasillo, no sólo me tumbé en el suelo sino que me arrastré varios peldaños, hasta ser capaz de ver lo que pasaba en la sala. Era con Polo. Mis dos papás estaban ahí sentados, muertos de la risa, como si nada hubiera sucedido. Como si se hubieran visto un par de días antes.

Sin que tampoco ellos me vieran, regresé al cuarto. Hecho una mierda, por supuesto.

Te lo juro, Emiliano, en toda mi vida nunca he vuelto a sentirme así de jodido, así de extraño, así de perdido.

Una mezcla. Una mezcla de todo lo que puede sentir alguien, pero en un solo y único instante.

Volví a brincar la cama en la que estaban Raúl, Silvina y Nena, me acosté junto a Nacho, cerré los ojos y rogué por quedarme dormido. Pero, claro, se durmió tu puta madre.

Y allí, en medio de la noche, respirando puras sombras, pensé, por primera vez en mi vida, en los motivos que tu abuelo podía haber tenido para haberse hecho el muerto.

Así que ya ves que no te fallo. Dando vueltas, pero al final vamos a meternos donde quieres, aunque no quieras decirme que eso quieres.

No, café no.

Por lo menos un vinito tinto.

Putos divertículos de mierda.

Me pelan la verga los doctores.

X

Lo importante era que tu abuelo estaba vivo, que lo escuchaba reírse a lo lejos. Lejos, pero adentro de la casa en donde yo trataba de dormirme. No lejos en mi mente: en mis recuerdos.

Sin embargo, Emiliano, yo no conseguí que eso fuera lo importante.

Porque escuchando cómo dormían mis hermanos, escuchando el rumor de las palabras de mis dos padres en la sala y el de los pasos de mi madre sobre el techo, lo único real, de golpe, era que Carlos Monge McKey nos había engañado.

Nos había dejado enterrarlo, llorarlo y extrañarlo como una bola de pendejos, como la bola de pendejos que, seguramente, él creía que éramos todos, sobre todo nosotros, su familia. ¡Si hasta había estado a punto de matar a mi mamá!

¿Cómo que cómo?

Ya te dije que tu abuela casi se muere del coraje.

Como al mes de que los rezos por tu abuelo terminaran, amaneció diciendo que le dolía mucho el abdomen, que no podía moverse. Y apenas un rato después, no podía dejar de vomitar y de cagarse.

Tiene ulcerado el estómago completo, dijo el doctor que fue a verla a casa del tío Polo. La tuvimos que llevar al hospital, donde la operaron de urgencia y donde estuvo, después, internada dos o tres semanas.

Y lo mismo sucedió al mes de que tu abuelo reviviera. Porque entonces, como mi padre, también las úlceras volvieron. Y esta vez, para colmo, varias de éstas reventaron. Así que no bastó con limpiarle las tripas a tu abuela, no, los doctores de la ciudad tuvieron que quitarle dos terceras partes del estómago.

Pero bueno, aquella noche de la que hablo, esto aún no había pasado. Aunque pasaba, eso sí, que me sentía como la panza de tu abuela. Un puro nudo de coraje, una mera entraña de ira. Y no podía, escuchando dormir a mis hermanos, cerrando los ojos nada más por terquedad y respirando, ya te dije, puras sombras, más que repetirme: ¿por qué lo hizo?

¿Por qué fingió su muerte? ¿Por qué nos engañó de esta manera? ¿Por qué chingados nos hizo sufrir tanto? Y como entonces no era capaz de responder a estas preguntas, pasó lo único que podía haber pasado. Dentro de mí se dieron vuelta las palabras: ¿qué le hicimos? ¿Cómo fue que lo obligamos a hacer esto?

Tenía trece o catorce años, cabrón.

Ya sabes cómo es la cabeza. Peor aún, cómo son los sentimientos de cabrones, de hijos de puta. Los sentía todos juntos, embarrados unos a otros. Tenía coraje, tenía culpa, tenía emoción y tenía miedo.

Por eso me pasé la noche entera en vela. Y por eso, en la mañana, desayunando, volví a abrazar a mi papá a pesar de que al hacerlo también quería lastimarlo. Me sentía exactamente igual que al acostarme.

Aunque un poco más tranquilo, porque ahí, desayunando, nos dijeron que no íbamos a irnos, que nos quedábamos en el D. F.

Así que no, Emiliano. No soy capaz de contarte cuáles creí que habían sido sus razones, porque no pude entonces hacerme una idea.

Claro que seguí pensando en eso mucho tiempo. Cabrón, si no he dejado nunca de pensarlo.

Sí, le pregunté directamente.

Pero muchos, muchísimos años después. Cuando sentía, creo, que podía hacerlo sin que su mierda me infectara las heridas. Ahí sí que tu madre fue importante. Ahí sí que me ayudaron esos rollos que ella echaba.

Pero tampoco entonces él me dijo nada. ¿Qué podía haberme contestado? Nada más se hacía pendejo. Decía y decía sin decir nada. Tu abuelo nunca se atrevió a responderme. Siempre se escapaba dándome la vuelta. Para eso era un pinche genio: para enrollarse y enrollarte.

Aunque te cueste mucho creerlo, Emiliano, tu abuelo era capaz de hacer que uno olvidara hasta aquello que le había preguntado. Podías querer hablar con él del cielo y hacerlo incluso un par de minutos, pero al final, de pronto, estabas tú también hablando de la tierra. Y, para colmo, eso querías, sin quererlo: estar hablando de la tierra.

Daba igual que llegaras prevenido. No había forma. No existía manera alguna de pararlo cuando ya se había desviado, cuando había empezado ya a inventar o cuando estaba ya envolviendo lo que tú le habías dicho, hasta que de eso, de lo que tú le habías dicho, no quedaba nada.

Así como le hacen las arañas con sus presas.

O como eso que tú un día me dijiste, hace ya un montón de años: *la verdad está escondida en mil mentiras.*

Pues eso, eso otro: *la verdad es tan preciada que debe siempre estar envuelta por mentiras.*

Así tal cual vivía la vida Carlos Monge McKey. Si por eso, no lo tomes a mal, a veces pienso, no, no sólo a veces, que fue a él a quien saliste.

Te dije que no lo tomaras a mal.

Qué bueno. Qué maravilla que tú no tomes a mal nada. Aunque eso tampoco hay quién te lo crea.

Lo dices ahora, pero a ver luego qué escribes.

Además, esto ni siquiera es lo que querías. ¿O no querías que fuéramos en orden? ¿O no querías que te dijera qué había yo pensado?

No, tal vez no puedo. En eso sí tienes razón. Eso sí hay quien te lo crea.

Pero sí puedo decirte cómo fue la vida cuando volvimos todos a estar juntos.

Sí, mejor mañana.

Otro vinito y me ayudas con la cena.

Belén está por llegar pronto y llega siempre muerta de hambre.

Los encuentros

I

Tras escucharse la chicharra, la puerta de metal se abre de golpe y la mujer del altavoz, sentada en una periquera de madera, más propia de un bar que de un centro de enseñanza, asoma la cabeza hacia la calle.

Cruzando un breve saludo, que repetirá, mecánicamente, hasta el hartazgo, esta mujer —cada día es una distinta— levanta el megáfono que sostiene en una mano y grita, acentuando las vocales, el primer apellido de la tarde.

Emocionados, el niño o los niños que así escuchan que los llaman —*¡Rodríguez!, ¡Pérez!, ¡Valenzuela!, ¡Valladares!, ¡López!, ¡Torres!*— se alejan de los otros, corren a la puerta y abandonan el colegio: *¡Rosete!, ¡Talancón!, ¡Domínguez!, ¡Cruz!, ¡Jiménez!*

Además de estos pequeños, están los que no escuchan su apellido. Aquellos que en lugar de estar atentos a su herencia, están atentos a la de otros: un vecino, un pequeño cuyo padre es amigo de sus padres o una niña, sudorosa, cuya madre le debe algo a su madre.

Este último es el caso de los Monge. Estos pequeños, Diego y Emiliano —Ernesto tiene la edad y la suerte necesarias para volverse de la escuela por su lado—, que, como perritos de

Pávlov, mueven la cola cuando escuchan cómo la maestra que sostiene el altavoz grita: *¡Ramírez!*

¡Ramírez!, retumba y los dos Monge corren a la puerta, persiguiendo a María Luisa, esta niña transparente y aguadita, como pez recién sacada de su estanque, por la cual Diego y Emiliano sienten repulsión, a la cual detestan hondamente y con la cual prefieren no hablar si no es para burlarse.

¡Ramírez, Ramírez!, resuena en los pasillos y en los patios de la escuela cada tarde, mientras los Monge atraviesan la salida y en la calle se dirigen hasta el auto que conduce la mamá de María Luisa, quien le paga así a su madre las terapias de su otro hijo. Además de la pequeña cuerpo de agua y piel de baba, esta mujer parió un niño con síndrome de Down y la cabeza del tamaño de un tinaco.

¡Ramírez, Ramírez, Ramírez!, esta palabra acicatea todos los días a los Monge. Por eso, en esta tarde de abril, en esta jornada especialmente calurosa de finales de los años ochenta, resulta tan extraño, tan sumamente inesperado, para Diego y Emiliano, escuchar cómo retumba, por los rincones de su escuela, el apellido de su padre.

II

¡Monge!, repite la mujer del altavoz, quizá porque tampoco puede ella creer qué está diciendo. *¡Monge, Monge!*, insiste la maestra, aunque quizá sólo lo haga porque Diego y Emiliano no reaccionan.

¡Monge, Monge, Monge!, se desgañita la educadora reducida a merolico, poniéndose de pie sobre las trabes de su asiento y sumando a su gritar diversas señas. Gracias a éstas, a los gestos de la mano que no carga el altavoz, Diego y Emiliano finalmente caen en cuenta de qué pasa.

Apurados, los dos Monge se despiden de sus tropas, echan a correr hacia la puerta de metal y a dos o tres pasos de ésta, cuando se encuentran uno al lado del otro, intercambian una rápida mirada, una mirada llena de extravío, incertidumbre y desconfianza.

Ya en la calle, sorprendidos, Diego y Emiliano observan a su padre: está parado al lado del Atlantic, color azul metálico, que un primo de su madre consiguió a precio irrisorio. Junto a él, junto a su padre, esto es lo que convierte la sorpresa de ambos niños en atónito estupor, está parado otro hombre, un hombre que ellos nunca habían visto antes.

Cuando por fin llegan al auto, ambos niños besan y abrazan a su padre. Al otro hombre, mucho más viejo y más alto que el resto de personas que ahora mismo se pasean por la banqueta, ninguno de los dos le dice nada. *¿No saludan a su abuelo o qué les pasa?*, pregunta entonces, como si nada, el papá de Diego y Emiliano.

¿No van aunque sea a darle un abrazo?, insiste el padre de ambos niños, sonriendo, entrecerrando los párpados y señalando al enorme hombre, en cuya frente, justo en medio de las cejas, crece una cruel protuberancia, un cuerno sin la forma de un cuerno.

El primero en reaccionar es el menor de los hermanos. Girando el cuerpo y avanzando un par de pasos, Diego abraza y luego besa al ser que, así de golpe, es su pariente.

Emiliano, por su parte, estira el brazo y dirigiendo la mirada hacia otro lado —este gesto, no poder ver a la gente que presume los defectos de su cuerpo, habrá de acompañarlo el resto de su vida— le ofrece al padre de su padre la mano, aseverando: *pues mucho gusto, señor.*

Visiblemente contrariado, el señor aprieta la mano de su nieto, tan fuerte que parecería querer hacerle daño. *Quizá ni tanto*, dice al final el viejo, que molesto se da vuelta y entra en el Atlantic, donde Diego ya se había metido. Observando a Emiliano, Carlos Monge Sánchez, por su parte, amaga reírse pero solamente suelta: *¿vas a quedarte ahí nomás o qué te pasa?*

De camino hacia la casa, nadie, ni Carlos Monge McKey ni Carlos Monge Sánchez ni Emiliano Monge García ni Diego Monge García, atinan a decir palabra alguna. Dentro del coche, además de cuatro seres que intentan convencerse a sí mismos de estar solos, se ha metido un silencio invulnerable y monolítico.

Por eso, aunque en distintos momentos, en las bocas de cada uno de los seres que aquí viajan, se formará alguna palabra, éstas, las palabras, serán tragadas por sus dueños. En este viejo Atlantic todos saben que un silencio como éste, así de antiguo y duro, no debe tocarse.

Que un silencio así, como salido de otra parte y de otro tiempo, cuando termina, sólo puede dar lugar a algo más hondo que la falta de palabras.

III

Mármol y Estopa, los samoyedos que Diego y Emiliano recibieron el día que su familia se mudó a la casa a la que están ahora llegando, chillan, saltan y menean la cola emocionados.

Dentro del auto, sin embargo, Emiliano cierra los ojos y aprieta la quijada, como queriendo así cerrar también sus tímpanos: siempre ha temido estar viviendo el día en que su padre atropella a Mármol o a Estopa, el día en que él escucha cómo chilla alguno de sus perros, bajo las ruedas del Atlantic que su padre ha estacionado hace un instante.

Apenas se abre la primera de las puertas, los perros brincan al asiento, donde lamen, mordisquean y hunden sus hocicos en los vientres de ambos niños, como queriendo enterrarse en sus entrañas. Tras revolcarse un par de minutos, perros y niños echan a correr hacia el jardín, sin hacer caso a los saludos de la madre que recién aquí aparece.

Rosa María García Arana, así se llama esta mujer que hace un momento le dio un beso a su esposo y que ahora mismo está abrazada al abuelo de sus hijos.

También ella lo conoce, se dice entonces Emiliano y en su mente, que es el lugar en donde pasa casi todo el día atrapado —ésta es una de las marcas que dejaron los seis años que vivió a tiempo parcial en hospitales—, un destello, un resplandor que dura apenas un segundo, le permite ver que entre esos dos, su abuelo y su madre, hubo más abrazos antes.

Sorprendido, cimbrado por aquellos otros abrazos que de golpe atravesaron su memoria, dejando allí una grieta luminosa, Emiliano vuelve el rostro hacia la casa, gira el cuerpo y en seco se detiene. Mientras Diego y los perros se alejan, él intenta ver la entrada de su casa.

Desde el lugar en donde yace, sin embargo, Emiliano no alcanza a observar nada: entre sus ojos y la puerta se interponen una rampa de concreto y una higuera. Además, su abuelo y sus padres hace rato que han entrado en la casa.

Desilusionado, vuelve a dar la media vuelta y echando a andar sus pies de nuevo se dirige hacia el jardín, donde llama a su hermano y a sus perros. Antes, sin embargo, de que alguno de ellos vuelva, Emiliano ya está en otra parte.

Deteniéndose de nuevo, se apoya en una cuerda —*ahí está su columpio*, aseveró Carlos Monge Sánchez el día que escaló este árbol y amarró allá arriba la soga— y se marcha de este instante en que se encuentra.

Enrollando en uno de sus brazos, sin saberlo ni siquiera, la cuerda color barro, Emiliano se hunde en su pasado. Busca que el destello, la grieta luminosa que hace apenas un segundo lo alumbrara, le permita ver de nueva cuenta en su memoria.

Pero el sitio al que Emiliano se ha marchado, su pasado, es una red de catacumbas inundadas —bloqueo, lo llamarán, años después, varios doctores: *es un bloqueo, una consecuencia de todo eso que viviste allí en los hospitales.*

Quizá por esto, porque sabe que no va a conseguir nada, Emiliano emerge de sí mismo y otra vez llama a su hermano y a sus perros, al mismo tiempo que se dice, como tantas otras veces: *no fue real eso que viste.*

IV

Enredar los hechos ciertos con aquellos que desea o que imagina, enmarañar lo que pasó con eso otro que de pronto cree que pudo haber pasado o con aquello, más bien, que desearía que hubiera sucedido, es otra de las marcas que dejaran en el cuerpo de Emiliano los seis años de hospitales.

Tiempo después, sin embargo, cuando lo que aquí está siendo narrado haya sido ya leído, Emiliano, quien ahora sigue todavía buscando a su hermano y a sus perros en el jardín de su casa —una casa que una amiga de su madre le prestó a su familia para ver si así podían ahorrar y comprarse algo—, entenderá que estaba equivocado. Que esa marca la traía su apellido.

Monge: la misma denominación de no origen que Emiliano, quien ahora se asoma detrás de una nopalera y, defraudado, avanza hasta la parte del jardín donde la yerba crece a su capricho, comparte con seis primos desvalidos, tres tíos afligidos, un abuelo remitente, un padre oculto de sí mismo y dos hermanos que se expanden a la vez que se constriñen.

Uno de estos dos hermanos, Diego, es además quien ahora observa a Emiliano emerger de entre la hierba, dirigir sus ojos a cada uno de los puntos cardinales, rodear la nopalera nuevamente, acercarse al capulín y encaminarse, resignado, hacia el sendero que lo trajo hasta esta parte.

¡Aquí arriba!, grita Diego, aplastando a Mármol y a Estopa contra el suelo e hincando ambas rodillas. *¡Te estoy diciendo que acá arriba!*, insiste el menor de los Monge al ver cómo su hermano gira sobre su eje. Hace tiempo que aprendió a divertirse con las fugas de Emiliano y con los ratos que a éstas siguen.

¡Qué no me oyes o qué pasa!, provoca Diego, levantándose del suelo, soltando a los dos perros, que comienzan a ladrar emocionados, y lanzándole a Emiliano una piedra que por poco lo golpea. Observando la piedra y escuchando a Mármol y a Estopa, Emiliano entiende qué sucede: se han subido hasta lo alto de la roca que ellos llaman Halcón Milenario.

Cuando termina de escalar —en este enorme jardín las piedras se levantan como lomos de animales prehistóricos—, Emiliano no encuentra a Diego ni tampoco a sus dos perros. Están en la roca que se yergue a metro y medio.

Un instante antes de saltar a esa otra roca, Emiliano se detiene, sonríe para sí mismo y en silencio baja del Halcón Milenario, con un cuidado elemental, tan primigenio que podría confundirse con torpeza. La misma torpeza con la que ahora está escalando la otra roca: el valor no ha sido nunca cosa suya.

Apenas hace cumbre, Emiliano ve a su hermano recostado en la otra orilla de la roca. En silencio, entonces, cruza el espacio y, así también, sin hacer ruido, se tumba junto a Diego.

Abajo, en la terraza, su madre ha puesto la mesa. Y ahí están tumbados ya Mármol y Estopa.

V

Durante la comida, aunque Rosa María intenta arrastrar en su monólogo a los otros, ninguno de los cuatro comensales que ahora la acompañan —Ernesto aún no ha llegado— dice nada.

Es como si aquí, en la terraza de la casa donde vivirá esta familia cinco años y medio, el silencio aquel del coche se hubiera recompuesto y otra vez se hubiera apoderado de los hombres, demostrando, de paso, que un silencio así de necio y hosco sólo puede convertirse en un callar masculino.

Cuando el postre está servido, sin embargo, Rosi vuelve a acometer a los callados, apelándolos de frente: primero a su marido, luego a sus dos hijos y finalmente a su suegro. Pero además de un monosílabo echado sobre un plato, media palabra expectorada sin quererlo o el desorden de una frase tan nerviosa que resulta impenetrable, la mujer no obtiene nada.

O no hasta que vuelve, por tercera vez y ahora mirándolo a los ojos, a interpelar al padre de su esposo: *¿Entonces qué? ¿Los reconoces o de plano ya son otros? Los reconozco, por supuesto,* lanza entonces, con la voz entrecortada, más porque su boca está llena de comida que por cualquier otra razón, Carlos Monge McKey.

Y un instante más tarde, tras tragar el pastel que estaba masticando, quizá porque ha agarrado un poco de confianza al escucharse, al descubrir que no se había quedado mudo, este hombre, que siempre intenta escapar haciendo bromas, se lleva un dedo a la frente, estira la otra mano y señalando a Emiliano añade: *Además éste está idéntico a su abuelo.*

Idéntico, repite Carlos Monge McKey, sonriendo y apretando al mismo tiempo el chipote de su frente, consecuencia de una de las tantas cirugías que se ha hecho, y la frente del mayor de los dos hijos de Rosi —Ernesto es hijo de la primera mujer de Carlos Monge Sánchez—, donde, por alguna razón que la genética no puede explicar, emerge un hueso prominente, como lanzado hacia delante.

¡Idéntico tu pinche puta madre!, estalla entonces Carlos Monge Sánchez, acalambrando al resto de presentes y poniendo en guardia a los dos perros. *¡Tu chingada y mierda madre!*, insiste componiendo sus palabras, antes que con letras, con metales diminutos, hojas de hierro minúsculas que habían sido fraguadas hacía años.

¡Quién te dijo que tocaras a mis hijos!, lanza luego Carlos Monge Sánchez, parándose de un salto, empujando la mesa hacia su padre, que ocupaba la otra cabecera y que, arrastrando su silla para atrás, baja la cabeza, mira caer su plato al suelo y siente cómo el agua de dos vasos le empapa las rodillas y los muslos.

A un lado suyo, a un lado pues de Carlos Monge McKey, además, ladran ahora Mármol y Estopa, enfurecidos.

Justo antes, sin embargo, de que los dos perros conviertan su amenaza en algo más, mientras los niños se aferran a sus sillas a tal punto de que los dedos de sus manos enrojecen y Rosi empieza a reírse sacudiendo la cabeza, Carlos Monge Sánchez asevera, volviendo el rostro hacia las bestias: *¡Estense* *quietos!* Y tú, *tú y yo vámonos mejor para mi estudio,* remata dirigiendo la mirada nuevamente hacia su padre.

Qué pendejada estar fingiendo, escuchan todavía Rosi, Diego y Emiliano que asevera el Carlos Monge al que ellos creen que sí conocen, mientras aquellos dos señores que están cada vez más lejos siguen caminando: *Qué estupidez estar jugando a tu familia.*

VI

¿Es el abuelo?, pregunta Ernesto, que recién llega a la casa, cuando se sienta a la mesa, observa a Rosi y luego a sus hermanos: *¿El que está ahí en el estudio, es nuestro abuelo?*

Exactamente, responde Rosi echando atrás su silla y bebiéndose de un trago el vino de su copa. *¿Te cae?,* insiste Ernesto viendo cómo su segunda mamá se levanta de la mesa, alza del suelo el plato y los cubiertos que cayeran y se marcha a la cocina.

¿De dónde lo sacaron?, inquiere Ernesto dirigiendo su mirada a Diego y a Emiliano. Después, cuando está seguro de que Rosi ya no escucha, se esconde bajo el gesto que siempre hace reír a sus dos hermanos y remata, desde la cumbre que le otorgan los catorce y los once años que les lleva: *O más bien, ¿en dónde putas lo encontraron?*

¿Lo conoces?, pregunta entonces Emiliano, dejando de reírse de las muecas que Ernesto hace ante él y Diego.

Y aunque él, Ernesto, no responde; aunque su madre regresa a la mesa, levanta varias cosas y otra vez vuelve a marcharse; aunque Diego brinca de su silla, avanza un par de pasos y se abraza a Ernesto, con quien ha empezado a hablar de otra cosa, y aunque los perros, que hace rato se habían ido tras su padre y su abuelo, están aquí de vuelta, Emiliano no abandona su pregunta.

¿Lo conocías?, vuelve a cuestionar: *¿Ya lo habías visto?*, insiste al tiro: *¡Dime por favor!*, casi suplica: *¿De qué te acuerdas? ¡Señoras y señores, así vuelve mi hermano de su última gran fuga!*, grita entonces Ernesto, cagándose de risa al mismo tiempo y acicateando luego Diego, que por su parte inquiere: *¿Qué tal esta vez tu viaje?*

Forzando una sonrisa, Emiliano se aprieta ambas rodillas con las manos y murmura: *Ándale, dime, te lo suplico... ¿Lo conocías?*

¡Es el abuelo, cómo no iba a conocerlo!, responde Ernesto finalmente: *a veces viene. Tú también lo conocías, nada más que no te acuerdas*, continúa al mismo tiempo que se quita a Diego de encima: *Ahora que lo pienso, ustedes dos eran muy niños, no jugábamos aún ni a las tacleadas. La última vez que apareció... fue hace ya un chingo.*

Y al parecer no han cambiado, suma Ernesto levantándose y tratando de observar, desde el lugar donde se encuentra, la puerta del estudio de su padre: *Siempre que aparece hacen lo mismo. Se encierran ellos dos en el estudio, se quedan ahí toda la tarde y luego, sin ni siquiera despedirse, ya lo verán, vuelve él a marcharse.*

Después ya no se aparece en varios años, añade Ernesto, sentándose de nuevo y observando a Emiliano: *Bueno, no siempre se va el mismo día. Una vez sí se quedó y hasta aquí anduvo varios meses. Esa vez papá no andaba igual que todas esas otras veces, no parecía esa vez estar encabronado. Los veías incluso reírse*, sostiene el mayor de los hermanos: *hasta me mandó con él de viaje.*

¿Cómo de viaje?, pregunta Emiliano, entre curioso e instantáneamente envilecido por la envidia, una envidia que hace apenas un instante ni siquiera habría podido imaginar como posible. Por eso: porque conoce bien los gestos, la cabeza y las

envidias de su hermano, Ernesto, riéndose de nuevo, sostiene: *Así como oyes, me mandó nuestro papá con él a Houston.*

Íbamos a ver allí un partido de los Astros. Pero cuáles putos Astros, explica Ernesto y señalando con la mano hacia el estudio, de donde no habrá Carlos Monge Sánchez de salir hasta que el alba no haya comenzado, continúa: *Dos días de mierda en su lanchón y en carretera. Y el cabrón, por si ustedes no lo saben, no ve una chingada. Así que cada vez que intentaba rebasar,* continúa Ernesto, endureciendo el gesto de repente: *me preguntaba si venía o no otro coche. Y entonces yo tenía la edad de Diego.*

En una de esas rebasadas, cuando trató de regresar a su carril, lanza Ernesto relajando el gesto nuevamente, tras guardar silencio un par de segundos: *el abuelo le pegó a otro coche.* Y claro, añade el mayor de los hermanos, riéndose de nuevo: *el cabrón de ese otro coche se puso como loco. Nos tocó el claxon un chingo de veces y empezó a perseguirnos. Y es que claro, nuestro abuelo había decidido que lo mejor sería darse a la fuga.*

Y a pesar de que al ratito lo perdimos, nos alcanzó el cabrón cargando gasolina, prosigue Ernesto: *venía siguiéndolo uno de esos federales de caminos. Entonces sentí que nos cargaba la chingada. Y volteé a ver al abuelo, que se bajó del coche riendo, caminó hasta aquel cabrón, quien también se había bajado de su auto, y riéndose aún más fuerte, les juro que el abuelo estaba meándose de risa, lo encaró y le dijo: "Nombre... usté si va pa' detective".*

Los federales, por supuesto, se cagaron de la risa. Si ni el cabrón al que le habíamos chocado pudo aguantarse, continúa diciendo Ernesto: *así que todo se arregló sin pedo alguno. El señor aquel se fue llevándose una lana, los policías un refresco y nosotros las mentiras del abuelo. Porque, claro, a Houston no llegamos nunca. Ni siquiera a la frontera. Estoy seguro de que el abuelo no tenía ni pasaporte.*

Al único lugar al que él y yo llegamos, añade Ernesto, *fue a un lugar horrible en Tamaulipas. Anacuas de no sé qué putas mierdas se llamaba. Quería ir ahí porque vivía en ese sitio una vieja que él se andaba dando,* concluye levantando la mano y señalando nuevamente hacia el estudio, remata: *Papá dejó que yo hiciera ese viaje.*

VII

Hace ya un muy buen rato que Ernesto y Diego se metieron en la casa. Y también hace ya un montón de tiempo que acabó de recoger Rosi la mesa. Esta mesa ante la cual, sin embargo, Emiliano permanece en silencio.

Emiliano, este pequeño que, aunque querría, no se atreve a acercarse al estudio de su padre, donde todavía siguen encerrados Carlos Monge Sánchez y Carlos Monge McKey. Y como no se atreve a acercarse, se conforma con mirar, desde su silla, la puerta de ese estudio que se alza entre la calle y la casa.

Esta casa de dos pisos, construida con piedra volcánica, rematada por techos en arco y alumbrada por seis enormes ventanales en cuyo centro, puesta ahí con precisión milimétrica, se erige la escalera de madera, de caracol, que el papá de la mujer que les prestara este hogar a los Monge García, es decir, su dueño original, se robó de una iglesia que el INAH estaba restaurando.

Será en esa escalera donde Emiliano —que habrá permanecido en el jardín toda la tarde y que ahí también se habrá quedado al caer la noche, perturbado por la existencia de su abuelo, pero también por el peligro que, intuía, podría él representar— y Carlos Monge Sánchez, un Carlos Monge

Sánchez embriagado, casi borracho, habrán de reencontrarse nuevamente.

Entonces, más que escondidos, alumbrados por el alba, con el niño parado en el onceavo escalón y con el padre tambaleando en el noveno, el segundo de los Carlos pondrá su mano en la cabeza del segundo de sus hijos y, sonriendo, afirmará: *Qué pinche orgullo, qué orgulloso me sentí cuando dijiste: "Mucho gusto, señor".*

Después, metidos cada uno dentro de sus camas: Carlos Monge Sánchez y Emiliano Monge García, darán vueltas, incapaces de dormir, capaces sólo de pensar en Carlos Monge McKey.

VIII

Durante los siguientes cinco años —en los que Emiliano salió de la primaria, abandonando para siempre ese mundo y los amigos que ahí hiciera: el Gordo, Mocorico y Rascatavio; tuvo su primer experiencia sexual: con aquella niña cuerpo de agua y piel de baba que una tarde, en una alberca, se quitó el traje de baño, tomó la mano de Emiliano y la metió entre sus dos piernas; entró en la secundaria, decidiendo que a partir de entonces debería ser un muchacho enteramente nuevo; formó el grupo de amigos que a lo largo de los diez años siguientes fueron su familia pero al cual, llegado su momento, también abandonó de forma instantánea, casi quirúrgica; enterró a Estopa, tras jugar con ella una tarde entera, verla tomar agua y observar cómo caía al suelo, convulsionando a un par de pasos de su cuerpo y vomitando sangre en catarata: la habían envenenado sus vecinos; vio cómo su hermano mayor se iba de la casa, corrido por haber organizado allí una fiesta de seis días, mientras ellos, los demás, se habían marchado a Sinaloa, al entierro de una hermana de su abuela; tuvo su segunda experiencia sexual: con la hermana de un amigo de su hermano, una muchacha que, entonces, despertó en él un deseo diferente y, de alguna forma, menos cristalino que cualquier otro deseo que vaya a sentir luego, una mujer tres años mayor que, al medio día de un sábado cualquiera, en el terreno baldío que había al lado de su casa, dejó que él la besara, la lastimara, sin quererlo, arrancándole el arete rosa, en rombo y de metal que traía puesto, le curara la herida con cuidado y se montara encima suyo; creció tantos centímetros que no volvió a controlar sus movimientos; aprendió a disparar: su padre había empezado a viajar tan a menudo que dejó a Emiliano a cargo de la casa: *Entonces, ya lo sabes, si oyes ruidos vas por la pistola, te paras en la esquina donde está puesto el teléfono, desde ahí puedes verlo todo, esperas hasta ver si observas a alguien, ves si trae algo en las manos y, si no, le apuntas a las piernas, pero si sí, apuntas y le das en la cabeza*; aprendió lo que creyó entonces que era la venganza, disparándole con un rifle de diábolos a las hijas del vecino que, pensaba él, habían envenenado a Estopa, y atestiguó cómo se abrían, entre él y sus hermanos, dos brechas enormes—, durante los siguientes cinco años, repito, para Emiliano Monge su abuelo no será más que un enigma. Un enigma y el recuerdo de aquel día que aquí ha sido contado.

Pero entonces, a los cinco años exactos —tiempo en el cual la familia de Emiliano se habrá mudado nuevamente; en el que Ernesto habrá escogido, habrá luego cambiado y finalmente habrá casi terminado una carrera; en el que Rosi habrá empezado a mantener ella solita a su familia; en el que Emiliano se habrá hecho de otra perra, una perra que será su compañera los siguientes doce años; en el que Diego se habrá vuelto una promesa del futbol, un pequeño niño estrella al que querrán contratar, aún a pesar de ser tan chico, un montón de equipos: *Aquel a quien los dioses quieren destruir, primero lo llaman promesa*, dijo, por entonces, Carlos Monge Sánchez que decían los antiguos y prohibió que su hijo se tomara en serio el deporte; en el que Carlos Monge Sánchez habrá sacrificado a Mármol, dándole un balazo en la cabeza tras ponérselo en las piernas, acariciarlo un largo rato y hablarle en voz bajita: el veterinario había anunciado, más temprano: *Tengo que dormirlo*, y había, entonces, el Carlos referido, contestado: *¿Y tú quién eres, quién chingados te crees que eres para atreverte ni siquiera a sugerir que a ti te toca?*; en el que Emiliano habrá de comprender que aquello que sentía por sus primos, por todos y cada uno de esos seres con los cuales, quiso creer, sólo compartía el apellido, era lo mismo que sentía cuando alguien le advertía: *No te comas esa madre, lleva afuera varios días, de seguro no está bueno, vaya a ser que te haga daño*, así como que aquello que sentía por sus tíos, por los hermanos de su padre, era lo mismo que sentía cuando perdía jugando a cualquier cosa; en el que Ernesto tuvo su primer brote de violencia irrefrenable e ingobernable: aquella vez, tras pelearse contra cuatro, le arrancaron la mitad de la nariz de un botellazo y sus hermanos, Diego y Emiliano, lo encontraron en el baño, vuelto un mar de sangre y sacándose del hoyo de su rostro, con los dedos, diminutas astillas de hueso que, sin embargo, él estaba convencido de que eran vidrios en esquirlas; en el que Diego habrá de noquear por vez primera y luego por segunda vez también a Emiliano, harto de escuchar cómo lo hería aseverando cualquier cosa y demostrándole, de paso, que había también otras maneras de hacer daño; en el que Rosi empezará a esconder, tras sus constantes carcajadas, algo más que alegría, y en el que Carlos convertirá la escultura en una cueva, en un escape de sí mismo y en el último pretexto de sus fugas—, pero entonces, a los cinco años exactos, el abuelo de Emiliano dejará de ser sólo un enigma y empezará a volverse una obsesión.

Porque cinco años después del día referido, Emiliano, apenas hubo vuelto de la escuela y entrado en su casa, se encontró de nueva cuenta con su abuelo.

IX

Aquel viernes por la tarde, cuando salieron de la escuela, Diego se fue a casa de un amigo, donde pasó la tarde, la noche y casi todo el día siguiente. Por eso, la segunda vez que se hizo presente el abuelo, el menor de los hermanos no estuvo con él.

Como tampoco estuvo Ernesto, quien había sido expulsado de la casa familiar hacía unos cuantos meses y quien, por esto mismo, prefería no aparecerse más que muy de vez en cuando en aquel sitio. Un sitio del que, eso sí, cada vez que se marchaba lo hacía llevándose una o varias cosas, cosas que luego revendía para tener aunque fuera algo de dinero —sin saberlo ni desearlo, el mayor de los hermanos había dado así comienzo al desmontaje, a la desintegración de una familia en cámara tan lenta que habría de durar aún varios años.

Por eso, tras bajarse del pesero, caminar tres cuadras y media, rodear la milpa donde andaban siempre los tres muchachos que a él le daban tanto miedo, llegar hasta la casa que sus padres nunca acabarían de construir, abrir la puerta de maderas desguanzadas, jugar un breve instante con la Tosca —la perra que hacía apenas un par de años él había elegido y bautizado con ese nombre impersonal, absurdo y pretencioso—, atravesar el minúsculo jardín, empujar esa otra puerta que separaba el interior del exterior de su vivienda pero también su realidad de sus mentiras —hacía tiempo había empezado a contarse una existencia diferente a la que estaba habitando— y cruzar por fin el vano, Emiliano se vio solo ante su abuelo.

A unos cuantos pasos del lugar donde Emiliano se detuvo —sorprendido, pero también extrañamente sereno ante un suceso que, en el fondo, le resultaba inesperado e inevitable—, estaba nuevamente Carlos Monge McKey. El mismo Carlos Monge McKey que, recostado en el sillón más grande de la sala, entre dormido y despierto, le pareció a Emiliano, más que un ser de carne y hueso, un ser que había sido hecho de vacío y de intemperie.

Tras dudarlo un par de minutos, en los cuales también dudó si debería o no gritar que había llegado, decidiendo finalmente callarse pues escuchó, como un rumor cayendo desde arriba, la discusión que sus dos padres sostenían en su cuarto: una de esas discusiones que hacía tiempo se habían vuelto más paisaje natural que accidente en esta casa, Emiliano decidió ir hacia la sala, acercarse a su abuelo, ver si estaba o no dormido.

Sacando antes a la Tosca de la casa y asegurándose, después, de no hacer un solo ruido, más por el temor de que lo fueran a oír sus padres y el momento en que se hallaba fuera a terminarse que por el miedo de asustar o espabilar a este señor que ahora sí reconocía como su abuelo, Emiliano entra en la sala con un cuidado y una lentitud que no cree que sean posibles.

A punto de sentarse en el sillón que está delante del que ocupa su abuelo, sin embargo, Emiliano se arrepiente, avanza otros dos pasos, se acerca a Carlos Monge McKey e inclina el cuerpo, hasta que el rostro, el suyo, yace a unos centímetros del rostro deformado de este señor que es su abuelo. Entonces, descubriendo que, en efecto, está durmiendo, trata de ver algo de sí mismo, de Diego, de Ernesto o de su padre en este otro Carlos.

Pero además del pelo blanco que también llena la cabeza de Carlos Monge Sánchez y que dentro de unos cuantos años, prematuramente, empezará a salpicar su propio cuero cabelludo, Emiliano no consigue distinguir otro parecido razonable. Por eso, quizás, empieza a imaginar cómo habrá sido su abuelo antes de la bola de su frente y de esa otra bola que le crece en la barbilla, una bola, esta segunda, que no tenía la vez pasada que él lo viera.

Al hacerlo, sin embargo, al imaginarse que debajo de la cara de su abuelo hay otro rostro, a Emiliano le sucede aquello que ha empezado a sucederle a últimas fechas —a partir de que su padre, tras encerrarse a cal y canto en sus adentros, comenzará a estar más tiempo de viaje que en la casa y a partir de que su madre comenzara a cenarse, cada noche, su vodkita en pepsilindro—: ya no sólo la memoria lo succiona, también lo arrastran a otros sitios los anhelos, unos sitios que no son ya esas viejas catacumbas de hace años, sino los sitios en que se halla, pero vueltos meros escenarios.

Hoy, cuando Emiliano se va, lo que deja no es un lugar sino a la gente. Ahora, cuando se marcha, antes que el espacio y que las cosas, las personas son las que serían si fueran otras.

Así que cuando empieza a imaginar que Carlos Monge McKey tiene otro rostro, cuando le pone una máscara a su abuelo —incapaz aún de saber que aquello que observa, este rostro deformado al que le están ahora mismo sus deseos imponiendo otro semblante, hace tiempo que es también sólo una máscara—, en torno de Emiliano acaban por cambiar, de golpe, los actores.

Y Carlos Monge McKey, el viejo con el que Emiliano apenas ha pasado una hora y media pero al que le ha otorgado, en los últimos cinco años, una manera de ser, una historia personal y un temperamento afín al que también se ha otorgado a sí mismo —o, por lo menos, al sí mismo que es cuando se ensueña—, es él, pero cuando es ese otro viejo, el de la máscara, quien ahora mismo, sentado en el sillón de la sala, aplaude y ríe al llegar al clímax de la historia que empezara a contarle a su nieto hace ya un rato.

Una historia más entre ésas con las que él, arqueólogo que está siempre en algún sitio inexpugnable del planeta, compone su memoria: *Me despertó ese extraño ruido, encendí una linterna, descubrí que algo se movía entre mis cosas, me levanté dando un brinco, reconocí la cola del chango que debía estar en mi baúl y sin pensarlo muy bien se la jalé al hijo de puta.*

Por eso el animal, que debía medir un metro cuando menos, se volteó enfurecido, rugió como si fuera otro animal mucho más grande, me enseñó los dientes, pelando luego sus colmillos, y saltó encima de mí. El cabrón no me dio tiempo, ni siquiera, de explicarle que no había problema alguno, que siguiera ahí tranquilo, esculcando entre mis cosas, que podía llevarse cuanta madre le gustara. Cuando quise alzar las manos, defenderme utilizando la linterna, el puto chango estaba ya sobre mis hombros, tratando de arrancarme la cabeza. Por suerte, como habíamos caído sobre el suelo, mi mano encontró a tientas mi machete y justo en el momento que enterraba sus colmillos en mi frente, le partí en dos la cabeza.

Como castigo, por supuesto, me quedó esta horrible cicatriz, este chipote que aquí tengo. Bueno, como castigo y como recuerdo de que uno siempre debe de cuidarse las heridas. Y es que como luego de matar al chango aquel me arrastré hasta mi catre y me quedé allí dormido, la herida se infectó, reblandeciéndome la piel, la carne y hasta el hueso. Por eso me quedó así como aguada. Mira, ven, tócala y verás que está fofita. Es como un corcho viejo, insiste Carlos Monge McKey, tomando a su nieto de una mano: *No tengas miedo, te estoy diciendo que la toques.*

Incapaz de establecer las diferencias, de discernir pues qué es lo que es del mundo en el que vive y qué es de ese otro mundo al que se marcha, Emiliano alarga el brazo, estira el dedo índice y finalmente toca aquella cosa, despertando, al hacerlo, a Carlos Monge McKey, quien, sobresaltado, se incorpora, gruñe y empuja al hijo de su hijo. Asustado, Emiliano cae sobre la mesa que señala el centro de la sala, tirando al suelo varias cosas y trayendo, en un segundo, a su padre, que asustado aparece preguntando: *¿Qué ha pasado, qué chingados ha pasado?*

Antes, sin embargo, de que la situación sea o intente al menos ser por alguno de los que aquí están explicada, antes pues de que su mundo estalle en mil pedazos, Rosi, la mamá de Emiliano, que también llegó hasta aquí corriendo hace un segundo, se para entre los tres hombres y ordena: *Mejor vamos a comer que el hambre a mí me está matando.*

X

Casi todo, durante la comida, sucede igual que la primera ocasión en que Emiliano se sentara a la mesa con su abuelo: Rosi intenta que los hombres digan algo, cualquier cosa, pero ella es la única que habla cuando finalmente se sientan a la mesa.

Por su parte, Carlos Monge Sánchez se lleva la comida a la boca sin buscar la saciedad y sin voltear a ver a nadie. Recién hace un momento ha vuelto a meterse en la trinchera que ocupa cuando está frente a su padre. Erizando el cuerpo, además, ha puesto a vibrar el medio ambiente: cuando no consigue mantener su furia quieta, un millón de agujas parecerían salirle por los poros.

Carlos Monge McKey, mientras tanto y a pesar de que intenta, de vez en vez, pronunciar algo, una letra, la mitad de una palabra, come arrancándole pedazos a los platos y a la mesa con los ojos. Sin que lo vean, además, este hombre comparte algún bocado con la Tosca, esta perra cuyo nombre él no conoce y que a pesar de que jamás lo había visto, le lame las muñecas y le apoya el hocico en las rodillas.

Ahora bien, si antes dije: *Casi todo, durante la comida, sucede igual que la primera ocasión en que Emiliano se sentara a la mesa con su abuelo,* es porque este chico, Emiliano, hoy actúa de forma diferente a como actuó hace cinco años. Y es que en este tiempo, además de haberse transformado, es decir, además de haber hallado la manera de bucear en su presente como buceaba en su pasado, ha diseñado una guarida diferente.

Un escondite opuesto a aquel que era estar nomás callado: empezar a hablar, seguir hablando y terminar también hablando, sin que sea necesario ni siquiera estar diciendo alguna cosa. Por esto, en lugar de que el silencio se apodere de la mesa, las que de pronto reclaman el espacio son estas palabras como sueltas, cuyas colas no enlazan las cabezas de las otras, que emergen apuradas de la boca de Emiliano.

Emiliano, este chico que en media hora cuenta, o cree que cuenta, dos partidos de futbol, la pelea que atestiguó entre sus vecinos, los secretos de sus tres amigos más cercanos, los complejos de sus maestros de la escuela y la verdad sobre los mundos paralelos de esos cómics que lo tienen embobado. Emiliano, este muchacho que ahora cree que está explicando por qué un cuchillo con mango de hueso es mejor que uno con mango de madera, pero que, justo antes de describir cómo se agarran los tornillos en estos mangos, escucha que su padre grita: *¡Basta!*

Basta, repite Carlos Monge Sánchez en voz baja y echando atrás su silla añade: *Mejor vamos a mi estudio*. Luego, levantándose de su lugar, sin empujar esta vez la mesa ni tirar tampoco al suelo platos, vasos o cubiertos, Carlos Monge Sánchez voltea a ver a Carlos Monge McKey y suma, como si le hubiera puesto *play* a una antigua grabación: *Qué pendejada estar fingiendo, estar jugando a tu familia.*

XI

Qué pendejada estar fingiendo, estar jugando a tu familia: esta frase, que Emiliano escucha por segunda vez, pero que, por vez primera, anota y guarda en su memoria: habrá de utilizarla años más tarde, cuando reclame a Carlos Monge Sánchez su propia forma de marcharse, la repite Rosi en voz bajita, observando luego a su hijo.

Como si no fuera para él también un puto juego, resuena en la cocina-comedor de esta casa en la que tuvo el arquitecto que fundir varios espacios, cuando ya solamente quedan en la mesa Emiliano y su madre, quien otra vez llena su copa y suma, murmurando, queriendo que la escuchen pero también que no la escuchen, justo antes de pararse y de marcharse: *Hijo de muerto fingido, falso vivo.*

¿Cómo? ¿Qué dijiste?, pregunta entonces Emiliano, poniéndose él también de pie y persiguiendo a su madre: *¿De qué muerto estás hablando? ¿Cómo que muerto fingido?*, insiste Emiliano, atravesando él también la sala: *¿Por qué dices falso vivo? ¿De qué estabas hablando? ¿Por qué siempre haces lo mismo, dices algo y luego ya no explicas nada?*, continúa Emiliano reclamando, mientras su madre burla la enorme escultura de madera que su padre impuso como centro de la casa.

¿Por qué crees que esto se vale? No se vale, hacer esto no se vale, reclama Emiliano cuando por fin alcanza a Rosi y la toma por el brazo, bajo la sombra de la inmensa escultura que para ellos claramente es una cruz, pero la cual, dice Carlos Monge Sánchez, es la síntesis de un par de culturas, es decir, su autorretrato, o el retrato de lo que él, entonces, sin que nadie lo acabara aún de adivinar aunque ya lo supusieran, estaba haciendo de su vida. *O cuentas todo o no me cuentas nada.*

Pero ahora ya me lo dijiste, por lo menos eso que dijiste, eso del muerto que no es cierto, eso del vivo que… No, no sé qué más me dijiste tú del vivo. Pero dímelo de nuevo, insiste Emiliano clavando su mirada en los ojos de su madre. *¡Ándale, dime qué querías haberme dicho!,* suplica el muchacho, soltando el brazo de su madre, quien, dándose la vuelta y subiendo la escalera, vuelve a murmurar, como diciendo pero también, al mismo tiempo, no diciendo: *Pues que tu abuelo se hizo el muerto.*

Pero a mí no me toca contarte eso, añade Rosi luego de un instante, cuando alcanza el piso de arriba de la casa y en el pecho siente cómo el corazón se le acelera. Entonces, dándose la vuelta y clavando, ahora es ella quien lo hace, sus dos ojos en los ojos de su hijo, este chico que aquí, a un lado todavía de la escultura de su padre, se ha quedado ahora mismo quieto, extrañamente mudo y totalmente extraviado, añade: *Eso le toca a tu padre.*

Será mejor que sea él quien te lo cuente. Y de paso que te diga si él sigue vivo todavía, remata Rosi dándose la vuelta nuevamente y perdiéndose después en el pasillo de allá arriba. Este pasillo que Emiliano, sin ser consciente de ello, ahora observa como observan los niños, la primera vez que lo hacen, el interior de una manguera.

XII

El sonido del portazo que Rosi ha dado hace un instante, encerrándose en su cuarto, devuelve a Emiliano la potestad sobre sus ojos, o sobre aquello que estos dos están mirando, e impide, al mismo tiempo, que este muchacho se extravíe en su memoria o sus anhelos.

Girando el cuerpo, Emiliano echa a andar sus pasos nuevamente y es así, sacudiendo la cabeza, que se mantiene en su presente y que al final entra en su cuarto. Ahí, intentando asimilar aquello que recién le ha sido confesado, se tumba encima de su cama, observa las vigas del techo un breve instante y al final se soba el cuerpo con las manos.

No le duele, por supuesto, que su abuelo se haya hecho el muerto ni aún menos que haya sido eso un secreto hasta este día, como tampoco le duele aquello que debió haberle dolido a Carlos Monge Sánchez cuando todo eso pasara. Aunque Emiliano no lo tiene claro todavía, lo que le está ahora doliendo, lo que lo lleva pues a levantarse de su cama y a dar vueltas por su cuarto, presa de esa sensación que años después sentirá únicamente aspirando cocaína, es intuir, aunque lo intuya en un lugar del cuerpo que no sabe aún hablarle, que su padre hará lo mismo.

Carlos Monge Sánchez, piensa Emiliano sacando del escondite de detrás de su librero un poco de mota, ha empezado a hacer lo mismo que su padre. No es que haya elegido hacerse el muerto, por supuesto, pero ha elegido hacer lo que su abuelo quería hacer cuando eligió hacerse el muerto: irse, marcharse, largarse de su vida. Dejar todo y empezar de nueva cuenta. *Hijo de un muerto fingido, falso vivo*, Emiliano repite, en voz baja, las palabras de su madre.

Falso vivo, insiste Emiliano una vez más, alzando el tono con el que se habla, apurando el ritmo de sus pasos, saliendo de su cuarto y ocultando el toque y los cerillos en sus dos manos cerradas como piedras. Se está haciendo hombre en un instante.

O no: se está haciendo solamente Monge. Y, como tal, quiere escaparse. Así que igual que siempre que se fuma un gallo en esta casa, Emiliano sube al techo, se acuesta en la carpeta que no impermeabiliza una chingada —por eso su asma, por eso las reumas prematuras de su madre— y trata de pensar que este lugar en que se encuentra, en las faldas del cerro de la Cruz, desde el cual puede observar casi entero el monstruo ese que es el D. F., es otro sitio diferente.

Pero a pesar de que lo intenta, Emiliano no consigue, en esta ocasión, salir de su presente. Por eso, apenas un par de minutos después de haberse terminado todo el toque, se arrastra sobre el techo, busca el mejor sitio a su alcance y desde ahí se asoma hacia el estudio de su padre, donde Carlos Monge Sánchez y Carlos Monge McKey llevan ya un buen rato discutiendo.

Por supuesto, Emiliano no consigue escuchar nada de lo que esos dos señores se están allí diciendo. Aun así, observando cómo manotean su padre y su abuelo, este muchacho va a quedarse hipnotizado aquí arriba el resto de la tarde. Y lo hará, extrañamente, sin evadirse, sin marcharse mentalmente a otra parte, sin pensar pues en otra cosa.

O casi. Porque en algún momento de la tarde, Emiliano no podrá escapar de un recuerdo que en realidad es tres recuerdos y que habrá de mantenerse allí rondando, hostigándolo a lo largo de las cuatro horas siguientes. Y aunque él tratará, cada vez que advierta que se acerca este recuerdo nuevamente, de ahuyentarlo, aunque querrá pues extirparlo de su mente, no podrá más que dejar que lo secuestre.

Y se verá, entonces, otra vez allí en el aeropuerto, de madrugada, siempre de madrugada —o esto cree entonces—, esperando que ahora sí llegue su padre. Y tendrá de nuevo diez, doce y trece años, esas edades que tuvo él cada una de esas veces que su padre, Carlos Monge Sánchez, decidió no volver de un viaje.

XIII

Al ver que Carlos Monge Sánchez por fin deja su estudio —Carlos Monge McKey salió de allí hace una hora y media—, Emiliano se levanta, corre hasta la parte más baja del techo, brinca al suelo y apresura sus dos piernas.

Rodeando la casa, Emiliano llega hasta la puerta de la entrada al mismo tiempo que su padre y finge, torpemente, no haberse dado cuenta de que él también estaba llegando. Por eso, ambos cruzan un saludo y dos bromas absurdas.

Instante después, sonriéndole a Carlos Monge Sánchez, descubriendo, nuevamente, que su padre está embriagado aún a pesar de no ser él un hombre de beber y menos aún de emborracharse, y pensando, además y por primera vez en sus poco más de catorce años, que el rostro de su padre ya no es el que evoca cuando recuerda a su padre, Emiliano inquiere: *¿Y cómo estás?*

¿Y cómo estás?, repite Emiliano abrazando a Carlos Monge Sánchez, quien también se abraza a su hijo y, sonriendo, asevera: *A toda madre. ¿Cómo querías que estuviera?*, añade luego el segundo de los Carlos que hoy paseó por esta casa, echando a andar hacia la puerta, sin dejar de apretar contra su cuerpo al segundo de sus hijos.

¿Por qué preguntas? ¿Por tu abuelo?, inquiere el padre a su hijo cuando ambos entran en la sala: *Ese cabrón no es tu abuelo ni es mi padre, ¿te queda claro?*, añade Carlos Monge Sánchez, abriendo el mueble en donde guardan las botellas y sirviéndose un vaso con ron: *Ese cabrón no es ni que exista.*

No-es-ni-que-exista, repite el padre dejándose caer sobre un sillón. Entonces, bebiéndose de un trago la mitad del ron que se sirviera, añade: *Él se murió cuando yo tenía la edad de Diego, no, cuando era todavía más chico. El que viene aquí es un fantasma*, suma Carlos Monge Sánchez, observando a Emiliano, palmeando el sillón en que se encuentra y bebiéndose de un trago la mitad que aún quedaba dentro de su vaso.

Luego, cuando por fin vuelve a sentarse, tras haber ido a rellenar su vaso nuevamente, Carlos Monge Sánchez mira a su hijo y comienza, por primera vez, a hablarle a Emiliano de su abuelo. Y ya que se ha encarrerado, dos o tres rones después, también le habla, por primera vez, de Guerrero, de Genaro Vázquez y del sesenta y ocho, de un amigo muerto entre sus brazos, de una o varias bombas en Viaducto y del robo de una camioneta de valores; de una redada hija de puta, de la cárcel y también de la tortura.

Enmudecido, Emiliano no atina a decir palabra alguna. En su cabeza, mientras escucha todas esas cosas de las que nunca nadie le había hablado, además de la sorpresa y del impacto, se hacen sitio la lógica y las frases que comienzan por *entonces*.

Pero a pesar de que se llenan dos o tres vacíos y a pesar también de que él querría que Carlos Monge Sánchez fuera más preciso, el alcohol es demasiado. Por esto, Emiliano hoy no sabrá todo aquello que quisiera, todo aquello que ahora mismo, de repente, necesita. Deberá conformarse con aquello que le están medio contando: unos cuantos nombres, unas cuantas sensaciones, unos cuantos miedos.

Y es que todo lo que Carlos Monge Sánchez está diciendo ahora, lo está diciendo balbuceando, entremezclando unas con otras las historias, las palabras y las cosas. Y es que todo lo que apenas dijo este hombre, quien de pronto se descubre como otro hombre, este que ahora se levanta y con trabajos se arrastra a la escalera, lo ha contado empapado, regado en el alcohol que se ha bebido.

Tras observarlo, desde abajo, abrir la puerta de su cuarto y meterse ahí como puede, Emiliano siente que en su vientre crece algo parecido al orgullo, un orgullo que no podría explicar pero que quiere ser capaz de agarrar como agarra uno las cosas, a las mascotas o a la gente. No, más bien como agarra uno la esperanza.

Este orgullo, además, no se lo había inspirado nunca antes su padre. O no más bien desde que fuera un pequeño, desde los años que pasó en los hospitales. Como tampoco esta esperanza a la que ahora se aferra, esta que irá tomando los resquicios de su cuerpo, expandiéndose como se expande la humedad por los rincones de su casa, había sido cosa suya quizá nunca.

Media hora después, al meterse en su cama y perseguir allí el sueño, su padre, o esa faceta de Carlos Monge Sánchez de la que él no sabía nada hasta este día, disputará, por vez primera, con su abuelo, las inquietudes de Emiliano.

Pero ahora mismo, Emiliano es incapaz de entender que si consigue él desentrañar los dos misterios que a partir de aquí dividirán sus inquietudes, no podrá sino imitar las conductas de su padre y de su abuelo, unas conductas que ahora mismo le son a él impenetrables.

XIV

Durante los meses, primero, y los años, después, que seguirán a este otro día del que aquí ha quedado ya también constancia, las obsesiones de Emiliano lo llevarán a visitar, en secreto y cada vez que pueda hacerlo, a su abuelo —quien por entonces vivirá en León, Guanajuato, regenteando una minúscula marisquería que va a llamarse El Sinaloense Renovado; tendrá una novia de la edad de sus nietos, cuyo nombre será Mireya y con quien vivirá, Carlos Monge McKey, en un cuarto rentado; escuchará todas las tardes uno o dos partidos de beisbol por la radio; jugará, religiosamente, al Melate, eligiendo sus números con base en el cuaderno en el que habrá antes anotado todos y cada uno de los resultados anteriores; leerá, por lo menos, una novela a la semana, y tirará el tarot de vez en cuando: *Solamente a los amigos y solamente sin cobrarles*, le dirá su abuelo a Emiliano, cuando él suplique que, por favor, le eche alguna vez aquellas cartas.

Y lo llevarán, además, a juntar tantas versiones sobre la muerte de Carlos Monge McKey, que, si quisiera, podría escribir una novela —su tío Nacho, por ejemplo, le dirá que su padre tuvo que irse porque estaba amenazado, tras haberse acostado con la esposa de un narco; su tía Silvina, por su parte, le prometerá que su padre se hizo el muerto para irse a Europa con su amante; el padre de un amigo suyo, quien también naciera en Sinaloa y que había sido periodista, le enseñará la portada de un periódico local que él mismo había redactado y le dirá que su abuelo fingió su muerte para sacar de México el dinero que el tío abuelo de Emiliano, gobernador de aquel estado, se robara; su tío Toño, el hermano de su madre y quien será el otro padre de Emiliano, le contará que su abuelo engañó a todos porque había empezado, con los guaruras de su cuñado, a traficar droga en un yate, y el Gordo, aquel primo, hermano o hermano-primo de Carlos Monge Sánchez, le dirá que Carlos Monge McKey se hizo el muerto no porque tuviera algún negocio con su padre, sino porque un par de días antes de aquella explosión en la cantera había discutido, se había peleado y al final había matado a un pelado que lo estaba amenazando por haberle embarazado a una hija.

Pero además, lo empujarán, a Emiliano, a averiguar algunas cosas, pocas, pues nadie se atreverá a hablarle de eso, será como si todo aquel que conociera a Carlos Monge Sánchez tuviera miedo de ponerlo en una frase, de los años que su padre había enterrado en su pasado —el abuelo Polo, por ejemplo, le contará que fue gracias a él que lo sacaron de la cárcel; Dolores, su abuela, asegurará que aunque no podría decirle nada exacto, podría jurarle que esos años por los cuales él andaba preguntando, ella había sufrido más que con la muerte del primero de sus hijos; su abuelo Carlos, por su parte, le dirá que él sólo sabía que su hijo había andado en Guerrero, haciéndole al cubano, y que lo habían agarrado por la culpa de su hermano, es decir, del imbécil del tío Nacho, y su madre, Rosa María, le asegurará que ni siquiera ella tenía claros esos años, los mismos, pues, que habían terminado con el encierro de Carlos Monge Sánchez en Lecumberri y las torturas que lo habían roto por dentro y que lo habían dejado así, como a unos pasos del delirio: *Aunque no*, habría después de corregirse, *como a unos pasos, más bien, de la manía persecutoria.*

Algunas costras de sol

Martes, 22 de agosto de 1939

Al final, la oficina de escrituración sólo cerró un par de días.

Así que aquí estoy otra vez, esperando a los hombres que se forman en las filas.

Por alguna razón, que sólo puedo adjudicar a mi desgracia, la fila que me toca siempre es la más larga.

27 de agosto

La libertad que tanto había deseado duró más en mi cabeza que en los hechos. No tuve tiempo ni de leer lo que quería.

Pero alcanzó, cuando menos, para comprar esta libreta. A ver qué hago ahora con ella.

30 de agosto

Hasta estos días, únicamente había escrito cartas, trabajos escolares, los resúmenes que me pedía antes mi tío, las palabras que pronuncié en el velorio de la abuela, los deslindes que me toca hacer en la oficina, las preguntas que en las noches me despiertan y un montón de listas.

Por eso no sé cómo dar forma a este diario. Y es que eso es lo que quiero que se vuelva esta libreta. Iba ser una memoria de mi viaje, pero la huelga apenas y duró un par de días.

5 de septiembre

Maldigo el día en que aprendí a utilizar la máquina esta. No, mentira, maldigo la tarde en que acepté este trabajo, un trabajo para idiotas.

Fui a casa de mi tío a pedirle que pagara mis estudios, que aunque fuera me apoyara con la renta, pero acabé metido en este encierro. *De estudiar siempre tendrás tiempo*, me dijo. *Lo de la tierra, en cambio, es un suceso.*

9 de septiembre

Desde niño me ha gustado hacer listas. Listas de las cosas que me encuentro, de los seres que se me han ido muriendo, de las personas que un día me lastimaron, de las cosas que les robo a mis hermanos, de los libros que más me han gustado, de los lugares que querría haber conocido, de los objetos que conservo de mi padre, de las enfermedades que he sufrido, de las palabras que mi madre va olvidando.

13 de septiembre

Lo sabía. No debí haber escuchado a mi tío. Ni a mi tío ni a mi madre. Hacerles caso y terminar aquí encerrado, escriturando, fue el peor de mis errores. Un error del que no voy a levantarme.

Esta mañana, mi máquina dejó de funcionar y no hubo forma de arreglarla. Me pasé casi todo el día escriturando con la pluma que heredé de mi abuelo. Y lo peor es que mañana deberé pasarlo a máquina temprano.

17 de septiembre

Ayer cené con las dos hijas más chicas de mi tío, las que no son de su esposa. Soy el único pariente que de tanto en tanto acepta verlas.

Siempre me sorprende lo feas y tristes que son ambas. La mayor es como un pulpo sin tentáculos, la menor un petroglifo de esos de la sierra. Con razón se pasan todo el día rezando.

25 de septiembre

Después de haberse descompuesto cuatro veces, finalmente cambiaron la máquina que uso. El jefe estaba emocionado. Mis compañeros, pude verlo en sus rostros y actitudes, estaban muertos de la envidia. A mí, en cambio, me dio coraje. La nueva máquina implica más deslindes. Y más deslindes significan más trabajo.

30 de septiembre

Hace tiempo, cuando fuimos en familia al pueblo de la abuela, también fuimos a ver petrograbados. Ese día hice esta lista, que encontré hoy entre mis cosas: laberinto, alacrán, círculos concéntricos, animal de cola larga, niños cabezones, venados, caras enojadas, caras alegres, erizos, aves gordas, pelos parados, peces, vaginas y venados.

1 de octubre

¿Cómo se habrán comunicado mis abuelos, al conocerse, si él únicamente hablaba inglés y ella sólo masticaba el mayonokki?: ésta es la pregunta que hoy me despertó de madrugada.

6 de octubre

Si esta libreta es mi diario, debería dejar constancia de lo que hago diariamente, aunque esto no sea tanto. O aunque sea lamentable: me despierto, le preparo el desayuno a mi madre, la ayudo a vestirse, me doy un baño, como algo, salgo de la casa, atravieso la ciudad, me presento en la oficina, me siento ante mi mesa, espío a la mujer que sin saberlo me atrae, atiendo a los que vienen por sus tierras, como algo, atiendo a los que vienen por sus tierras, salgo a la calle, cruzo la ciudad, ceno con mi madre y mis hermanos, me encierro en mi cuarto, leo o me asomo a la ventana, me quedo dormido.

7 de octubre

Leo lo que escribí ayer por la noche y me entristezco. Aunque también debo decir que he sido injusto. Hay veces que rompo la rutina que he descrito. Por ejemplo, los lunes, de camino a la oficina, me detengo en una juguería. Y algunos viernes, por la noche, voy a tomar un trago a la cantina. Además, ahora tengo este diario, en el que escribo a cualquier hora.

10 de octubre

Ésta es la lista de objetos que conservo de mi padre: un par de guantes. Cuatro juegos de manoplas. Tres carteles enrollados que anuncian sus combates. Un par de vendas viejas. Una pera. Una cuerda. Un llavero. Varias toallas. Un jabón con cuatro vellos incrustados.

12 de octubre

En la capital, estoy seguro, los días no se acaban nada más uno tras otro. Ni siquiera hay que ir tan lejos. En la universidad, incluso en la de aquí, los días no deben terminarse presumiendo, restregándote en la cara su vacío.

De suceso, lo que hago en esta oficina tiene una chingada. ¿Cómo iba a ser esto un suceso si lo hacemos todo el tiempo? Me gustaría decirle a mi tío que es un imbécil, pero yo soy el imbécil. Por haberle hecho caso, por no irme de este sitio sin su apoyo.

18 de octubre

Hoy cumplo seis meses encerrado en estas oficinas. Medio año exacto.

Y ni siquiera creo en andarles regalando a ellos la tierra. No por ellos, por supuesto, no por los hombres que la obtienen. Mis dudas son respecto al hecho. No, esto tampoco es del todo claro. El hecho en sí me maravilla. Darle la tierra a quien la siembra. Lo que en el fondo me molesta es que el destino me haya puesto a deslindarlas.

18 de octubre (tarde)

Releo lo anotado hace unas horas. He sido incapaz de explicarme. No quise decir que me moleste estar dando la tierra. Tampoco, por supuesto, que querría estar recibiéndola.

Lo que no soporto más, sencillamente, es perder mis días en este sitio. Lo que no tolero es que el destino me eligiera a mí para llevar a cabo este trabajo. Un trabajo que, efectivamente, es necesario, pero que, también, es destructivo. Destructivo para mi vida, mis planes y mis sueños.

22 de octubre

Anoche fui a beber y a jugar cartas con los amigos que aún me quedan de la escuela. Durante toda la velada me sentí obligado a hacerlos reír. Si dejaban de reírse, de hecho, me sentía culpable de algo.

Hace tiempo, hacía reír a todos de manera natural, sin esforzarme. Ahora me descubro obligándome, convirtiéndome a mí mismo en una máquina de gracias. Antes lo gozaba, ahora lo padezco.

Es un buen resumen de mi historia. Según la época, gozo o padezco de las cosas. Y ahora mismo, desde hace tiempo, el humor sólo lo padezco.

22 de octubre (noche)

No consigo sacarme de la mente a mis amigos. No fui el único, estoy seguro, que se sintió incómodo anoche, como en falta, obligado a ser alguien que no somos hace tiempo. Si yo necesitaba que se rieran, ellos parecían necesitar sus propias marcas.

Qué pronto nos hemos alejado unos de otros. Qué sencillo es volverse extraños, a pesar de lo difícil que es volverse cercano a alguien. No pienso verlos nunca más, a ninguno de ellos.

26 de octubre

Ésta es la lista de las primeras palabras que mi madre olvidara: Cuchara. Mañana. Calor. Blanco. Mesa. Momento. Afuera. Edad. Bolsa. Carne. Hielo. Llavero. Hijo. Amuleto. Canasta. Reloj. Perro. Parque. Árbol.

30 de octubre

No dormí en toda la noche.

Justo antes de acostarme, estuve leyendo un manual de medicina, buscando comprender la enfermedad que padece mi madre. Sobre ésta no encontré nada, pero hallé un mal que paraliza los pulmones del paciente, cuando éste se acuesta.

Pasé las horas siguientes al borde de la asfixia. Cada vez que cerraba los párpados, mi nariz se negaba a obedecerme. Debía abrir los ojos, erguir el torso y empujarme del colchón, sólo así mi boca era capaz de jalar aire.

5 de noviembre

Tras varias noches idénticas, en las que estuve a punto de ahogarme, ayer logré dormirme a la primera. Cerré los ojos, escuché, magnificada, la respiración de mis pulmones y no volví a escuchar nada hasta hoy temprano.

Minutos después, descansado y feliz, experimenté una sensación que creía olvidada: la de haber ganado en algo. Me levanté tan contento que, durante el desayuno, incluso intenté hablar con mi madre.

Pero apenas entré en esta oficina, volví a sentir que mi nariz no me obedecía, que no conseguía jalar aire. Este sitio es el culpable de lo que hoy estoy sufriendo.

11 de noviembre

Por primera vez, en los casi siete meses que ya llevo en este sitio, un par de hombres, a los que yo estaba atendiendo, se levantaron dando voces, empezaron a gritarse y desenvainaron sus machetes.

Antes de hoy, solamente había observado estos conflictos desde lejos. Pero ahora me tocó verlos tundirse enfrente de mí, a medio metro de mi cuerpo, tan cerquita que la sangre de uno de ellos cayó encima de mi máquina y bañó mi mesa entera.

11 de noviembre (tarde)

No consigo expulsar de mi cabeza la pelea de esta mañana. No es que me impactara su violencia. Tampoco es que los gritos y los llantos me hayan perturbado, por supuesto.

Lo que no consigo es explicarme cómo unos machetes, forjados en metal, pueden moverse y verse así en el aire, como si fueran látigos de cuero.

13 de noviembre

Esta libreta es oficialmente mi diario. No sé por qué ni para qué lo estoy haciendo, pero sé que si lo dejo me haría falta, que sería un hueco más en mi vacío. Igual que si dejara, de repente, de prepararle el desayuno a mi madre, igual que si dejara, de golpe, de leer todas las noches.

17 de noviembre

Pasé la tarde del domingo en el parque, acompañando a mi madre.

Y aunque no pasó ni pensé nada memorable, observé a varios hombres: el primero parecía una fotocopia de alguien más, el segundo la radiografía de sí mismo y el tercero un pedazo de la banca en la que estaba. Ninguno de los tres parecía del todo un ser humano.

21 de noviembre

Hoy les propuse una apuesta al resto de hombres y mujeres que, como yo, vienen a perder la vida a esta oficina.

Antes de que abrieran las puertas, les dije, hay que adivinar frente a cuál de nuestras mesas volverá a haber un pleito. Nadie, sin embargo, tomó en serio mi propuesta. Ni siquiera la mujer que a mí me gusta me hizo caso. Aunque sus ojos, por primera vez, notaron mi existencia.

25 de noviembre

Ésta es la lista de los libros que más me han gustado: *Astucia. Moby Dick. Los bandidos de Río Frío. La carta robada. Colmillo blanco. El Zarco. Martín Fierro. Santa. Robinson Crusoe. Las aventuras de Huckleberry Finn. Desvelo. El jugador. María. Luz de agosto. El diablo desinteresado. Tomóchic. Noche de diciembre. La llama como nube.*

En el libro que estoy leyendo en estos días, por cierto, encontré una forma perfecta para llamar a las tierras que andamos repartiendo: costras de sol.

3 de diciembre

Por alguna razón que nadie quiso explicarnos, las puertas de este antiguo edificio, en el que tantos hombres y mujeres nos estamos convirtiendo poco a poco en nada, abrieron dos horas después de lo debido.

Mientras estaba esperando, tras alejarme del resto de hombres y mujeres, leí las hojas de este diario. Nunca antes lo había hecho. Y aunque me sentí de nuevo triste y enojado, descubrí por qué sigo escribiendo. Creo que si la dejo en estas hojas, la frustración dejará un día de pesarme.

10 de diciembre

Hace exactamente un año, mamá dejó de conocerme. Por eso, cada noche, cuando llego del trabajo, me veo obligado a aclararle que soy Carlos, que soy su hijo y no su esposo, que soy su hijo y no su hermano.

A pesar de que hasta hoy siempre he logrado convencerla, cada noche me resulta más difícil, cada noche se vuelve más difícil que me crea, cada noche me cuesta más y más trabajo.

15 de diciembre

¿Será esto, luchar por convencer a mi madre, lo que haré hasta el día en que ella muera? Hoy fue ésta la pregunta que abrió mis párpados de noche y que me hizo, después, padecer cada minuto de la mañana y de la tarde.

19 de diciembre

Hace un par de horas, mientras venía hacia la casa, choqué en la calle con un hombre. El golpe fue tan fuerte que los dos caímos al suelo. Apurado, me levanté para ayudarlo, convencido de que el choque había sido mi culpa. El hombre, sin embargo, no pareció observarme a mí en ningún momento. Fue como si él no hubiera chocado con otro hombre.

22 de diciembre

Esta tarde volví a chocar con otro hombre. Fue en la oficina. Él entraba al baño, yo estaba saliendo. Y aunque esta vez ambos tratamos de explicarnos y reímos del momento, no puedo pensar más que otra vez pasó mi cuerpo inadvertido.

¿Por qué los otros no me ven si yo los veo? ¿Estaré mostrando al mundo el vacío que llevo dentro? Tengo que escribir más a menudo en estas páginas. Dejar aquí lo que me pesa. Esta libreta es un ancla. O eso quiero por lo menos que se vuelva.

23 de diciembre

Hace apenas un momento, un grupo de hombres se marchó enfurecido de mi mesa. Al parecer, las tierras que desean no son las que les tocan. *Así no queremos nada*, dijo uno y todos se pararon.

Mi reacción, al verlos alejarse, fue empezar a reírme. Pero al instante, sin embargo, me sumí de nuevo en mi desánimo. No creo que nada sea más importante que la imprevisibilidad. Y es justo a ésta, a la imprevisibilidad, a la que no parezco yo tener ningún derecho.

31 de diciembre

Dentro de unas horas cambiará el año y, con éste, yo también habré cambiado. Llevo varios días pensando en esto. Es una oportunidad y no pienso perderla. Empezará un nuevo ciclo y con éste empezaré yo a ser un nuevo hombre. Un hombre que no hará lo que tenía predestinado, lo que había sido escrito que hiciera.

31 de diciembre (tarde)

Mentira. Dentro de unas horas cambiará el año y seguiré siendo el mismo Carlos Monge McKey que he sido siempre.

El niño que cuidaba a sus hermanos cuando quería estar jugando beisbol en la calle. El pequeño que sacaba a pasear a sus abuelos cuando quería quedarse oyendo el radio. El muchachito que ayudaba a su papá con los papeles del gimnasio aunque deseaba estar peleando entre las cuerdas. El muchacho que aceptó empezar a trabajar después de que su padre se marchara. El joven que cada noche reconstruye su impotencia ante el vacío en que su madre está sumida. El hombre que todos los días se promete hablarle a esa mujer a la que no se ha atrevido ni a acercarse y a la que ya no sólo espía en la oficina, sino a la que hace unos cuantos días siguió hasta su casa.

Viernes, 3 de enero de 1940
Como pensé y como escribí en esta libreta hace unos días, nada cambió al cambiar el año. Todo sigue exactamente igual a todo. O casi todo: hoy es martes y fui por un jugo. Ya no pienso ir sólo los lunes, voy a ir todos los días. Además, llevo varios días sin leer nada. Los libros me rechazan. Esto no me había pasado nunca.

6 de enero
Ésta es la lista de regalos que nunca conseguí obtener de niño: una manopla. Un bat. Una espada. Un camión de hojalata. Un sombrero. Una cuerda de saltar. Una araña de alambre. Un trompo. Una radio. Un tren de tres vagones. Una navaja. Una caja de colores. Un mazo de ulama. Una campana. Una alcancía.

9 de enero
Estoy perdido. Además de los libros, me rechaza este diario.

No consigo escribir como lo hacía el año pasado. Sé que es pronto para estar diciendo esto, pero es así como lo siento.

Como si el Carlos que escribía hace tan sólo una semana no fuera el que está escribiendo esto.

11 de enero

Necesito que algo cambie. Hasta hoy, no había arrancado ni una página a este diario. Pero este día lo he escrito varias veces, lo he hecho bola varias veces. Lo he tirado a la basura varias veces.

Y mis lecturas, qué decir de mis lecturas. Suelto los libros con la misma facilidad con que mi madre suelta las ideas que se pasean por su cabeza. Sus pensamientos son zopilotes que nomás andan dando vueltas.

11 de enero (noche)

Es mi vida la que ahora anda allá arriba, dando vueltas, nada más amenazando con volver un día al suelo.

Necesito, urgentemente, llevar a cabo alguna cosa que el destino no tuviera contemplada. Llevar a cabo algo imprevisto. Por lo menos, anotar algo imprevisto en este diario.

12 de enero

Sucedió. Finalmente algo sucedió. ¡Me atreví a dirigirle la palabra a la mujer de la oficina!

Lola, así se llama la que ocupa aquella mesa, la que queda a doce mesas de la mía. Apenas verla levantarse, me puse de pie y fui detrás de ella. Caminé junto a su cuerpo varios metros, hasta llegar los dos al archivero.

Ahí, mientras abría un cajón, la saludé y empecé a hablarle en voz baja. Ni siquiera respondió a mis buenos días. Pero volteó a verme e hizo un movimiento de cabeza.

14 de enero

Lola, su movimiento de cabeza, el hecho de que ella me haya visto, me ha devuelto la templanza. Otra vez puedo leer y escribir en estas hojas.

Escribir, por ejemplo: Esta mañana, de camino a la oficina, he visto al hombre que hace un mes me derribara. A diferencia de esa vez, hoy puse atención en su cuerpo y en su rostro. ¿Cómo no iba a chocarme si es ciego? Lleva un bastón que no noté la vez pasada.

17 de enero

Tras dejar pasar una semana, he vuelto a intentarlo. Y haciendo otra vez lo mismo: alcancé a Lola cuando estaba archivando un par de hojas de reparto.

Nuevamente, sin embargo, mis esfuerzos no obtuvieron más que otro movimiento de cabeza. Y eso que esta vez le dije a ella: Dolores. No recuerdo quién me dijo que es así como le gusta que la llamen, que no soporta que la llamen Lola.

20 de enero

Hoy llegó el día que más había temido. Ya no pude convencer a mi mamá de que soy su hijo. Otras veces, al poner mis manos en las suyas, se acordaba. Pero ayer ya no sirvió ni que le hablara de mi infancia. Se durmió sin acordarse de su hijo.

24 de enero

Viéndola bien, Dolores parece hombre.

No sé qué es lo que me atrae tanto de ella. Tampoco sé por qué deseo intentarlo nuevamente, por qué siento, cada vez que la observo, que mi mundo depende de que ella me conteste.

2 de febrero

Lo que me duele no es que mi madre no me reconozca, es que no haya olvidado a mis hermanos. Pero claro, como ellos dos están allí en la casa todo el día metidos.

A su edad yo ya trabajaba. Desde antes, incluso, me llevaba nuestro padre a su gimnasio. No sé por qué lo emocionaba que yo anduviera ahí cobrando sus apuestas. No lo sé y tampoco me interesa. No me interesa nada de ese hombre que me dejó a cargo de todo, que me dejó endosada a mí su vida.

3 de febrero

Releo lo que escribí apenas ayer y me doy cuenta de que debí haber anotado también esto: lo que sé y lo que me importa es que recuerdo cada una de las caras de esos hombres que tenían que pagarme, de esos hombres que apostaban su dinero, una y otra vez contra mi padre, a pesar de que éste siempre les ganaba. Era su gimnasio y era muy bueno engañando a la gente.

8 de febrero

He decidido no volver a intentarlo con Dolores.

Quizá por eso, al mismo tiempo que me dije: *Hasta aquí llego*, volvió a caerme encima el peso insoportable de este sitio y de estos días. De esta sucia oficina en la que me hallo y donde llevo ya casi ocho meses trabajando y de esta vida en la no sucede nada.

¿Cómo puede ser que todavía siga viniendo? ¿Cómo puede ser que todavía siga viviendo?

13 de febrero

Ésta es la lista de la gente que quedó debiéndole a mi padre alguna apuesta: Guillermo Batiz. Aristeo Herrera y Cairo. Antonio Liera Esquier. Héctor Ruiz Couret. Artemio Flores

Gómez. Gilberto Iturbe Vega. Juan Tamayo Salazar. Froylan Coppel Alvarado. Ignacio Sánchez de la Rosa. Félix López Orrantia. Antonio Malacón de Montis. Gustavo Prieto Bengueres.

19 de febrero
Acaban de marcharse Sergio Hernández Salazar, sus dos hermanos y sus primos. Ya son dueños, también ellos, de un ejido.

Lo peor es que el Sergio ése ni siquiera se ha parado alguna vez en ningún campo. Ese cabrón no ha dejado Culiacán ni media hora. Lo conozco desde niños. El desgraciado debe andarse aprovechando de sus primos. Lo tramposo es lo único que no se quita nunca.

19 de febrero (noche)
Hace un momento recordé que fue con él, con el Sergio Hernández ese, con quien peleé la cuarta vez que mi papá me organizó una pelea. No duramos ni un minuto. Me había puesto un par de piedras en los guantes y apenas nos entramos cayó al suelo lloriqueando. Le partí en dos la guardia y la nariz al tercer golpe.

25 de febrero
¿Habrá sido mi padre el primer hombre que mi madre olvidara? ¿Lo habrá dejado de reconocer incluso antes de que nosotros comprendiéramos qué estaba pasando? ¿Habrá sido por eso que se fue él de la casa?: estas tres son las preguntas que ayer me despertaron por la noche.

3 de marzo
Estado de éxtasis: Dolores se ha acercado esta mañana hasta mi mesa.

Pérdida absoluta de consciencia: me ha dirigido la palabra sin que yo fuera a buscarla.

No sé qué habrá sido lo que dijo, pero sé que me dijo algo. Y sé que después de irse, sonreía. Y que yo también sentí en mi rostro una sonrisa.

3 de marzo (tarde)

Y yo que había empezado a creer que a Dolores le gustaban las mujeres.

6 de marzo

El fin de semana lo he pasado fuera de mi cuerpo. Más allá de mí, pero de un modo distinto al que estaba acostumbrado. Dolores es el giro intempestivo, el revolcón que le hacía falta a mi destino. La vuelta que no había ni yo esperado que daría.

7 de marzo

Me he levantado con el ánimo de otro hombre. Con el ánimo de un hombre que finalmente considera que la felicidad y sus sorpresas son posibles.

Y aunque una nube quiso ensombrecerme, haciéndome dudar si no sería algo malo lo que vino a decirme el otro día Dolores, recordé de golpe su sonrisa y fui feliz de nueva cuenta.

9 de marzo

Dolores no vino hoy a la oficina.

Pasé el día extraviado nuevamente. Sumergido en el más hondo abatimiento. Rumiando una tristeza tan profunda que, al acordarme de su rostro, me di cuenta de que estaba a punto de empezar a deshacerme.

Por eso, para no dejar de ser yo mismo, para no dejar tampoco que Dolores se volviera el vacío sobre su silla, tecleé su nombre junto al mío. Una vez y luego otra y otra más y nuevamente.

Llené catorce páginas. Y me las traje conmigo a mi casa.

10 de marzo
¿Habrá sido la sonrisa de Dolores una forma, nada más, de despedirse?: ésta es la pregunta que en medio de la noche abrió mis ojos y que ha seguido masticando mis entrañas todo el día.

11 de marzo
Me gustan más las letras de mi mano que ésas otras que la máquina imprime encima de las hojas. Dolores y Carlos. Dolores y Carlos. Dolores y Carlos.

Nuestros nombres se ven mejor aquí en mi diario que en las hojas ésas que ya forman una pila. Dolores y Carlos. Dolores y Carlos. Dolores y Carlos.

14 de marzo
La tristeza de esta última semana, el abatimiento que ayer casi termina de apagarme, no podía, ni aún tratándose de mí, durar toda la vida: Dolores volvió hoy a la oficina.

Nada más llegar, se dirigió hasta mi mesa, donde mi cuerpo comenzó a embonar todas sus piezas. *La capital es horrorosa*, me dijo antes de reírse y de añadir que tuvo que ir porque allá estaba su hermano.

14 de marzo (tarde)
Al salir de la oficina, alcancé a Dolores en la calle y eché a andar junto a ella.

En silencio, sin que ninguno se sintiera obligado a decir nada, anduvimos varias cuadras, cruzamos el río, dejamos otras dos calles atrás y nos dijimos, ante la puerta de su casa: *Buenas noches*.

16 de marzo

Como si mis paseos con Dolores no fueran suficientes para volverme un ser entero, un hombre que por fin halló su sitio, apenas regresar hoy a la casa me dijeron que mataron a mi tío.

Por no pagarme los estudios, cabrón, por rentarme cada uno de tus libros o exigirme de éstos un resumen, pensé feliz mientras oía el relato de su muerte.

16 de marzo (madrugada)

En mitad del sueño, me despertó una emoción reconcentrada. Dolores y yo vivíamos juntos, en una casa enorme, en una ciudad distinta a ésta. Y en el centro de esa casa, estaba la biblioteca de mi tío. Es una pena que no vaya a heredarla.

17 de marzo

Esta noche, por primera vez desde la tarde en que ella y yo empezamos a pasear por la ciudad, Dolores violentó nuestro silencio.

Fue en el parque que está cerca de su casa. Se detuvo, se volvió hacia una banca, se sentó después en ésta, aguardó a que yo hiciera lo mismo y sólo entonces me soltó: *Mi hermano me ha pedido que me vaya a la ciudad a acompañarlo* (creo que voy a escribir con manuscrita las palabras de los otros).

Después, tras un silencio diferente a los silencios que ella y yo hemos compartido hasta este día, Dolores volvió el rostro hacia mi rostro y añadió: *Así que tengo que casarme*.

19 de marzo

Esta mañana, de camino a la oficina, observé a un perro girando en el centro de la calle, empeñado en hacer una sola cosa con su cola y con su hocico. Al instante, pensé en mi pobre madre. Después, pensé en la muerte de mi tío.

Lo mejor de que haya muerto es que mi madre no comprende qué ha pasado. Anoche, por ejemplo, le dijimos cuatro veces que su hermano había muerto. No pareció ella, sin embargo, ni saber quién era su hermano, ni saber qué era eso de estar muerto.

21 de marzo

He robado el anillo que mi padre le entregara un día a mi madre. De cualquier forma, ella no se acuerda de ese hombre ni tampoco del anillo. No creo ni siquiera que se acuerde de sus dedos. Y de mi padre nadie sabe nada.

1 de abril

Ésta es la lista de las cosas que recuerdo en el rostro de mi padre: Bigote tupido. Enormes ojos claros. Labios delgados pero largos. Pómulos salidos. Frente abultada. Barba siempre rasurada. Pelo blanco. Mentón partido en dos. Dos cicatrices en la ceja derecha. Una cicatriz en la izquierda. Una mancha en la mandíbula derecha. Un hueco en el lugar de un colmillo.

9 de abril

Dolores ha aceptado.

11 de abril

El hermano de Dolores amenaza con matarme. Ella dice que no cree que hable en serio. Que así ha sido su hermano desde siempre.

¿Hablador?, le pregunté. *No,* me dijo ella: *es de esos hombres que primero dicen una cosa, pero luego dicen otra, de los que cambian de opinión como si nada.*

18 de abril

Nos hemos casado esta mañana.

Inesperadamente, el hermano de Dolores ayudó para que el trámite fuera nomás eso: un trámite veloz y muy sencillo.

Gasté todos mis ahorros en comprarle el vestido a mi esposa. Ella, por su parte, se gastó los suyos en unos zapatos.

20 de abril

Festejamos en pareja, sin invitar a nadie más a nuestra fiesta. No queríamos compartir nuestra alegría. No queríamos que nadie más se la gastara. Queríamos que fuera sólo nuestra.

22 de abril

Ayer, apenas desperté, salí al jardín que da a la calle. Estaba amaneciendo. Tres o cuatro nubes, detenidas en la altura, brillaban imponentes.

Al volver dentro de casa, sin embargo, sentí un dolor terrible. Pensé que el corazón iba a parárseme y se lo dije a Dolores, que se rió y no quiso levantarse de la cama. Intenté entonces calmarme. Pero el dolor nomás no se iba.

Al final, no tuve más opción que ir al hospital. Por suerte, en lugar del corazón, lo que falló fue mi vesícula.

—Debe estar llena de cálculos —me dijo el doctor antes de explicarme—, lo mejor será extirparla (mejor voy a poner guiones a las voces de los otros, escribir con manuscrita me entume la muñeca).

24 de abril

Le enseñé a mi esposa, es extraño escribir esto: mi esposa, lo que extrajeron los doctores de mi cuerpo.

Los cálculos que hice son un puñadito de cristales. Me gusta cómo brillan. A Dolores, sin embargo, le dio asco y me lo dijo. Y me dijo, además, que no fuera marrano, que tirara esa basura a la chingada.

Nunca antes me había hablado así mi esposa. Tampoco me había visto como me vio en ese momento.

27 de abril

Fui dado de alta. Dolores no pudo venir a recogerme. Su madre llegó anoche de El Vainillo, el rancho donde vive casi toda su familia. Obviamente, no quería dejarla sola.

En la entrada de la casa, apenas abrazarme, mi mujer me preguntó que qué había hecho con las cosas que sacaron de mi cuerpo.

—Aquí no entra esa basura —aseveró antes de lanzarme—, llévate tus cosas al de enfrente, en nuestro cuarto va a quedarse mi mamá un par de días.

2 de mayo

He regresado a la oficina.

Por primera vez, he sentido que no soy del todo un preso en este sitio. Dolores, por su parte, ha dejado de trabajar en este sitio. Ella y su madre hablan de poner un restaurante. Creo que es buena idea: no he conocido a nadie que cocine como ellas.

7 de mayo

Esta tarde fue mi madre la que debió ser internada. Llegó apenas con vida al hospital, donde los doctores han sido muy claros: no le queda mucho tiempo, con suerte un par de semanas, sin suerte, un par de noches.

10 de mayo

Esta mañana, desayunando, mi suegra señaló con un cubierto el centro de mi pecho y pronunció:

—¿Qué te habrán puesto allí adentro, donde tenías esas piedras que te sacaron?

Evidentemente, no atiné a decirle nada.

—Yo creo que te dejaron allí un hoyo —remató tras un momento, devolviendo su atención hacia su plato y condenándome a esta duda que me está ahora carcomiendo: ¿me habrán dejado adentro un hoyo?

13 de mayo

Ha muerto mi madre. Era lo mejor que nos podía haber pasado y lo mejor que le podía haber sucedido también a ella.

Mis hermanos no dejaron de llorar durante horas. Incluso Dolores pareció humedecer sus dos ojos enormes. Pero tampoco estoy seguro. Mi esposa ha resultado ser una mujer realmente dura.

Justo antes de morirse, mi madre fijó en mí sus ojos y me dijo que había sido un placer compartir la vida y tener hijos conmigo.

14 de mayo

A partir de hoy, no volveré a hablar con mis hermanos.

Los odio porque al verlos pienso que podría haber sido como ellos, que podría ser uno de ellos.

16 de mayo

Han pasado casi quince días y mi suegra sigue todavía en la casa, durmiendo con mi esposa.

Por su culpa, para colmo, llevo toda la semana preguntándome qué será lo que pusieron los doctores en mi cuerpo, sintiendo que aquí llevo un pedazo que no es mío.

21 de mayo
¿Y si el pedazo que pusieron los doctores en mi cuerpo es un pedazo de otro hombre?: ésta es la pregunta que, desde hace varios días, me despierta por las noches.

25 de mayo
Mi madre heredó todo a mis hermanos. La casa, los muebles, la radio, el dinero y las cosas de mi padre.

A mí, me dijo el abogado, me dejó sólo un recado:

—Tú ya te habías robado mi anillo.

Y yo creyendo que ella no se daba cuenta, que no era capaz ni de entender lo que pasaba.

29 de mayo
¿Y si el pedazo de ese otro hombre me convierte, poco a poco, en ese otro hombre? ¿Y si ahora que finalmente he logrado ser el que debía empiezo a transformarme?: estas preguntas siguen despertándome en las noches.

2 de junio
Hoy mi suegra estuvo a punto de irse, a punto de volverse a El Vainillo. Pero Dolores terminó por convencerla de quedarse otra semana. Está enojada porque no quiero pelear por la herencia de mi madre y ha elegido castigarme de esta forma.

5 de junio

La oficina de escrituración dio por concluidos sus trabajos. Cerrará sus puertas para siempre. Van a echarnos a la calle. Necesito conseguirme urgentemente otro trabajo.

Sobre todo ahora que yo soy el responsable de Dolores y su madre. Peor aún, sobre todo si no quiero que insistan nuevamente en que peleé por la herencia de mi madre.

Ellas no lo saben, pero prefiero pasar hambre antes que hablarle a mis hermanos. De ese mundo en el que estuve ya me he ido y no hay forma de que vuelva.

16 de junio

Dolores dice ahora que no busque trabajo. Que mejor utilicemos el dinero del despido para abrir nuestro negocio. Además, también me dijo, su hermano, que está en política y que cada día incrementa su fortuna, desea ayudarnos. Mi mujer está entercada con tener un restaurante.

25 de junio

Vamos a poner un restaurante. Dolores, su madre y su hermano ya lo han decidido. Él, Leopoldo, además quiere encargarse de la inversión que requerimos, de la inversión toda enterita.

Al principio traté de oponerme. Pero muy pronto comprendí que no tenía sentido. Mi cuñado es un hombre acostumbrado a conseguir siempre lo que quiere. Su carrera en política es impresionante y cada día es más importante.

3 de julio

Lo bueno de poner un restaurante es que Dolores ya no habla de encargar un primer hijo. Lo malo es todo lo demás. Sobre todo la deuda que tendremos con su hermano. Estoy seguro de que ésta acabará siendo un problema.

Aun así, lo peor de todo, lo realmente espantoso, es que voy a ser restaurantero. Yo, que pude haber sido un gran hombre, le serviré de comer a grandes hombres. Y lavaré también sus platos.

14 de julio

Estoy seguro de que el pedazo que pusieron los doctores en mi cuerpo era el pedazo de un restaurantero. Sólo así puedo explicarme el vacío, la tristeza y la angustia que otra vez se han apoderado de mi vida.

21 de julio

No he querido perder tiempo. Después de ir con Dolores y su madre a ver el sitio donde vamos a poner el restaurante, he corrido al hospital.

Los doctores se rieron en mi cara.

—No pusimos nada dentro suyo —aseveraron—; lo que tiene es un problema nervioso, por eso también le falta el aire al acostarse.

1 de agosto

Volví a ver a los doctores. A pesar de lo que dicen, siento que sí hay algo en mi cuerpo que no es mío, una astilla, una partícula que no sé a quién le pertenezca, pero que no venía conmigo y que ahora injerta mi destino.

9 de agosto

Ésta es la última vez que abro este diario. Hoy los doctores me corrieron del hospital y me prohibieron que volviera.

Tengo que dejar los pensamientos recurrentes, me dijeron. Y esta libreta es el ancla de esos pensamientos. Así que así acabo con esto.

La historia se acerca a los eventos

La primera vez que sucedió, Carlos Monge Sánchez volvía de Argentina, donde había estado trabajando dos semanas.

Emocionados, mi madre, mi hermano Diego y yo llegamos a la cita, que apenas una noche antes Carlos Monge Sánchez confirmara: *Aterrizo a las doce de la noche con cinco minutos.*

Burlando varios cuerpos, mi hermano y yo alcanzamos a colarnos hasta el frente, nos subimos luego en unos tubos que servían de barrera y ahí desenrollamos la enorme cartulina en la que habíamos escrito, por la tarde: *¡Bienvenido, papá, papá, bienvenido!*

El tiempo, sin embargo, fue pasando ante nosotros, camuflado en todos esos pasajeros que no eran nuestro padre.

Cerca de las dos de la mañana, mi madre, Rosa María García Arana, decidió que ya había sido suficiente y que debía ir a averiguar qué había pasado. Ella nos tomó entonces de las manos y nos sacó de aquella sala que se había ido vaciando poco a poco.

Tras pasearnos por pasillos que llevaban a oficinas cuyas puertas no abatían ni hacia dentro ni hacia fuera, finalmente encontramos una que abrió ante nuestros cuerpos. Fue allí donde una chica, disfrazada de aeromoza, le explicó a nuestra madre qué había sucedido: Carlos Monge Sánchez no se había subido al vuelo.

Algo le debe haber pasado, murmuró Rosa María cuando dejamos aquel cuarto: *Debe habérselo impedido un accidente*, masticó mientras cruzábamos de vuelta el aeropuerto: *Algo grave*, aseveró al meternos en el auto, luchando por imponerle a sus facciones un semblante que, sin embargo, no volvería a habitar su rostro.

Aunque quizá no pasó nada, se contradijo nuestra madre, forzando esa sonrisa que a partir de aquella madrugada empezaría a forzar de tanto en tanto, cuando finalmente dejamos el aeropuerto detrás nuestro. *Qué si nada más quiso quedarse*, remató después de un rato, hablándose en voz baja, acelerando el coche en la avenida e inaugurando un silencio que me haría a mí comprender qué era el silencio.

La segunda vez que sucedió, Carlos Monge Sánchez, que había ido a hacer una escultura a Canadá, debía arribar al exDistrito Federal minutos antes de que hubiera amanecido.

Por eso, cerca de las seis de la mañana, Rosa María, Diego y yo cruzábamos de nuevo el aeropuerto Benito Juárez. Y aunque no llevábamos entonces ni una cartulina, cuando estuvimos en la sala de llegadas, mi hermano y yo volvimos a colarnos por los huecos que se abrían entre la gente.

¿Cuánto apuestas a que yo lo veo primero?, me retó Diego subiéndose a los tubos que aún servían de barrera en aquel sitio. *Lo que quieras*, le respondí brincando encima de esos caños mal pintados y confiando en que mi altura haría que le ganara aquella apuesta, sin tener ni que esforzarme, añadí envalentonado: *¿Tus M.A.S.K. contra mis joes y cuatro días de tele?*

El tiempo, sin embargo, volvió a pasar frente a nosotros, arrastrado por los hombres y mujeres que emergían cuando las puertas se abrían y que no eran Carlos Monge Sánchez.

¿Quién gana si otra vez no llega?, me preguntó Diego después de una hora y cuarto, bajando de esos tubos que muy pronto empezarían a oxidarse y sentándose en el suelo. Fue entonces, justo antes de que yo le contestara algo a mi hermano, que nuestra madre apareció frente a nosotros, con el rostro desarmado.

No descompuesto. No desencajada. Desarmado.

Nos largamos ahora mismo, aseveró Rosa María García Arana azotando un pie contra el suelo, tronándonos los dedos de ambas manos e inyectando sus palabras de coraje: *El que no quiera quedarse que se pare. Y que se apure,* añadió azotando nuevamente un pie, girando el cuerpo y echando a andar sus pasos. Unos pasos que, estaba claro, no se dirigían a preguntar qué había pasado.

Qué estupidez haber venido, rugió mi madre atravesando el aeropuerto: *Cómo pude haber confiado nuevamente,* se reclamó buscando el coche y forzando esa sonrisa que hacía apenas unos meses se había vuelto su escondite, se preguntó: *¿Cuándo me volví yo tan pendeja? ¿En qué momento?,* insistió después para sí misma, encendiendo el coche: *Si para colmo lo conozco,* se respondió echándose en reversa: *Era evidente que otra vez no llegaría,* aseguró rearmando sus facciones.

De camino hacia la casa, aún a pesar de que Rosa María García Arana habría de murmurar la misma frase tres o cuatro veces: *Hijo digno de su padre,* el silencio aquel que a mí, primero, me había enseñado qué era el silencio, volvió a apoderarse del espacio. Y entonces, además de adherírseme a la piel como una sombra, me hizo comprender que dentro suyo había un animal agazapado. Y que ese animal tenía que ver con mi apellido.

Pero esto: la sombra que ya no habría de soltarme, al animal que entonces fui sólo capaz de intuir y al que no habría de verle el rostro hasta pasado casi un año, cuando mi padre nos dejara por tercera vez plantados, no es lo que aquí importa. Como tampoco importa aquello que mi madre aseverara en la primera, la segunda o la tercera de las noches que su esposo perdió un vuelo ni lo que Diego preguntó cada una de esas veces: *¿Qué es un accidente? ¿Por qué siempre se encuentra él los accidentes? ¿Si se repiten siguen siendo accidentes?*

Nosotros, mi madre, mi hermano Diego y yo, somos solamente eventos. Igual que Ernesto, mi otro hermano, quien no quiso acompañarnos ni una vez al aeropuerto, únicamente es un evento. O como Carlos Monge Sánchez, quien a pesar de todo lo que aquí he bosquejado no es más que otro evento. Igual que son eventos cada una de las cosas que hicimos, aquello que pensamos y todo eso que sentimos.

Y los eventos, por mucho que se acerquen a la historia, por más que traten de explicarla, por más que intenten habitarla, por más que quieran alumbrarla, nunca son la historia.

Así que la historia no es que Carlos Monge Sánchez perdiera, de manera voluntaria, aquellos vuelos, tampoco que empezaran a ser cada vez más largos sus viajes de trabajo y menos aún que una noche, tras nueve años de estarse evadiendo en cámara hiperlenta, finalmente se mudara a vivir a una cantera, idéntica a esa otra en la que treinta años atrás, su propio padre, Carlos Monge McKey, se hiciera el muerto.

No, la historia ni siquiera es que mi padre, antes del evento que apenas he esbozado, ya se hubiera desterrado varias veces: el escultor había sido fundidor, hombre de negocios, fotógrafo de cine, maestro de primaria, guerrillero, economista, adolescente desclasado, pirómano confeso, huérfano impostado, hermano de su primo, hermano de su hermano.

Aquí la historia es aquello que se esconde en las acciones, el animal que acecha el carácter antes que los actos de los hombres. La historia es esa voz que en mi familia emerge entre otras voces, ese latido que se impone siempre entre los Monge.

La historia, ya lo dije, es un presentimiento. Aquel que más temprano o que más tarde susurra en el oído de mi estirpe, haciéndonos romper con el pasado.

El color de las cebollas

Domingo, 12 de abril de 1942
Hace dos años que no abría esta libreta.

Creo que fue una decisión acertada, estas páginas me estaban absorbiendo.

17 de abril
¿Si sé que no me hace bien, por qué deseo volver a este diario?: ésta es la pregunta que ayer me despertó en la madrugada.

20 de abril
Éstas son las cosas que hago en los momentos que antes dedicaba a esta libreta: Ir a pasear con mi esposa. Jugar al ajedrez con mi cuñado. Explicarle a Dolores que aún no es el momento de los hijos. Ir a la cantina con los clientes que se han vuelto mis amigos. Pensar las frases que escribo en las cuentas de los clientes.

28 de abril
A pesar de que me tienta, no volveré a escribirme en estas hojas.

Domingo, 6 de octubre de 1943

Ha pasado otro año y medio sin que abriera esta libreta. Pero hoy sentí que debía hacerlo.

Dolores ha perdido a nuestro hijo. Y apenas ayer, en Mocorito, pensé que había visto a mi padre.

7 de octubre

Al final, Dolores no ha perdido al niño. Nos lo explicaron los doctores. Nunca estuvo embarazada.

Mi emoción ha sido doble. Evitamos la tristeza y evité ser engañado. Mi esposa y yo hemos hablado de este tema varias veces; aún no es tiempo de crecer nuestra familia.

9 de octubre

Leo lo que anoté hace un año y medio y me doy cuenta de lo mucho que uno cambia con el tiempo.

Con mi cuñado ya no juego al ajedrez; no soportó que le ganara. He dejado de asistir a la cantina; prefiero el bar que le añadimos hace poco al restaurante. Cada día que pasa leo menos; es imposible leer y estar casado (gracias a las frases que escribo a nuestros clientes, he aprendido a usar el punto y coma).

11 de octubre

"Muchos son los que hacen planes; pocos quienes logran lo que quieren." "Haz de tus sueños una casa y múdate ahí dentro; cuida no quedarte encerrado." Éstas son algunas de las frases que escribo al reverso de las cuentas que entrega El Sinaloense (gracias a éstas, también sé usar comillas).

13 de octubre

Lo que resulta imposible no es leer y estar casado; es leer cuando uno tiene un restaurante, un cuñado que no para de pedirte que hagas viajes y una esposa que otra vez habla de niños todo el tiempo.

El sustito que pasamos le ha devuelto a Dolores la ansiedad del embarazo.

15 de octubre
"La felicidad se compone de un montón de partes; la más importante es la renuncia." "Los sueños no desean engañarte; los engañas tú a ellos." Éstas son las frases que escribí anoche en las cuentas de los clientes que vinieron a comer a El Sinaloense, aunque querría habérselas dicho a Dolores.

18 de octubre
Ésta es la lista de los libros que he leído en este año: *La Divina Comedia.*

Ésta es la lista de lugares a los que Leopoldo me ha mandado durante este último año: Mochis. Mazatlán. Guamúchil. Mocorito. Topolobampo. Rosales. Navojoa. Obregón. Hermosillo. Durango. Parral. Saltillo. Canatlán. Guachochil. Ahumada. Chihuahua. Coyame. Juárez. Tucson. Phoenix. Nogales. Tijuana. Los Ángeles. San Diego. Sacramento. San Francisco.

21 de octubre
No dormí en toda la noche. Y ni siquiera fue que una pregunta me sacara de la cama.

Por suerte, Dolores se paró de madrugada. Al verla caminando rumbo al baño, pensé en la vida que llevamos y de golpe se deshizo el malestar, el vacío que sentía dentro del pecho.

23 de octubre
Antes de Dolores y de abrir El Sinaloense mi vida fue peor. Eso es lo único que importa. Que el pasado fue peor.

Ahora soy feliz y puedo demostrarlo. Si no escribí sobre eso en estas hojas fue porque escribía sólo lo malo. Pero ahora dejaré también constancia de lo bueno. El vacío que sentí el otro día fue el vacío que dejé en estas hojas.

25 de octubre

"Si crees que no eres libre, ordena tu memoria; quizá lo fuiste siempre." "No busques desterrar de ti el pasado; destiérrate a ti de tu pasado." Éstas son las frases que escribí hoy en el reverso de las cuentas que entregué en El Sinaloense.

27 de octubre

Ésta es la lista de lo mejor que me pasó en estos tres años y medio de silencio: El Sinaloense, el restaurante que abrimos con el dinero que nos diera mi cuñado, tras cerrarse la oficina de deslindes, triunfó al tercer día. La hermana mayor de Dolores se cayó de un árbol de mangos y cuatro días después perdió la vida; dejó dos niños pequeños y mi suegra tuvo que volverse a El Vainillo. Mi esposa encontró, entre mis cosas, los cristales que sacaron de mi cuerpo; en lugar de enfurecer y de gritar:

—No quiero esa mierda en nuestra casa —aseveró:

—Si para ti son importantes, ponlos donde yo no los encuentre.

Conocí la capital, gracias al hermano de Dolores, que sigue ascendiendo en el gobierno y que no es tan mala gente como todos me habían dicho y como yo había pensado. Le confesé a Dolores que no quería ser restaurantero únicamente; me dijo que, si ahorrábamos, podíamos hacer que El Sinaloense fuera bar los fines de semana. Al hermano de Dolores le encantó la idea del bar y nos volvió a prestar dinero; no tuvimos que ahorrar el año y medio que habíamos pensado. En mi penúltimo cumpleaños, Dolores le encargó a unos carpinteros que pusieran un librero en nuestra sala; por la noche, al llegar del bar de El Sinaloense, me encontré con mi sorpresa. El hermano de Dolores convirtió El Sinaloense en club social; me dijo que así también podría tener allí una biblioteca, aunque ésta sigue siendo apenas un proyecto. Hace cosa de seis meses se incendió el convento en que vivían mis dos primas. La mayor murió asfixiada. La menor, aunque está viva, quedó para servirla en barbacoa.

30 de octubre
La felicidad es peligrosa. El recuento que he hecho de lo bueno que he vivido a últimas fechas me ha dejado exhausto y he caído enfermo.

Esta mañana, al despertar, creí que me había dado pulmonía. Tras abrigarme y dudarlo un largo rato, decidí ir a que me vieran los doctores. De camino al hospital, sentí miedo de que allí me recordaran, de que alguien se acordara de mi rostro.

Al final, entré en el hospital sin un solo problema. Media hora después, el doctor me dijo:

—Tienes gripa, es sólo eso, una fuerte gripa, pero gripa al fin y al cabo.

2 de noviembre
El reposo que el doctor me prescribiera me ha caído muy bien. Hacía años no gozaba yo de tanto tiempo.

Finalmente terminé *La Divina Comedia*; qué feliz sería si me dejaran repartir a mí sus círculos. He recordado, además, muchas otras cosas que gocé a lo largo de los últimos tres años y medio. Ésta es la lista de esas cosas: Dolores y yo conocimos California, gracias a su hermano, quien nos pidió llevarle a un militar varios paquetes y nos pagó un hotel que era un palacio. La familia de Dolores puso a mi nombre un pedazo de El Vainillo; cada vez que vamos, me gusta más el sitio ese, perderme por sus montes, matar y desollar animales. Empecé a tomar clases de inglés, con un socio de El Sinaloense; sé que mi cuñado seguirá pidiéndome que lleve a California sus paquetes. Una mañana, en el mercado, comprendí que no metieron nada cuando sacaron mi vesícula, que el vacío que a veces siento es sólo eso, que allí ya no tengo nada. Hace cosa de un año, mi cuñado me ayudó a chingarme a mis hermanos; gracias a él pude quitarles el gimnasio que había sido de mi padre, sin ni siquiera reunirme con ellos. Otro socio de El Sinaloense me enseñó a leer las cartas; el tarot es mucho más complejo y mucho más apasionante de lo que podría haber pensado. El día que mi suegra cumplió cincuenta años, maté mi primer bestia mayor en El Vainillo; al apuntarle, me sentí más vivo que nunca, al dispararle, una fuerza que no había sentido me cimbró el cuerpo entero. En Los Ángeles, tras entregar otro paquete de Leopoldo, conocí la librería más hermosa de la tierra; allí compre *La Divina Comedia*, el primer tarot de mi vida y el cuadro que le regalé a Dolores el día de su último cumpleaños. Hace seis meses, mi cuñado trajo a El Sinaloense una báscula industrial alemana; lo único que nos pidió fue que le pesáramos, a los chinos, los paquetes que ellos van allí a dejarle.

5 de noviembre

Hoy concluye el periodo de reposo que mi médico ordenara. Aunque la gripa no me ha abandonado por completo, confío en terminar pronto de curarme.

Escribir y leer lo que he vivido me ha hecho fuerte. Tengo ganas de volver a ir al mercado, de regresar al restaurante, de que me mande mi cuñado otra vez de viaje. Pero además quiero leer como he leído en estos días. Y seguir escribiendo en este diario.

Por último, quiero pasearme con Dolores nuevamente; hace tiempo que no vamos ni al parque ni al estadio ni al gimnasio.

7 de noviembre

Así repartiría los círculos de Dante: en el primero, mis dos primas bastardas. En el segundo, mi tío y sus amantes. En el quinto, las hermanas de mi esposa y mis hermanos. En el séptimo, mi suegro y mi madre. Y en el octavo, mi padre.

11 de noviembre

Ayer me desvelé buscando recordar lo que aún faltaba en estas hojas. Y ésta es la lista de las últimas cosas que logré extraerle al pasado: hace tres o cuatro meses, dejamos de ir los fines de semana a El Vainillo; después de que cazara mi primera presa mayor, no he conseguido sentirme en paz allí de nuevo. Al volver de mi último viaje a California, Dolores me contó que habían ido mis hermanos a buscarme a El Sinaloense; ella les dijo que no estaba y que mejor no regresaran. A cambio de ser todos inscritos en el club de El Sinaloense, los Tacuarinos, el nuevo equipo de beisbol de la ciudad, nos dio asientos en su campo. Hace un mes casi exacto, poco antes de subirme al camión en Mocorito, miré en la calle a un hombre idéntico a mi padre; apurado, bajé del autobús y fui a su encuentro, pero el hombre no era mi padre. Durante días, tras haber vuelto de aquel viaje, me he estado preguntando: ¿por qué a algunos hombres les cuesta tanto olvidarse de otros hombres? Hace quince o veinte días, poco antes de enfermarme, acallé esta pregunta: lo mejor es olvidarse, desterrar el pasado o desterrarnos a nosotros del pasado. La semana pasada, por primera y última vez, traté de leerle el tarot a mi esposa; apenas puse la primera de las cartas en la mesa, ella empezó a reírse, luego se paró y me ordenó que me ocupara de otra cosa.

14 de noviembre

Esta mañana, tras entregar unos paquetes de Leopoldo en La Canasta, El Puente Negro y el Casino Culiacán, pasé delante de la casa que fue siempre de mi madre. La emoción que me embargó al verla abandonada, con los cristales rotos, la hierba crecida y la pintura picada, fue completa.

16 de noviembre

Inesperadamente, he pasado otra noche en vela. Leyendo y releyendo las listas que escribiera hace unos días. Al hacerlo, he descubierto que la felicidad, transcrita, es menos cierta.

18 de noviembre (madrugada)

Dolores y yo fuimos al gimnasio del parque hoy por la noche. Hacía al menos dos años que no íbamos a ver ningún combate.

Fue una pelea extraordinaria. Quince episodios de cariño honesto al trompo, de gritos, rumores, silencio sepulcral y nuevamente gritos enrabiados. Fue puro instinto contra instinto, pura música de huesos. Al final, el combate terminó igualado.

21 de noviembre

Esta mañana, en el mercado Garmendia, me pareció reconocer a mis hermanos. Sin que ninguno de ellos lo notara, me acerqué a sus cuerpos poco a poco, escondiéndome detrás de las espaldas de la gente. Cuando por fin los tuve cerca, descubrí que no eran mis hermanos, aunque eran igualitos: el primero tenía cara de intestino; el segundo, de llaga infectada.

23 de noviembre

Mi felicidad sería absoluta, he pensado esta mañana, tras volver a leer las listas que hice hace unos días, si pudiera asegurarme un final exactamente igual al de mi madre; llegar a viejo y olvidarlo entonces todo.

23 de noviembre (madrugada)

Tercera noche en vela.

¿Qué si es el presente el que de pronto me resulta menos cierto? ¿Qué si por haber escrito aquí ese pasado que tendría que haber quedado mudo he vuelto menos ciertos estos días que estoy viviendo? Éstas fueron las preguntas que no dejaron que durmiera.

25 de noviembre

Ésta es la lista de las cosas que me gustan del mercado Garmendia: Su ruido de avispero. Sus olores mezclados. La velocidad a la que ahí pasan las cosas, mientras afuera el mundo aún duerme. El color de las cebollas. La alegría de los hombres, las mujeres y los niños. El vapor que sale de las ollas.

¿De verdad me gustan estas cosas?

27 de noviembre

¿De verdad me gusta despertarme cada día en la madrugada, ir al mercado, llevar los productos que allí compro al restaurante, leer apenas una hora, tener listas las mesas, platicarles a los clientes, hacer y cobrar cuentas, recoger y preparar las mesas nuevamente, atender el bar de El Sinaloense, cerrarlo y volver a casa, atravesando la ciudad junto a Dolores, sin que ninguno diga nada?

29 de noviembre

¿De verdad estoy conforme con la vida que ahora llevo?

29 de noviembre (madrugada)

Cuarta noche en vela. Y quinta vez que leo y releo mis listas. No volveré nunca a hacer ninguna lista.

Pero el problema no son nada más las listas. Releo lo último que he anotado y lo que siento es lo mismo. Apenas nada. He estado a punto de arrancar todas las hojas. Una extraña fuerza, sin embargo, me ha detenido.

30 de noviembre

La fuerza que hace un par de noches me contuvo era vergüenza. Vergüenza por haberme conformado tantos años. Por haber pensado que era suficiente lo que tengo. Que era suficiente ser restaurantero.

Miércoles, 2 de enero de 1944

Mi cuñado me ha pedido que me lleve un cargamento de paquetes. Nunca había mandado tantos. Pasado mañana salgo a California.

Este viaje no podía haber llegado en un mejor momento. La distancia, estoy seguro, va a ayudarme. Pondrá todo en perspectiva. Hará que todo vuelva a estar claro.

6 de enero

A cambio de los paquetes que les manda mi cuñado, cada vez me pagan más dinero. Si el general este que siempre me recibe acá en San Diego no imagina otra manera de pagarnos, tendré que traer varias maletas.

8 de enero

La perspectiva no ha cambiado nada. Todo sigue igual de enredado.

Pienso en la vida que hoy llevo y no consigo más que darme nuevamente cuenta de que no es la que quería. Y las preguntas que asediaban mi desvelo hoy me las hago a todas horas: ¿cómo puede ser que no hayas nunca conseguido algo que hubieras antes deseado?

11 de enero
Extrañamente, la perspectiva que esperaba hallar durante el viaje llegó a mí tras éste haberse terminado. Y la claridad venía junto con esta perspectiva.

Anoche, mientras volvíamos a la casa, compartiendo el silencio en que Dolores y yo nos sumimos mientras cruzamos Culiacán, pensé que igual y me sería a mí suficiente una semana. Una semana de no ser el que soy en este sitio, de no tener sólo la vida que aquí tengo. Una semana en otro país. Eso sería más que suficiente.

13 de enero
Esta mañana, el hombre que me vende las cebollas no llegó a nuestro encuentro. En su lugar, estaba su hijo.

—Ha muerto mi padre —me dijo el muchacho, con los ojos inyectados, pero el rostro de una pieza—, le dio un infarto.

En lugar de darle el pésame, acercarme a abrazarlo o preguntarle si podía ayudarlo en algo, retrocedí un par de pasos y me escuché diciendo:

—¿Hizo todo lo que quiso... tu padre? ¿Podrías decir que fue el que deseaba?

14 de enero
Vivir aquí y vivir también en otra parte, tener la vida que aquí tengo y tener otra, aunque sea unos cuantos días al mes, en otra parte. Esta idea le ha devuelto a mis noches el descanso.

15 de febrero

Esta mañana asistí al entierro de Élmer; además de las cebollas, a veces conseguía para nosotros un venado.

Mientras bajaban el féretro, pensé en mi abuelo. El suyo fue el primer entierro al que haya ido. Por su culpa, además, volví a pensar en California, ese lugar al que él ya no llegó, donde aseguran que han visto a mi padre y donde yo querría pasar, cuando menos, diez días de cada mes.

15 de febrero (noche)

Intento imaginarlo. Diez días de no pasear por estas calles, de no ver, todos los días, a quienes veo todos los días, de no ser, a todas horas, el que soy en este sitio. No creo estar pidiendo demasiado.

18 de febrero

Esta mañana me vi obligado a buscar nuevos proveedores, uno de cebollas y otro de venados. El hijo de Élmer intentó subirme ambos precios. Me dijo que el funeral de su padre les dejó un montón de deudas. Sus deudas, sin embargo, no son nuestras deudas.

20 de febrero

De repente, podría creer en la existencia de un poder sobre los hombres. Por primera vez, Leopoldo, antes de que pasaran los dos meses de rigor entre un envío y otro, me pidió que lleve a California un nuevo cargamento de paquetes.

La noticia me ha emocionado porque creo que podría cumplirse mi deseo: pasar un par de semanas lejos de este sitio.

20 de febrero (madrugada)

Dolores me ha ordenado que no vaya a California.

—No es momento de que no estés a mi lado —me dijo, clavando su mirada en mí y hablando con un tono que no le había escuchado nunca.

Debe sospechar qué estoy planeando. Y si es así, debo tener mucho cuidado.

23 de febrero

Leopoldo ha tomado mal mi negativa. Me ha insultado y ha insultado a su hermana.

—Malagradecido —me ha llamado, además de haberme dicho, varias veces:

—Poco hombre… mira que andar pidiéndole permiso a tu señora.

28 de febrero

—¿Eres feliz, Carlos? —me preguntó esta mañana mi esposa—. ¿Crees que tenemos y que te doy lo que tú quieres?

Al escucharla, no podía creer que fuera ella quien dijera esas palabras. ¿Desde cuándo le intereso? ¿Por qué ahora le preocupa lo que siento? ¿Cómo es que, de pronto, Dolores cree en los sentimientos?

Debe ser que hablo dormido, no se me ocurre otra explicación que no sea ésa. Quizá pronuncio entre sueños las preguntas que en el día me martirizan.

6 de marzo

Leopoldo me pidió perdón por lo grosero que se puso el otro día.

Después, por supuesto, volvió a pedirme que llevara sus paquetes. A mí, la perspectiva del viaje volvió a entusiasmarme. Y eso que ahora nada logra entusiasmarme.

Le prometí que hablaría con Dolores.

6 de marzo (noche)

Dolores está embarazada. Lo sabe hace semanas.

Felicidad espontánea y absoluta. ¿Así de fácil era sentir esto?

7 de marzo

Abrazos y caricias toda la mañana. La emoción nos llena a ambos y también llena la casa.

De golpe, todas mis dudas y todos mis temores se han vuelto inofensivos.

13 de marzo

Según Dolores, son dos meses los que lleva embarazada. Los doctores, en cambio, dicen que podrían ser hasta tres meses.

Haciendo cuentas, sin embargo, comprendo por qué mi esposa no quería que viajara. Y por qué me había estado preguntando por mi vida y por nosotros. De haberlo intuido, habría sido claro:

—Nunca he sido más feliz que a tu lado.

19 de marzo

Leopoldo ha enfurecido. No puede creer que no vaya a hacer el viaje que otra vez me está pidiendo, menos todavía que no quiera ya hacer ningún viaje.

No le importa, ni siquiera, que su hermana vaya a ser madre. En mitad de su coraje, amenazó con quitarnos El Sinaloense. Y como si esto no hubiera sido suficiente, también amenazó con reclamarnos la casa que nos presta desde hace años.

26 de marzo

El encargado de la presa que construyen en el norte es un socio de aquí de El Sinaloense. Él me dijo, esta mañana, que podríamos poner un restaurante en ese sitio.

Si Leopoldo cumple su amenaza, esta opción es un futuro interesante. Es incluso un futuro emocionante. Así que ojalá el hermano de Dolores cumpla su amenaza.

2 de abril

Hoy ha sido el día que Dolores más ha vomitado. Mi esposa vomita de una forma extraña. Como si fuera natural lo que le pasa. Cuando sale del baño, incluso la veo que se viene riendo. Sus ojos, además, parecerían tener adentro dos luces metidas.

7 de abril

Leopoldo ha cumplido su promesa. Esta mañana, un par de policías nos impidió la entrada a El Sinaloense.

Dolores dijo que hablaría con su hermano. Le ordené que no lo hiciera y le conté lo de la presa. La idea de abrir un restaurante en ese sitio e irnos lejos la entusiasma.

10 de abril

Mi cuñado no dejó que entrara a El Sinaloense por mis libros. ¿Cómo pude creer alguna vez que era un buen hombre?

14 de abril

Hemos decidido abrir el restaurante de la presa e irnos de este sitio.

Desde ayer, acechan nuestra casa varios hombres. Y nos da miedo que la tomen aunque estemos aquí adentro. O que la tomen cuando andemos en la calle, como hicieron hace días allá en El Sinaloense.

Antes de irnos, Dolores quiere ir a El Vainillo. Debo ser capaz de acompañarla. Sé que seré capaz de acompañarla. Nunca me había sentido así de fuerte. No me sorprendería, incluso, poder cazar allí de nuevo.

19 de abril

Nos echaron de El Vainillo. Leopoldo, que hace apenas unos días se convirtió en diputado, puso a su nombre el rancho entero.

Antes de corrernos, mi cuñado me hizo prometer que no hablaría jamás de sus paquetes. Más que prometer, me hizo aceptarlo. A cambio, me propuso, Dolores y yo estaríamos seguros.

27 de abril

Hoy llegamos a la presa.

Curiosamente, también hoy, por primera vez, noté que la panza de Dolores ha cambiado de color y de textura.

4 de mayo

Este lugar es fabuloso. Nuestra casa da al río, al igual que el restaurante.

La belleza del valle en el que estamos es impresionante. Como impresionantes son también las zanjas que aquí están cavando y los cimientos que hace apenas unos días empezaron a erigir dentro de éstas, por el lado donde escurre la cascada.

9 de mayo

El encargado de la presa me ha traído otra libreta. La última vez que escribí algo, me acabé las páginas del que había sido mi diario. Así que esto es lo primero que escribo en estas páginas.

19 de mayo

A pesar de que el paisaje, que para colmo aquí todo lo rodea, es imponente, en los pocos ratos libres que me quedan, en lugar de ir a pasear, prefiero tumbarme al lado de mi esposa y observarla. Su panza, aunque no ha crecido tanto todavía, desprende un olor que no había desprendido nunca antes.

6 de junio

Apenas hallo tiempo para anotar alguna cosa en mi libreta, para tumbarme al lado de mi esposa o para leer alguno de los libros que logré traerme conmigo. El trabajo en este sitio es interminable, la cantidad de gente que come aquí es inagotable. Dolores, además, no aguanta estar parada mucho tiempo. Así que yo me llevo la peor parte.

29 de junio

El trabajo es peor que interminable. Cada vez que conseguimos acostumbrarnos a los ritmos y raciones, llegan más trabajadores a la presa.

Apenas encontramos tiempo, antes de empezar a hacer la cena, de sentarnos un ratito juntos. Entonces, mirando el río, Dolores y yo compartimos, como hemos hecho desde el primer día que cruzamos Culiacán, nuestros silencios. Y aunque a veces pego el oído a su barriga, aún no he escuchado nada.

8 de julio

A pesar de que cada día todo resulta más cansado y más difícil, Dolores y yo estamos felices. El Sinaloense II marcha aún mejor que El Sinaloense. Obligados, como están, los trabajadores de la presa están dejándonos su paga casi entera. Y pensar que a varios de ellos, hace apenas unos años, yo y mi esposa les anduvimos deslindando cientos de hectáreas de terreno.

27 de julio

Esta semana tuve que empezar a cocinar. Dolores, cuya panza ya ha botado, cada día está más cansada y cada día ocupa más reposo.

A pesar de que cada día que pasa tengo menos tiempo, he empezado a leerle el tarot a los hombres que trabajan en la presa. Sin cobrarles, por supuesto. Nunca he creído que algo así deba cobrarse.

14 de agosto
Ésta es la lista de los nombres que mi esposa y yo hemos pensado por si es niña nuestra hija: María, Juana, Celsa, Isabel, Silvina, Beatriz, Dolores, Catalina, Yoreme, Lourdes, Esperanza, Mercedes, Guadalupe. Lo único seguro es que no tendrá un nombre compuesto.

20 de agosto
La panza de mi esposa sigue y sigue creciendo. Una línea café oscura, además, la cruza ahora de arriba para abajo. Le he dicho que no siga viniendo al restaurante, pero es imposible conseguir que ella me haga caso.

27 de agosto
Esta mañana, al despertar, girarme en el colchón y acercar el oído a la barriga de Dolores, creí escuchar la voz de nuestro hijo. Mi esposa, por supuesto, no quiso creerme. Y después se estuvo riendo un muy buen rato.

3 de septiembre
Ésta es la lista de los nombres que mi esposa y yo hemos pensado por si es niño nuestro hijo: Carlos, Pedro, Epifanio, Raúl, Élmer, Ignacio, Francisco, Darío, Efraín, Jacobo, Enrique, Saúl, Samuel, Alejandro. Tampoco él tendrá nombre compuesto.

11 de septiembre
Ha nacido nuestra hija.
    A partir de hoy creo en los prodigios.

11 de septiembre (madrugada)

Nuestra hija llegó antes de tiempo. Aun así, es una niña sana.

Dolores se ha entercado en que se llame Silvina. A mí me gustaría que le pusiéramos Yoreme, en honor de mi abuela y en honor de los prodigios.

Mi felicidad es absoluta. He descubierto, además, que sí se puede escribir de ésta.

15 de septiembre

Los trabajadores de la presa le organizaron una fiesta a Silvina. Para que se viera mi pequeña aún más hermosa, Dolores le lavó los ojos con el jugo de un par de limones.

15 de septiembre (noche)

Silvina no ha parado de llorar desde la fiesta. Sus ojitos están irritados. Y no dejan de escurrirle ríos de lágrimas espesas. Hoy, de pronto, por vez primera, he comprendido qué es el miedo. Si creía haberlo sentido antes, estaba equivocado.

20 de septiembre

El doctor ha asegurado que Silvina ha perdido la visión del ojo izquierdo. Y nos ha dicho, además, que la visión de su otro ojo, el derecho, quedó comprometida.

En el mejor caso, mi hija será tuerta. En el peor, verá lo mismo que una piedra.

3 de octubre

El mundo de Dolores parece haberse derrumbado. No quiere acercarse a nuestra hija, no quiere darle pecho. Ni siquiera se atreve a cargarla.

Dice que teme hacerle daño nuevamente. Y dice, además, que algo se le atora en el pecho cada vez que le acerco a

Silvina. Aunque sé que debería haberlo hecho, no he podido hablarle de la astilla que injertaba mi destino. Pero sé, estoy seguro, que ésta es la culpable. Lo que mi esposa está sintiendo, yo debería estarlo padeciendo.

17 de octubre

¿Si no hubiera escrito aquí de mi alegría, habría perdido nuestra hija la visión del ojo izquierdo? ¿Se habría Dolores roto así como parece haberse roto por adentro?: estas preguntas me agarraron hace días y no me sueltan.

23 de octubre

¿Debería dejar de una vez y para siempre estas libretas?: ahora es ésta la pregunta que retumba en mi cabeza todo el tiempo; da igual si estoy en los fogones, si estoy sirviendo platos, si estoy cobrando cuentas o si estoy limpiando la cocina.

30 de octubre

Dolores ha empezado nuevamente a alimentar a nuestra hija. Todavía no se atreve a cargarla, así que yo se la sostengo junto al pecho, mientras cierra ella los ojos, mientras finge que se duerme.

—Dormida —insiste mi esposa—, no seré capaz de hacerle daño.

9 de noviembre

Finalmente, Dolores se hace cargo por completo de nuestra hija. Ha perdido el miedo, pero aun así la trata como si no fuera su madre. No le gusta abrazarla ni besarla, no le canta como antes, al principio, le cantaba.

9 de noviembre (noche)

He despedido a la mujer que nos había estado ayudando a alimentar a nuestra hija. Es la esposa de uno de los hombres que trabajan en la presa, a quien le tiro el tarot de tanto en tanto. Estaba aquí porque también tuvo un pequeño hace unos meses.

22 de noviembre

Dolores ha vuelto a explicarme lo que siente. Me ha hablado de un vacío que le enfría el pecho entero y que cada día que pasa, sobre esto ha insistido varias veces, crece un poquito más dentro de ella.

Nuevamente, he sentido que todo eso es mi culpa. Y he pensado que tendría que deshacer mis dos libretas. Tirarlas en la presa. Si alguna vez fueron capaces, estas hojas, de absorber mi existencia, quizás ahora están chupando la existencia de mi esposa.

4 de diciembre

Esta mañana, la mujer que había estado viniendo a alimentar a nuestra hija, me pidió que contratara a una hija suya.

Me dijo que podría ella ayudar en el restaurante. Y que podríamos, nosotros, dedicarle más tiempo a Silvina. No sabe que eso es lo que me da a mí más miedo: pasar más tiempo al lado de mi esposa y de mi hija. A su lado, la culpa es más vívida que nunca. Junto a ellas, no puedo pensar más que en mi astilla.

4 de diciembre (noche)

Mi culpa no nos puede hacer más daño.

No sólo voy a contratar a la hija de Ramona, también contrataré a su hijo pequeño. El Sinaloense II es un negocio estupendo y no quiero destruirlo, convirtiéndolo en pretexto.

Si no habíamos contratado aún a nadie había sido por pendejos. Pero mi esposa no se merece más agobios, cuando ya carga con todo el otro agobio.

Dolores se merece, además, que me decida y tire al río estas libretas.

25 de diciembre

Trabajar menos ha acabado de calmar a mi Dolores.

Esta mañana, la encontré acostada al lado de Silvina, cantándole al oído, acariciándole la oreja.

Quizá no deba destruir ni deshacerme todavía de mis libretas.

31 de diciembre

Fue un año complicado. Pero ha acabado de una forma extraordinaria. Silvina está cada día más acostumbrada a su media mirada, Dolores cada día se ve un poquito más contenta y yo me encuentro tranquilo.

Gracias a la muchacha y al muchacho que nos ayudan, ahora tenemos mucho tiempo. Dolores lo utiliza para pasear con nuestra hija. Yo, además de comenzar a leer de nuevo, estoy tirándole las cartas cada día a más gente.

Mis preferidos, ahora mismo, son los hombres que trabajan en la cantera que recién fue inaugurada. Ellos son los únicos que hablan con orgullo de lo que hacen. Su trabajo, además, me interesa y me emociona. El próximo año me gustaría aprender su oficio.

Sábado, 9 de enero de 1945

No volveré nunca a tirarle el tarot a una mujer. Cuando ellas vienen, lo que quieren siempre es otra cosa. Los hombres quieren que les diga qué va a sucederles; ellas, en cambio, quieren que adivines lo que quieren que les pase.

16 de enero

Dolores y yo bañamos a Silvina, por primera vez, en el agua del río. Nunca antes nos habíamos reído los tres juntos.

Al volver, estuve a punto de preguntarle a mi esposa por el vacío que sentía adentro de su pecho. Por suerte, me contuve antes de empezar a darle forma a mis palabras.

Tengo claro que hablar de eso no resulta necesario: la culpa me ha abandonado, nos ha abandonado. Mis libretas otra vez están a salvo.

28 de enero

Esta tarde, extrañé la biblioteca que tenía en El Sinaloense. He terminado de leer todos los libros que me traje.

Otras veces, lo que extraño es el bar que teníamos. Aquí no se permite ni beber ni darle alcohol a nadie. El gerente de la presa asegura que habría muertos todo el tiempo:

—Cada tarde, cada noche y cada madrugada —así lo dice.

4 de febrero

El gerente estaba en lo correcto.

Esta tarde compartí, de mi botella personal, algunos tragos con un par de serranos. No había pasado ni siquiera media hora cuando ya uno había atacado al otro, partiéndole el cráneo con dos piedras.

6 de febrero

He recibido una noticia extraordinaria: gracias a la muerte del serrano, quedó libre una plaza en la cantera.

Si convenzo al gerente, podré aprender ese oficio que tanto me interesa. No sé por qué, pero el trabajo que allí hacen me atrae como muy poquitas cosas me habían antes atraído.

10 de febrero

Si he sabido deslindarla sobre un mapa, ¿por qué no iba a poder también hacerlo en el terreno? Tengo ganas de abrir la tierra con mis manos. Por eso debo convencer hoy al gerente.

10 de febrero (noche)

Convencí al gerente sin apenas esforzarme.

Bastó con explicarle que El Sinaloense II puede llevarlo mi esposa, con decirle que a mí siempre me ha llamado ese trabajo y con inventar una pasión que no he tenido nunca. Aunque puede ser que sí la tenga. Y que sea por eso que me llama aquel oficio.

Pero esto no es lo importante, lo importante es que aceptó que trabajara en la cantera. Y que al estarlo engañando, descubrí que soy realmente bueno en eso. ¡Cómo hablé del suelo y de las rocas! ¡Con qué pasión hablé yo del sonido, de la pólvora y del fuego!

21 de febrero

La vida me tenía reservada una noticia aún mejor que mi ingreso a la cantera.

Dolores está de nueva cuenta embarazada. Nuestra alegría ha sido coronada. Soy incluso más feliz de lo que habría soñado.

4 de marzo

El doctor de la presa revisó esta tarde a Dolores. Antes de irse, repitió que estaba impresionado varias veces. ¿Cómo puede ser que mi esposa no se hubiera dado cuenta de que estaba embarazada, teniendo poco más de cuatro meses?

18 de marzo

Entre el trabajo en la cantera y El Sinaloense II, mis paseos con Dolores y Silvina, mis lecturas y la hora que reservo, cada noche, para leerles el tarot a esos hombres que me enseñan su oficio en la cantera, apenas hallo tiempo de escribir alguna cosa en estas hojas.

7 de abril

Esta mañana, muy temprano, dinamité el primer talud que he derrumbado sin ayuda.

Recordé cuando maté mi primer presa en El Vainillo. Al poner los cartuchos, me sentí más vivo que nunca. Al hacerlos estallar, una fuerza que no había sentido antes cimbró mi cuerpo entero.

Esta vez, sin embargo, al acercarme al sitio del derrumbe, cuando el polvo ya se había asentado, no me sentí avergonzado ni tampoco me sobrevino tristeza alguna.

13 de mayo

El gerente de la presa vino a buscarme. Ni siquiera había amanecido cuando ya estaba tocando a nuestra puerta.

Me informó que mi hermano menor había tenido un ataque.

—Está en el hospital de Mazatlán —me dijo, fingiendo una preocupación que no sentía—. Al parecer fue su cabeza —añadió poniendo sus dos manos en mis hombros—. Dicen que dice que en las noches le habla un ave carroñera y que no deja de gritar ni un solo instante.

—Lo único malo es que no le haya pasado eso también a mi otro hermano —le respondí al gerente, quitándome sus dos manos de encima.

Después, sonriendo, rematé:

—Qué espanto terminar viviendo allí, en Mazatlán.

5 de junio

Esta tarde, un serrano que hace apenas unos días se apareció por la cantera nos enseñó una nueva forma de poner la dinamita. Su truco, además de efectivo, nos ahorra buena parte del trabajo. En lugar de medir, trazar y abrir luego la grieta, basta con hacer varios hoyitos y meter allí la dinamita.

30 de junio

Hoy ha sido un día perfecto. Yo, que todavía leía el tarot a escondidas de Dolores, he recibido un nuevo mazo. Se lo encargó mi esposa al gerente de la presa, quien hace apenas unos días regresó de California.

12 de julio

Desperté sobresaltado. No, en realidad, desperté sudando y asustado. Un pájaro gigante, quizás el ave carroñera de mi hermano, sobrevolaba encima de mí. Me perseguía sin importar a dónde fuera, amenazando, amagando con lanzarse hacia mi cuerpo.

20 de julio

A diferencia de los últimos, hoy ha sido un día extraño.

Intenté leerle el tarot a mi esposa, pero no logré sacar de mí la pesadilla que me vino a visitar el otro día. Carta que tiraba, veía a esa ave persiguiendo a Dolores.

Por lo menos, constaté que soy realmente bueno inventando cosas, hechos o deseos. No sé por qué no pude ver la vida de Dolores, no sé por qué no alcancé a adivinar nada sobre ella y no sé por qué esa ave carroñera se interponía entre mi esposa y mis visiones. Pero sé que le inventé un futuro hermoso, feliz y extraordinario.

2 de agosto

Nació nuestro hijo. Fue terrible y espantoso.

Los gritos de Dolores me despertaron antes de que hubiera amanecido.

Mi esposa no podía ni levantarse de la cama. La tuve que llevar cargando a la consulta, donde, apenas ingresamos, perdió el conocimiento. El doctor temió por ella y por nuestro hijo.

Al final, me explicó que se imponía una cesárea.

Están llevándola ahora a cabo.

2 de agosto (madrugada)

Ha sido niño. Y al parecer ha nacido sano. Le costó trabajo empezar a respirar, pero después ha ido todo como tendría que haber ido. Esto, por lo menos, me ha explicado el doctor hace un momento.

Después me dijo que Dolores no está fuera de peligro.

—Ha perdido mucha sangre, eso no es buena noticia —aseguró sentándose a mi lado, empapado aún por la sangre—, pero ella es fuerte, su esposa es una hembra fuerte.

4 de agosto

Dolores ha sobrevivido. No desea, sin embargo, conocer a nuestro hijo.

Dice que si ella le hizo daño a Silvina, la vida ha tomado su revancha.

—No es normal que un hijo le haga esto a su madre —repite una y otra vez mi esposa—. No es natural ni es de Dios el daño que me ha hecho ese hijo tuyo.

8 de agosto

Aunque ha aceptado conocerlo, Dolores no ha aceptado ni tocar ni alimentar a nuestro niño. Ni siquiera ha querido discutir conmigo el nombre.

—Ponle el nombre que tú quieras —aseveró tragándose su llanto—. Por mí si quieres que él también se llame Carlos.

13 de agosto

Esta vez es una hija de Ramona la que alimenta a nuestro hijo. Aunque tiene apenas siete meses de embarazo, sus tetas ya rebosan leche. Todo ha quedado en familia.

¿Por qué he escrito esto? ¿Cómo puedo escribir ahora una broma? Lo que tendría que hacer es no escribir ni una palabra. No escribir aquí de nuevo.

13 de agosto (noche)

Dolores ha empezado otra vez a hablarme del vacío que cree que crece dentro suyo. Pero esta vez, a diferencia de las otras, me ha echado a mí la culpa.

—Tú metiste en mí este agujero —aseveró encabronada.

No le pude responder ni una palabra. Me da igual si esto lo sé con la cabeza o con el cuerpo, estoy seguro de que tiene ella razón en lo que dice.

17 de agosto

¿Si no me hubiera entercado en dejar un testimonio de mis años de alegría, habría pasado todo esto?: ésta es la pregunta que, desde hace varios días, me tortura a todas horas.

21 de agosto

Se terminó. Se terminó y esta vez es para siempre.

Voy a quemar mis dos libretas.

Una forma desarmada

I

Ya te he dicho que no fumes aquí adentro.

Cuando esté Belén, por lo menos no cuando ella esté.

Y otra cosa: ¿que no sabes para qué está la escobilla esa junto al water?

Sí, así le digo: water.

Y escobilla. También digo escobilla.

Pues entonces, si lo sabes, por qué coño no la usas.

Dejaste todo embarrado.

No, Emiliano, ésa no es nueva. Siempre he dicho coño. Por lo menos desde el día en que tu madre y yo empezamos. Ella siempre ha dicho coño. Así que no te hagas el vivo y ve a limpiar el baño o no empezamos.

II

Pásame tu taza.

Claro que está fuerte. Es café, cabrón.

Si prefieres pídele a Belén una infusión de esas de flores que ella toma.

Pues entonces no te quejes.

¿Otra vez?

Me da igual que ayer fumaras aquí adentro, anoche Belén tuvo otra crisis de asma. Por eso apenas y dormimos.

Al final tuve que inyectarle cortisona.

Pues vamos para afuera. O a mi estudio. ¿Pero no lo habías dejado?

Estoy seguro que me habías dicho eso.

Soy tu padre y me preocupo.

Para siempre, exactamente. Pensé que ayer te había quedado claro.

¿Y cómo no si hasta hoy no me has servido para mucho más que para eso?

Esa tapa, la del suelo. Eso puede ser un cenicero.

Estoy exagerando. Pero igual te lo repito: has servido para poco más que para dar preocupaciones.

Al principio, enfermo siempre. Después, fingiendo que seguías estando enfermo y, al final, exigiendo que todos te trataran como debe tratarse los enfermos. Peor aún, tratando al mundo como lo tratan los que han estado enfermos. Como si todo a ti se te debiera, como si tú no debieras nada.

Por culpa de tu madre. De tu madre y su familia. De tu madre, su familia y sus amigas. De Gracia, sobre todo. Ellas dos te convencieron de que eras diferente. De que estabas en peligro todo el tiempo. Y claro, entonces tú debías tenerlo todo, no podía faltarte nada. Ni las cosas ni tampoco las personas.

Eso fue lo peor, Emiliano, que te enseñaron a pensar de esa manera, que te hicieron creer que las personas y las cosas son lo mismo. Por eso nunca has terminado de entender la diferencia, aunque te creas que eres de izquierda. Aunque te hayas ido a Chiapas, aunque escribas de inmigrantes. Pregúntate si no por qué Damián es igualito.

Ésta y no otra es la historia de su vida. Soy tu padre y te conozco. Los conozco, a ti y a mi ahijado. A mí no pueden engañarme. Mira si no lo que haces siempre con los perros. Los quieres más que a tus hermanos, más que a tus amigos, más que hasta a tus novias.

Pobrecitas, tus novias. Más que separarte, te has deshecho de ellas siempre de repente. Como si un día expiraran. Eso es, Emiliano. La fecha de caducidad, los números impresos al reverso, eso es lo que andas tú buscándole a la gente.

Piensa en tus amigos. Podría llenarte una hoja entera. Siempre has querido criticarme porque yo he tenido pocos, igual que has criticado a tus hermanos, pero dime, ¿de qué sirve tener muchos, si los vas después haciendo a un lado?

Está bueno.

De cualquier forma, esto no era lo que yo quería contarte. Ni lo que tú querías que te contara.

Pues entonces déjame que lo haga. Si no te importa, déjame que siga.

¿Sabes cuál fue el día que más me preocupaste? El día que te robaste al David. ¿Te acuerdas de él?

David Israel González Vega. Hasta me acuerdo de su nombre así con todo y apellidos. Tenías ocho años y decidiste que podías quedártelo a escondidas, encerrarlo en tu clóset y guardarlo para siempre.

Sus papás casi se mueren cuando, en su escuela, les dijeron que su hijo ya no estaba, que se había ido hacía un rato. Y yo casi me muero cuando tuve, aquella noche, tras varias horas de locura, que explicarles que había encontrado a su hijo, que lo tenía el mío guardado adentro de su clóset.

¿Por qué te ríes?

Sí, te estabas riendo.

Me da igual que no me creas.

Si eso quieres, puedo contarte varias otras como ésta.

¿No que no te importaba?

Ya, ya sé que no querías que habláramos de ti, que de eso tú vas a encargarte, con lo que sea que eso implique para todos, para nosotros, los demás, a los que sólo quieres usar como pretexto.

Porque quería agarrarte así, medio dormido. Y porque no te creo que vayas a ser justo. Eso tú no sabes ni siquiera lo que implica. ¿Por qué tendría que creer que empezarías nomás ahorita?

Ya lo veremos.

III

¿En dónde nos quedamos?

Exactamente, querías saber lo que pasó tras el regreso de tu abuelo.

Eso es, cómo fueron los años que siguieron.

Las primeras semanas, Emiliano, fueron las más extrañas de mi vida. Pero no por lo que estás imaginando. La vida nunca es tan sencilla como creerla, no es como ponerse a imaginarla o a escribirla. En la vida real sólo hay cabida para la sorpresa.

Dos o tres días después del ministerio, dos o tres días después de que volvimos a casa, Dolores se marchó, se fue de viaje.

Quince días.

Tus abuelos, Carlos y Polo, nos dijeron que se había ido a El Vainillo. No sé por qué tuvieron que mentirnos. Aunque quizá, lo pienso apenas ahora, ella fue quien les mintió entonces a su esposo y a su hermano.

Déjame seguir para que entiendas. Ellos dijeron que se había ido a El Vainillo, pero nosotros ya sabíamos que aquello no era cierto, que Dolores se había marchado a Talpa. Ella misma se lo había contado a Silvina, una noche antes de su viaje.

Ya lo sé, ya sé que así se llama un cuento de Rulfo.

Porque debe ser el mismo pueblo pinchurriento. Rulfo escribió sólo de sitios hechos mierda. Y el Talpa de tu abuela, que además también está en Jalisco, es un lugar abandonado y horroroso. Un pueblo al que uno solamente va si tiene algo que encargarle a la Virgen, si cree que sirve de algo andar pidiéndole a la Virgen.

Pero de esto no quería hablarte.

Te estaba diciendo que esos días, cuando ella por primera vez se fue, tras habernos otra vez reunido todos, los que entonces nos quedamos en la casa vivimos nuestros días más extraños.

He tratado de explicármelo un chingo de veces. Pero nunca he comprendido por qué, con Dolores fuera de la casa, después de que él, tu abuelo, apenas hubiera regresado, nuestro padre fue, por primera y única ocasión, realmente un padre.

Quizás haya sido porque recién había vuelto, porque entonces traía fuerzas, sí. Aunque la palabra correcta no sería fuerzas, Emiliano, lo que tú abuelo parecía traer consigo, a su regreso, era alegría. Una alegría que no volví jamás a verle y que no le había visto antes tampoco.

Por eso digo que esos días fueron extraños.

Carlos Monge McKey, tu abuelo, no se despegaba de nosotros ni un instante. Nos sacaba a pasear, nos leía por las noches, nos dejaba faltar a la escuela, nos contaba historias increíbles. Compartía con nosotros cosas de su vida de las que no sabíamos nada.

Tus tíos y yo, entonces, no dejamos de reíros ni un instante. Y no sólo por las cosas que decía, también por las locuras que hacía y que dejaba que hiciéramos nosotros. Parecía otro ser humano. Si hasta fue, aquellas noches, cariñoso. No nos pegó ni una sola vez en todas esas dos semanas.

Exactamente, él que hasta tenía sus herramientas especiales para eso.

Pero claro, ese paréntesis, el arrebato aquel de anormalidad amorosa y de ausencia de violencia no podía durar toda la vida. En cuanto Dolores regresó, la cuerda sobre la cual habíamos estado guardando el equilibrio se rompió y caímos dentro del abismo.

Qué cabrón.

Al decirte esto, Emiliano, he pensado que así fue como vivió siempre tu abuelo, sobre una cuerda, a punto de caerse. O a punto de saltar. Y que si fueron felices esos días de los que te hablo fue porque, por una única ocasión, todos estuvimos ahí subidos.

O a punto de saltar, eso acabo de decirte.

Ni te imaginas cómo lo llamaban a tu abuelo los abismos. Y cómo combatía por no seguir esos llamados. Yo tampoco podía imaginar aquello entonces. Pero después claro que pude, así que tú también podrás. Quién sabe. Igual y ya hasta puedes.

Sí, es otra cosa.

Volvamos pues. Yo lo veía que cada día se esforzaba, que cada día se montaba en su cuerda, tratando de guardar el equilibrio: *El secreto de la vida es no andar escuchando sus preguntas*, eso nos decía Carlos Monge McKey de tanto en tanto.

No andar escuchando sus preguntas. Se refería a las preguntas que uno mismo se hace, me imagino.

A qué otra cosa iba si no a referirse.

Chingada madre. Otra cosa que me brinca.

Que evidentemente tú no sabes, pero tu abuelo tenía un diario.

No me digas.

Claro… tú siempre sabes todo.

No, claro que no. Si supieras, sabrías que no era un diario, cabrón. Que eran sólo unas libretas, unos cuadernos en los que a veces escribía.

Putísima madre.

Por andarlo recordando, te apuesto que ahora no voy a dejar de darle vueltas. Una vez leí esas tres libretas, atascadas de preguntas, cuestionamientos que a él le daban miedo. Por lo menos las primeras. En la tercera libreta ya no había tantas preguntas. Pero fue la más cabrona, la más difícil de leer y la que más daño me hizo.

Putisisísima madre. No quería acordarme de todo esto.

No, Emiliano, no necesito otro café.

No me estés chingando. Ni que fuera una señorita.

¡Qué no!

Está bueno.

Pero eso es otra cosa. Si eso quieres ve a servirte tú otro poquito.

IV

Evidentemente no, Emiliano. Eso no fue lo que dije. ¿Qué es lo que te está costando tanto? ¿Por qué hoy estás jugándole al idiota?

¿Cómo iba a pensar que el problema era mi madre? Pobre mujer. Ella no hizo otra cosa que sacarnos adelante, con todo lo que esto, por entonces, implicaba. Y sí, claro que era a su manera, pero no había conocido ella otra forma.

De eso sí podemos tú y yo estar seguros. Tu abuela Dolores siempre tuvo un solo modo, a grandes rasgos, siempre fue de una manera. Así que no debió haber sido tan distinta cuando ellos dos se conocieron.

Si quieres velo de esa manera. Yo prefiero creer que ella, mi madre, era de una sola pieza.

Pero bueno, te estaba diciendo que su vuelta, la de tu abuela, nos hundió en un abismo. Pero no porque ella hubiera abierto aquel abismo ni tampoco porque ella nos hubiera echado ahí adentro. Esto tiene que estar claro.

El abismo lo había abierto la muerte de mi padre. O su resurrección, mejor dicho. Y lo que nos había metido hasta el fondo era habernos dado cuenta, haber un día descubierto que todo había sido un engaño. Un engaño que, mientras

Dolores no estuvo en la casa, nosotros cinco obviamos. Pero que, apenas volvió, ninguno pudo ya seguir obviando.

No, no porque al llegar tu abuela lo habláramos. Ya te dije que de eso no hablamos entonces. Que de eso, de hecho, nunca hablé con mis hermanos. Ni siquiera con ninguno de ustedes, hasta ahora, había hablado de esos meses que empezaron tras la vuelta de tu abuela.

Pues porque no era algo sencillo. Como tampoco lo es ahora.

Por muchas cosas. Porque se trata de un asunto que traíamos enterrado, sentimientos que cada uno revistió con lo que pudo. Por eso no supimos nunca hablarlo. Y por eso tú también estás poniendo ahora esa cara. ¿Qué es lo que no entiendes?

Entonces yo soy quien no entiende.

¿Qué quieres que haga? ¿Qué chingados quieres que te diga?

¿Y cómo te lo explico de otro modo?

Vamos a ver, Emiliano, el asunto es que no podíamos obviarlo, pero no porque lo habláramos, sino, precisamente, porque no podíamos hablarlo. Antes de que ella regresara, no había que hablarlo. Luego, con ella en la casa, no podíamos hablarlo. Y esta diferencia lo era todo.

Porque lo que no había estado, de pronto estaba ahí sin que estuviera. ¿Has escuchado de la partícula de Dios?

¿Sabes cómo comprobaron su existencia?

Exactamente. Observándola sin verla.

Así fue como nosotros empezamos a vivir tras el regreso de Dolores. Desviándonos, dando la vuelta cada vez que encontrábamos aquello que no debíamos ver de frente, rastros de lo que no podía ser nombrado, a pesar de que llenaba todas nuestras bocas.

Lo indecible, Emiliano, es una fuerza que te jala, que no te deja avanzar para delante. Y no estoy hablando de secretos, ojalá hubiera sido eso la muerte de tu abuelo. Estoy hablando de algo peor, de una cosa que te roe por dentro y por afuera.

Estoy hablando de lo que pasa, al interior de una familia, cuando un hecho, un momento que lo parte todo en dos, sólo puede saberse entre todos; cuando ese instante, cuando esa cosa que nos marca no puede conocerse de manera individual o en silencio.

Ése era nuestro abismo, no compartir con nadie más la parte que a cada uno le tocaba. Y ése fue nuestro problema: no juntar jamás las piezas. Hay cosas que no se hablan, pero no porque uno no quiera hablarlas, sino porque no quiere habitarlas nuevamente.

¿Cómo que qué?

Ayer fue otro día, Emiliano. No esperarás que te hable igual todo el tiempo, que hable igual a todas horas. Ya te dije, además, que no dormí en toda la noche.

¿Cómo que cómo?

¡Cómo pensar que nos habíamos convertido en una forma desarmada!

Cómo sentir que cada uno de nosotros era un pedazo de silencio, el silencio que él abrió entre nosotros y que nosotros, después, no dejamos de hacer más y más amplio. El silencio este que está entre nosotros desde entonces y que no ha dejado de alejarnos, de separarnos hasta habernos convertido finalmente en extraños.

Con sus acciones, tu abuelo, Carlos Monge McKey, nos dividió para siempre a unos de otros. Mi padre, hijo de puta, nos convirtió, nos condenó a ser seres extraños. Pero nosotros, con nuestro miedo, chingada mierda, hicimos que todo eso fuera para siempre. Nosotros decidimos ser desconocidos.

Chingada madre, hasta sentí que me mareaba.
Sí, creo que ahora sí me convendría otro café.
Y las galletas, también tráete las galletas.

V

Horrorosas. Pero ya te dije ayer, son las únicas que puedo.

Por supuesto que fingíamos, Emiliano. ¿Cómo si no? Además, esto tú lo entiendes como nadie.

Lo de fingir para seguir echando hacia delante.

Está bueno. Lo que diga el señor escritor.

No, en la casa no. Ahí únicamente nos volvíamos invisibles. Cada día más lejos unos de otros, cada día más encerrados dentro de nosotros. Donde fingíamos era afuera de ese infierno. En la calle, en la escuela, en la casa del tío Polo. Así pasaron esos meses de lo que he estado hablando.

Y así se fueron, también, esos meses volviendo años.

¿Qué habrán sido? ¿Tres y medio, cuatro años? No estoy seguro. Pero pongamos que en total fueron cuatro años. Por lo menos para mí, que me marché entonces de casa.

Cuatro años en los que sólo hacíamos eso, cuando cruzábamos la puerta: aparentar, ser cualquiera que no implicara ser nosotros.

Estábamos tratando de seguir, Emiliano, porque sobrevivir era lo único que entonces importaba. Vivir era algo que podía pasarle a otros, no a nosotros.

Así como lo escuchas.

Y no te hagas el que tampoco entiende esto, que de sobra sabes de lo que hablo.

"Nosotros, los sobrevivientes / ¿a quién debemos la sobrevida?" ¿No decía así ese poema que un día me enseñaste?

Acuérdate. Lo utilizaste como epígrafe en tu primer intento de novela. Por cierto, debo ser el único que guarda copia de ese escrito. ¿Cuántos años tenías? ¿Dieciséis, diecisiete?

Pues porque puta que ese texto me hizo mierda.

No te hagas pendejo. La escribiste para mí, para chingarme, para romperme la madre. Decías que era sobre Óscar, que era la vida del Cua Cua, tu amigo ese que vivía en Xochimilco, pero qué casualidad que el personaje principal fuera su padre, un padre que los había engañado a todos.

Exactamente. Qué casualidad que esa historia fuera la historia de un hombre que vivía una doble vida, de un hombre atrapado en su mentira. Y qué casualidad, además, que la escribieras justo cuando yo me estaba yendo a la chingada. Cuando ya no había otra opción que la verdad.

¿Por qué te ríes?

Eso es otra cosa, que fuera una mierda es otra cosa.

Y no te estás riendo por eso. No me quieras ver la cara de pendejo. Cuando apenas estás yendo, Emiliano, yo ya vengo de regreso.

Pues porque nunca había salido el tema.

Ah, claro, tu orden ese. Se me estaba olvidando. Hay que seguirlo. Hay que hacer lo que tú digas.

Ya, ya sé que en eso habíamos quedado. Pero ojalá en serio lleguemos a este tema, que tengo muchas cosas que decirte.

No, no solamente.

Nada más no vayas a enojarte cuando hablemos de tu madre.

Cierto, tú jamás te enojas.

En la cocina, allí seguro que hay cerillos. Pero estás fumando demasiado.

Si no por qué se te acabó ése.

VI

¿Entonces cómo lo prendiste?

No le habrás dado uno a ella, ¿verdad? Porque se muere. Si fuma ahorita se nos muere. Es una terca y no le importa, pero yo no quiero que fume.

Eso es, volvamos a eso.

Te estaba diciendo… ¿Qué te estaba diciendo?

¿En serio?

Pues lo repito: aparentar, ser cualquiera que no implicara ser nosotros, eso era lo que mis padres, mis hermanos y yo hacíamos cuando cruzábamos la puerta de la casa.

¿Cómo que a dónde? Los primeros meses, a donde íbamos desde antes que él volviera: a la escuela, a la casa del tío Polo, a la calle, ya te dije. Después, en los años que siguieron, sobre todo, al restaurante. Aunque también, durante un tiempo, al chatarrero que tu abuelo tuvo algunos meses.

Sí, por unos meses tuvo un chatarrero.

Quién sabe por qué, pero a mi padre en una época le entro por la chatarra. *En la basura está la única riqueza*, decía entonces. Luego, cuando esa obsesión se le pasó, tus abuelos volvieron a poner un restaurante.

Claro, con la ayuda del tío Polo. Bueno, más bien con su dinero.

El Sinaloense Renovado, así fue como entonces lo llamaron.

Comida típica, evidentemente. Pero el negocio no eran las mesas de ese restaurante. En lo que ellos innovaron fue en vender para llevar. Por eso se volvió un negocio extraordinario. Tanto que después, al restaurante, le sumaron una tienda.

De todo. Desde empanadas, que tu abuela preparaba, hasta el chorizo que quién sabe en dónde había aprendido a hacer mi padre, pasando por ropa, aguardiente sinaloense, artesanías de los mayas y tonterías que les compraban a los chinos.

Cosas de superstición. Amuletos, velas, hierbas, huesos, pieles secas. Ya te digo, pendejadas que compraban los amigos del tío Polo, políticos y actores, no, sobre todo políticos y actrices. A tu abuelo, como un año después de revivir, le dio por empezar a hacerle al hechicero.

Así como lo escuchas.

Se encerraba durante horas, en un cuartito de la tienda, con los clientes que el tío Polo, que por entonces dirigía el PRI o era gobernador de Sinaloa, no me acuerdo, le mandaba cada noche.

Pero éste no era el punto. Lo que te quiero contar es que El Sinaloense Renovado era el lugar en donde, sobre el disfraz que cada uno había tenido que ponerse para seguir adelante, nos poníamos el disfraz de los que habíamos sido antes de que volviera Carlos Monge McKey.

¿Te imaginas, cabrón, tener que disfrazarte de ti mismo? ¿Tener que esconder de ti lo que en ti ya había cambiado? La vida, adentro de la casa, era estarse deshaciendo todo el tiempo. Mientras que afuera, era como tener que rehacerse a cada instante.

Porque vivíamos en medio de una situación en la que todo, de repente, se había vuelto falso. En la casa, eran falsos los vínculos entre nosotros. En el restaurante, nosotros éramos los falsos. Chingada madre, ¿por qué quieres que te siga hablando de esto?

¿No prefieres que me lo brinque y que hablemos del incendio? Ayer dijiste que querías llegar a eso.

Está bueno.

Lo que había sido falso lo habíamos vivido como cierto. Y lo que estaba siendo cierto lo estábamos viviendo como falso.

Putísima madre.

Ahorita mismo vi un recuerdo. Pasó nomás aquí delante, como si hubiera atravesado entre nosotros.

De que todas las mañanas, por esos años, yo me levantaba antes que nadie.

De madrugada.

Me paraba de la cama, me salía de nuestro cuarto y en silencio caminaba al de mis padres. Porque eso sí: tus abuelos dormían juntos.

Qué cabrón. Estoy viendo la alfombra de aquel cuarto, el baúl, el tocador de tu abuela, el espejo, el retrato del tío Polo, las cortinas, gruesas y pesadas, el cristo que había encima de la cama y, allí debajo, sobre el colchón, tus dos abuelos.

Los veo desde la puerta, me hinco enfrente a ellos, gateo hacia su cama. Putisisísima madre. Hacía eso cada pinche madrugada.

Me acercaba a tu abuela, ponía mi mano a unos centímetros de ella y sólo luego de sentir que aún respiraba, rodeaba aquella cama y me acercaba hasta tu abuelo.

También a él le pegaba la palma abierta. Y también me daba vuelta hasta sentir que todavía echaba aire. Ay, cabrón, ¿para qué le ando rascando?

Para qué me haces rascarle.

No sabía, no había nunca comprendido por qué un día dejé de hacer aquello. Porque una de esas madrugadas, en vez de sólo acercarle la palma, le pegué ambas manos a la cara. Y sentí ganas, Emiliano, tuve ganas de apretarle la nariz y de taparle la boca al mismo tiempo.

No, no seas pendejo.

A mi mamá. A tu abuela, cabrón.

Ese día dejé de entrar en aquel cuarto. No, no solamente en ese cuarto, en esa casa. Eso es, ese día dejé, de alguna forma, de estar en esa casa. Porque ese mismo día decidí hacer lo que haría poco después, que fue irme a vivir con tu tío Jaime.

¿Cuando me fui?

Diecisiete, dieciocho años como mucho. No, seguro diecisiete. Porque todavía no había entrado al poli, estoy seguro de que aún seguía en la voca. Pero eso pasó luego de esto otro que te estaba contando.

Putos recuerdos. Si me siguen haciendo esto, si los sigo sintiendo así le paramos.

Eso, aunque sea un par de minutos.

Putísima madre.

VII

Pero vamos a otra parte.

No seas tonto.

Todos, tú incluido, sentimos cosas, más bien, todos deseamos cosas que, eso es, todos deseamos cosas que, en realidad, no estamos seguros si queremos.

Éstos de aquí los sembré cuando llegamos a esta casa. Me traje una hoja de México —así, de este tamaño— y mira cómo se han puesto. Son increíbles, las plantas son extraordinarias.

No, Belén antes no vivía en esta casa.

Le sucede a todo el mundo, te decía: desear algo que, de algún modo, en realidad te atemoriza, que te cagas de miedo que suceda. Ya lo sabes, el chingado inconsciente ese, el que tu madre no ha dejado ni dejará nunca en paz.

Para que luego andes diciendo que no le aprendí nada.

¿Cómo va a ser nueva? Esta escultura la hice, qué será, hace por lo menos cinco años. Si vinieras más seguido lo sabrías. Pero parece que nomás podías venir a esto. A joderme con esto.

Evidentemente.

Por supuesto que yo no quería matarla, cómo dices pendejadas. Lo que quería era descubrir si estaba viva, si de verdad Dolores seguía viva.

No, mejor no cierres la puerta. Ahorita vienen el Cabechas y la Gubia.

Pues porque no acababa de creerme que ella, que había sido mi madre, siguiera en serio viva. No podía creer que un ser vivo, más bien, pudiera estar así, sin estar en serio estando. ¿Ves? ¿No te lo dije? Siempre vienen a meterse aquí al estudio de Belén.

Es lo más fresco de la casa. No es porque la quieran más a ella.

Pero bueno, no podía creer, estaba diciéndote, que ella pudiera, que su existencia pudiera volverse puritita inexistencia. Lo que no podía creer era que alguien se volviera aquello que tu abuela se volvió en esos años.

No, no puedes darles.

¿Cómo que por qué y cómo que qué?

Son pura fibra y luego es una cagadera. Tu abuela se volvió, ¿cómo explicarte? ¿Sabes cómo llega uno a esto? ¿Cómo es el proceso para acabar teniendo una pieza de bronce así como ésta que le hice a mi Belén? ¡Qué no les des ni un solo trozo!

La cera perdida fue la madre perdida. Tu abuela, la que nosotros habíamos conocido de pequeños, cuando tu abuelo se murió, se encerró en un molde negro. Pero antes de que pudiera dejarlo, tu abuelo apareció de nueva cuenta y su regreso destruyó lo que quedaba de mi madre, bajo el molde.

Luego, no podría decirte exactamente cuándo, pero sí que fue en algún momento de esos años de los que te he estado hablando, en los que el coraje y la vergüenza, lentamente, fueron llenando el molde que se había antes vaciado, éste, el molde, finalmente se rompió. Y la figura que salió, la madre que entonces nos quedó, era exactamente igual a esta pieza.

Una madre de metal. Un cascarón duro y helado. Una madre armadura, que no podía o no quería quitarse nunca esa rígida apariencia que se había echado encima, esa coraza que impedía que interactuaran sus sentimientos con el mundo y que éste, el mundo, afectara lo que ella había decidido reservar para sí misma.

Así como lo escuchas.

No estoy exagerando. O igual y sí.

En una de ésas sí estoy exagerando. A lo mejor me lo pegaste, chingada madre, soy un hombre viejo y débil.

Y lo peor es que sabía que tenía que cuidarme, guardarme de que no me contagiaras. Si por eso hace tanto decidí tenerte lejos, mudarme al otro lado de la tierra.

Estoy bromeando. No me mires de esa forma.

¿Qué estaba diciendo? Ah, sí, que estaba exagerando. Porque a veces sí se la quitaba, tú abuela a veces sí dejaba que la viéramos sin su armadura. Aunque eso era muy de vez en cuando.

En sus cumpleaños y al volver de cada uno de sus viajes, por ejemplo.

Por supuesto que viajaba. Y no sólo ella. Los dos viajaban todo el tiempo. Tu abuelo iba a Sinaloa, a comprar las cosas que vendían en la tienda, y también iba a California, donde tenía, o por lo menos eso nos decía, varios negocios que había abierto en sociedad con tu tío Polo.

Por su parte, tu abuela, aunque al principio también iba a El Vainillo, hacia el final de aquellos años, iba solamente a Talpa, a visitar a la Virgen. Pero esto ya te lo había dicho.

¿Cómo que qué? Que Dolores iba a Talpa para hincarse ante otra estatua que no era ella. Ante una pinche figurita que un pendejo había tallado con las patas.

¿A qué otra cosa iría si no a un sitio como ése?

¿Cómo?

De verdad que me encabronas, Emiliano.

De verdad que eres pendejo.

¿Cómo se iba a estar cogiendo al cura?

La puta que me parió. Estás hablando de mi madre.

Exactamente. De tu abuela.

Y ya sé por qué lo haces, pero aquí sí había una raya.

La cruzaste, eso te digo.

Me da igual que seas mi hijo.

Salte de mi estudio y vete mucho a la chingada.

VIII

¿Qué me importa que ya hayamos terminado?

No voy a cambiar de idea nomás porque comimos. Ya te dije que no hay nada más que yo vaya a contarte.

Te reíste de tu abuela. Te reíste y además te estaba hablando de una cosa que me duele.

De últimas, lo que querías era saber cómo había sido todo a su regreso, ¿no?

Pues eso ya te lo he contado. Así que déjame tranquilo y no me estés chingando.

IX

Yo sostengo lo que digo, Emiliano. Y ya te dije que acabamos. Así que si ahora quieres algo más, tendrás que hablarle a alguno de tus tíos.

Además, creo que ya te conté todo.

Si no pudiste encontrar lo que querías es muy tu pedo.

Aunque claro, ya sabemos que tú siempre encuentras todo, que tú siempre entiendes todo.

Todo, todo. O todo, menos las cosas que te incluyen. Menos las cosas que te tocan, por supuesto.

Quita esa carita de sorpresa, ese gesto insoportable de no sé qué estás diciendo, de no puedo creer qué estoy oyendo.

Estás oyendo lo que debes. Hasta parece que no fueras un Monge. ¿En serio creíste que eras diferente? ¿Que, allí en el fondo, había algo distinto de lo que llevo yo metido, de lo que había dentro de tu abuelo?

Qué ternura descubrir que eso pensabas, que podías escaparte. Qué penita y qué ternura ver que te creías que podías tú ser otro. Préstame el espejo que utilizas, cabrón. Si me lo prestas, hasta podría darte el consejo que a ti siempre te ha hecho falta.

No, olvida esto que acabo de decirte. Voy a darte ese consejo aunque tú no me des nada.

Eres mi hijo y sería horrible que yo no te lo dijera. Que no te compartiera lo que a mí, el último día que lo vi, me soltó tu abuelo en voz bajita, yéndose de casa: *Ojalá que cuando empieces tú también a oírte, porque un día vas a oírte, no te hagas pendejo. Y si te escuchas, ojalá que no vuelvas de nuevo a hacerte el pendejo.*

Exactamente. Por lo menos le hice caso en una parte. Tú, en cambio, ni siquiera puedes decir eso. Ni siquiera puedes no decir que no te hiciste el pendejo varios años y que no estás, ahorita mismo, cagado de miedo de volver a hacerla de pendejo.

¿O no estás aquí por eso? ¿O no estás aquí buscando comprenderlo?

Por más que le doy vueltas, no encuentro otra explicación para todo esto, Emiliano. Digas lo que digas, lo que quieres es averiguar si escribiéndolo te escapas. Pero ya te digo yo que no hay escape.

No, no me interrumpas. Ahora me toca a mí soltarme. Siempre andas hablando y acusando, pero si alguien no ha sabido lo que quiere, si alguien ha inventado historias, si alguien ha vivido escapando de sí mismo, ése eres tú.

Así que si deseas escribir algo, ándate a escribir tu biografía. Igual y hasta consigues publicar algo que venda.

¿Cuántos libros has vendido? ¿Quinientos, setecientos, novecientos?

Pretextos. La más fina y elegante de tus artes. Y luego dices que los otros somos los que andamos engañando.

Eso. También eso me podrías decir ahora. Eso es lo que quería. Desquitarme.

No, no únicamente más tranquilo. Mucho más cerca de mi idea de justicia, así me siento…

Sí, tanto que podría empezar de nuevo a hablarte.

De lo que quieras. Pero sírvete antes un par de tequilas.

X

De los demás no pienso hablarte, Emiliano. Eso que te quede claro de una.

Ni de tu abuelo ni tampoco de tu abuela ni aún menos de Silvina, Raúl y Nacho. En esta historia todos ellos se acabaron. Puta que está bueno este tequila. Lo trajo el Chato hace unos meses.

Él y la Chata solamente, pasaron con nosotros todo agosto. Pero de mí sí que puedo hablarte. Además, según recuerdo, el día que me llamaste me dijiste que era eso lo que a ti te interesaba.

Dime nada más por dónde empiezo. Pero que sea algo de después de aquellos años, de esos años de andarnos escondiendo en todas partes.

No, lo siento mucho, Emiliano, pero eso del incendio se quedó antes. Está atrapado en esos años que dejamos hace apenas un momento. Igual que tantas otras cosas: el día que, por poco, Silvina y yo matamos a Nacho, la tarde que tu abuelo me partió una clavícula o la noche en la que todos descubrimos que el novio de tu tía no era cierto.

Ándale pues, escoge uno. Pero uno solamente. Para que no andes luego tú también diciendo que me enterco, vaya a ser que se despierte en ti ese mismo instinto de pegarme. Ya no estoy para esperar que una clavícula me suelde. Yo trabajo con mi cuerpo, ya lo sabes. Por eso tengo que cuidarme.

Buenísimo, de veras.

Ahora no, en un ratito me echo otro. Pero no le digas a Belén cuando regrese. Por culpa de los pinches divertículos de mierda ella ya no quiere que beba.

Los doctores me dijeron que beber no era tan bueno. Y como ella estaba enfrente, no ha dejado de chingarme desde entonces. Pero bueno, te estaba dando a elegir alguna de ésas.

Lo sabía. Estaba seguro de que ibas a escoger la del incendio. Y de todas las que acabo de ofrecerte ésa es la menos divertida. O no. Porque una historia depende de su oyente, ¿verdad? Y aquí el oyente es mi señorito de colegio privado, mi principito de vida blindada.

Y para usted, don Emiliano, todo eso del incendio debe ser un acto bárbaro, un suceso digno de esos seres que íbamos a escuelas del Estado y que éramos capaces de pelear a puñetazos, es decir, no sólo diciendo groserías altisonantes. ¿Lo dije bien, don hijo mío? ¿Se dice así, altisonantes? Se lo pregunto porque yo no estoy acostumbrado a utilizar estas palabras.

Qué tranquilidad, qué alegría saber que puedo alzar la vista y alcanzarlo allá en su altura, don hijo mío, en ese pedestal en el que quiere ahora mantenerse, pero del cual un día no sabrá cómo bajarse. Pero bueno, le iba a contar a usted aquello del incendio, que en realidad no fue sino una tontería. Una tontería que causó el director de aquella escuela.

Apenas habíamos dejado los salones de clase cuando Mario, se llamaba así aquel compañero que andaba todo el día buscando pleito, me metió el pie y caí al suelo. Pero el pendejo, aquella tarde, se equivocó de enemigo. Porque nada más pararme, sin decirle ni siquiera *qué te pasa*, lo tundí macizo al pobre.

Un par de golpes en el rostro. No hizo falta más, un par de puñetazos y cayó directo al suelo, donde al tiro lo monté y seguí amasándolo sabroso. Fue entonces cuando llegó el director de aquella escuela.

Me arrancó del cuerpo de ese imbécil, lo levantó después a él y me lo puso justo enfrente. *Pídele perdón,* me dijo: *No quiero saber ni que pasó, pero sí quiero escuchar que te disculpas. Voy a contar hasta tres y quiero oírte,* se entercó el chingado director, al mismo tiempo que me enrocaba yo en mi silencio.

Entonces, delante de todos, en el centro del patio, donde se había formado un círculo de niños, aquel director alzó la mano, la dejó caer sobre mi cuerpo y me volteó la cara de una cachetada. No sé por qué, pero aquel golpe, que para colmo tiró mi gorra al suelo, condensó todas las humillaciones que, hasta ese día, yo creía haber sufrido.

Por eso, porque ahí, en el centro de aquel patio, no hice nada, más que apretar fuerte los puños y los dientes, fue que luego, poco antes de que acabaran las clases, pensé en mi venganza.

Con una tira de plástico que arranqué de mi mochila hice un palito que, instantes antes de salirme del salón, doble y clavé en el contacto, tras hacerle unos hoyitos y meterle varios papelitos.

Estaba seguro a pesar de no haberlo hecho nunca —me lo había explicado Félix años antes, cuando cuidaba de nosotros en la casa del tío Polo— de que con eso bastaría.

Así que al salir, en vez de irme a El Sinaloense Renovado, me quedé en la esquina esperando. Y no me fui de aquel lugar hasta observar cómo las llamas se alzaban.

Y ahora sí, cómo la ves si vas allá y te sirves otros dos de éstos. Y limones, tráete unos limones.

XI

¿Desde cuándo sirves nada más mitades?

Ya ni la chingas. Ni que fuera tuyo ese tequila.

¿Cómo? ¿También tú vas a cuidarme el intestino? No debí haberte contado qué dijeron los doctores. Además, si no fueras tan pendejo ya te habrías dado cuenta de que eso me ha soltado. Puta que el tequila me hace hablar.

Pero bueno, estábamos hablando del incendio y no de este otro fuego que aquí traigo yo atascado. Así que vuelvo.

Lo importante, Emiliano, no fue exactamente aquel incendio, no, lo importante fue lo que siguió, lo que vino después de eso.

Para empezar, que nos quedamos sin escuela. Aunque no por mucho tiempo. Ahí estaba Polo, con quien, por cierto, Carlos Monge McKey acababa de abrir otro negocio, además del restaurante y de las cosas que hacían en California.

Mexfesto, así se llamaba aquel lugar que achatarraba cosas viejas.

Así es, tu abuelo se había salido con la suya, aunque después de un par de años. Había logrado hacer de la basura una fuente de riqueza. Pero no, ya te vi por dónde vas y no conseguirás que hable de ellos. Ni de tu abuelo ni tampoco de tus tíos, quienes, no me acuerdo bien por qué, fueron inscritos en una escuela diferente de la que a mí me impusieron.

Acabamos de quedar tú y yo en eso. Te guste o no, en esta historia soy el único que queda. Así que no importa Mexfesto ni la escuela a la que yo ya no fui inscrito. Importa ésa a la que a mí sí me mandaron, una escuela en la colonia Pencil que iba a cambiarme por completo. Y no porque estuviera en la Pencil o porque todo fuera diferente, sino porque ahí, por vez primera, tuve un mundo que era solamente mío.

Un mundo que no tenía que compartir con nadie que llevara mi apellido, un lugar en el que no tenía que esconderme ni tampoco disfrazarme ni aún menos fingir a todas horas. De golpe, en aquella escuela, igual que en las tardes que empecé a pasar con los amigos que allí hice, me di cuenta de que uno no tenía que conformarse, que, sobrevivir, no era el único camino, que se podía vivir siendo cualquiera. Y de esto, cabrón, me di cuenta también porque ellos tres, mis hermanos, no estaban cerca.

Es decir, porque de golpe estuve solo. No queriendo, no soñando todo el día con estar solo, Emiliano, sino estando simple y llanamente solo. Y aquí solo, cabrón, cuando aquí te digo esta palabra, solo, lo que quiero es decirte lejos, lo que quiero es decirte estar en otra parte, no estar estando ausente, como había estado tantos años. La escuela en la Pencil, los amigos que allí hice, la vida que llevé durante ese año y medio, antes de pasarme a la voca, las cosas que entendí en esa época, que fue la que me hizo una persona, la persona que he sido, todo eso, se resume en cinco palabritas: puedes tú ser otra cosa.

Y no importaba qué estuviera siendo ni en qué me estuviera convirtiendo ni aún menos las cosas que llegué a hacer en esos meses, Emiliano, en los que incluso, algunas tardes, con tres amigos, Piña, Portero y Rendón, agarrábamos camino, nos dirigíamos a Polanco, esperábamos la noche y asaltábamos a uno o a dos ricos, de preferencia españoles, que por entonces retacaban aquel sitio. No, Emiliano, nada de eso importaba tanto como haber, de pronto, descubierto que uno puede renegar de su pasado y comenzar, de golpe, a ser distinto.

Sí, si lo prefieres te digo eso: a ser otro. Tan otro que no-más parecía cosa de esforzarse otro poquito para arrancarse a uno mismo, para romper todos los vínculos que lo habían a uno amarrado a su pasado, a la gente que ahí debía quedarse. Por eso, aquella época, igual que los primeros años que pasé luego en la voca, pusieron fin, también, a todo eso que te dije hace rato, allá en mi estudio.

Lo del cuarto de mis padres, lo de mis manos en el rostro de mi madre, esa mujer que ya tampoco está aquí, en esta historia que te estoy contando ahora. ¿Viste? Aquí también vienen a esta hora. Todos los días a esta misma hora. Pero algo te estaba yo diciendo antes que entraran, ¿no? ¿Qué te estaba yo diciendo?

Eso, que ya te había dicho yo eso. Y que es completamente terminante. ¡Échense ahí! ¡Túmbense al suelo! Así me gusta. Totalmente terminante, Emiliano. Si me sigues insistiendo voy a creer que yo no importo. ¡Dije tumbados! ¡Cabechas, Gubia! Estos pendejos creen que no los estoy viendo.

Y si no importo, si no te importo, si yo no importo, yo, que soy el único que queda en esta historia, ¿para qué seguir hablando? Mira a este desgraciado, ¿a dónde vas, Cabechas? ¿Para qué contarte nada de esto? ¿Para qué decirte nada?

¿Cómo que nada? Pues nada, Emiliano. Nada de nada. ¿Viste? Se va enojado, el perro digno. ¿O nada qué? ¿Nada de qué?

¿Yo dije nada? Volvió a tumbarse… Qué envidia tumbarse un ratito.

Eso es, aunque sea unos minutitos.

XII

No, Emiliano. No fue por eso.

¿Cómo iban a habérseme subido tres tequilas y un dedito?

Lo que me pega a mí a esta hora, desde hace dos o tres añitos, es la edad. Me he vuelto viejo.

Estás idiota. Nunca en mi vida fui de siestas. Andas pensando en otro Carlos, en tu padrino. O en alguien más.

Eso no sé. En el que sea que hubieras tú querido como padre.

No, cabrón. Eso sí que no. Celos, hazme el chingado favor. ¿Se te olvida que soy hombre o qué te pasa?

Además, tú ni te acuerdas.

¿No andas siempre repitiendo que tu memoria es una mierda, que está vacía? Y piensa bien lo que dirás justo ahora, porque por eso acepté todo este circo.

Exacto, también por eso. Para que no sólo escribas tus mentiras, para que estén también las mías.

Sí, quizás eso quiero, resguardarme con las mías de las tuyas. El que sí ya se chingó es tu abuelo. Él sí que ya no podrá meter las suyas. Pobre, con lo mucho que gozaba inventar cosas.

Pero bueno, ¿qué era lo que estábamos diciendo? Ah, sí, te estaba hablando de la voca, ¿no? ¿O iba apenas a empezar a hablarte de todo eso?

No, no digas nada. Estoy seguro de que iba ahorita a hablarte de la Siete, de cómo entré en las juventudes, poco después de haber entrado en la voca.

En Tlatelolco, ahí estaba la Siete. Aunque no sé si todavía ahí siga. Creo que alguna vez alguien me dijo que la habían movido, que se cayó o que la tumbaron. Pero cuando yo estudié, ahí estaba, casi encima de la plaza.

De cualquier forma, esto no es lo importante, Emiliano. Lo importante es que ese sitio, la voca, terminó de transformarme. Que, si antes, en la secundaria, me había vuelto individuo, allí, en la Siete, terminé por ser también una persona.

Por muchas cosas, la más importante, sin duda, porque ahí entendí algo que no había entendido previamente. Es decir, porque si hasta antes de la voca había pensado que se podía, que yo también podía no andar únicamente por ahí sobreviviendo, en la Siete comprendí algo más cabrón y más profundo: que se podía no sólo vivir siendo cualquiera, sino vivir siendo uno mismo, sin disfraces y sin tener que andar escondiendo lo que uno era.

Esto, lo que implicó para mí ser capaz de entender algo como esto, fue que ya no sólo me bastó estar lejos de ellos, de mi familia, la mayor parte del día. Empecé a necesitar tenerlos lejos todo el tiempo.

Al principio, algunas noches; luego dejé de llegar todos los fines de semana. Luego, ni siquiera eso fue ya suficiente. Así que empecé a inventarme viajes. Viajes cada vez más largos, en los que, por supuesto, ni siquiera abandonaba la ciudad, en los que me quedaba a vivir en casa de cualquiera que quisiera recibirme.

Claro, uno empieza y ya no para. Marcharte de casa, irte por primera vez de un sitio que te traga es respirar aire templado, limpio.

¿Otra vez vas a reírte?

Me pareció que eso querías, que estabas, pues, a punto.

Está bien, te creo. Así que vamos a seguirle.

Muy pronto ya no me alcanzaron ni los viajes. Mi familia me anegaba lo de dentro y lo de afuera. Y ya no sólo por todo lo que ya te he contado: la falsedad, las apariencias, la falta de cualquier tipo de escrúpulo, también por lo que ellos, en el fondo, habían sido, eran y creía que serían siempre.

En la voca conocí una actitud que no sabía ni que existiera, que no podía ni imaginar que existía.

La cabalidad.

No, nuestra familia nunca había tenido esta virtud entre las suyas. Si ni siquiera la conocían como palabra, igual que no sabían de tantas otras: dignidad, humildad, solidaridad, honestidad.

Sí, Emiliano, los odiaba, los odiaba y odiaba el lugar que ocupaban en el mundo.

Por eso, al final, me fui a vivir con tu tío Jaime, que había pasado por un proceso parecido al que yo había, al que yo estaba todavía experimentando. Y claro, estar lejos de ellos, de mis hermanos y mis padres, trajo consigo otra consecuencia, tal vez la más importante: comprender que no bastaba romper con tu pasado, que era necesario destruirlo, renegar hasta olvidar lo que en éste hubiera sucedido.

Enfrentarlo, eso es, volverte tu contrario.

Claro, me fui radicalizando poco a poco. Pero no sólo porque quisiera desquitarme, no vayas a creer que tu papá es así de básico y pendejo. La clave fue que entonces empecé a leer libros en serio, de filosofía, de teoría política cabrona, literatura comprometida, no como esas tonterías que tú me recomiendas todo el tiempo.

Ya lo sabes, esos libritos que hablan de la vida sin saber siquiera que ésta, la vida, no es así ni será nunca jamás así de guanga.

Eso es, sobre todo los franceses que me diste. Pero también los que me traes de tus amigos. Y los tuyos, por supuesto que los tuyos.

Sí, sí. Eso es, me estoy desviando.

Justo entonces, además, entré en las juventudes comunistas, tras amagar, pero muy poquito tiempo, con esa otra pendejada de los masones.

En serio, en serio, cabrón.

Por culpa de Jaime, que andaba aún más perdido que tu padre, como un perrito al que abandonan en un parque.

Una bola de locos. Una bola de pirados que seguían, para colmo, al más loco de todos, a un cabrón grandote, gordo, feo y virgen, al que llamaban el Tinieblas. Pero eso no es importante.

No, lo importante son las juventudes. Aunque para esto, si quieres que te siga hablando de esto, tenemos que ir a la cocina. Toca hacer la cena y hay que ver qué va a hacer falta.

XIII

Si preparamos un par de ensaladas y una pasta, no hace falta nada. No tendremos que ir a hacer la compra, no hará falta ir a la calle.

Como a las diez. Sale a las nueve, pero tiene que cambiarse. Ni modo que se fuera a venir en uniforme. Y no está cerca, la estación que a ella le toca está a media hora. Quizás un poco más. Igual y a tres cuartos de hora.

Sí, podemos empezar a cocinar dentro de un rato, todavía tenemos tiempo. Además, un par de ensaladas y una pasta las hago yo en cinco minutos.

¿Afuera? ¿En serio?

Si eso prefieres. Pero igual, cuando ella llegue, no fumes ni afuera. Belén no sabe controlarse, con todo y asma va a pedir que le regales un cigarro.

Pues sírvete otro, pero eso sí, para ti sólo. Yo prefiero ahorita un vaso de tinto. Es mejor para mis tripas. Por lo menos, menos malo. Puta que es pesado que tu médico también sea tu pariente.

Tráete el sacacorchos y no dejes abierto. Pinches perros, no sirven de nada. El Cabechas hasta juega con los gatos. Si dejamos aquí abierto, se meten en la casa. Y sus pelos le hacen un chingo de daño a mi Belén, la ponen peor del asma.

Seis o siete, qué sé yo.

Llegó primero una gatita. Luego empezó, claro, a tener hijos. Unos se van, otros se quedan. Se la pasan todo el día aquí echados, entre estos pinos. Hace tiempo quiero envenenarlos, pero Belén me mata si se entera. Y me da miedo llevarme entre las patas al Cabechas o a la Gubia. Ahí yo me mato.

Usa la tapa, la misma tapa. Total, ya la volviste cenicero. Pero mira para allá antes, ve qué chingón el sol sobre los cerros. Qué rica tarde, qué buena idea venirnos acá afuera. Así puedo contarte lo que quieras.

¿Cómo que poco? Lo que te dije es lo que recuerdo. O es así, más bien, que lo recuerdo, que lo tengo en la memoria. Emiliano, lo que te dije de esos años es lo que fue entonces importante. Ni modo que me ponga a inventar cosas.

¿Qué quieres decir con *más detalles*?

¿Cómo que *otra forma*? ¿De que otra forma estás hablando?

¿Anécdotas? ¿En serio? ¿Quieres que te cuente unas anécdotas? Pensé que estaba hablando con un hombre, con un ser inteligente. No pensé que fuera el chismerío lo que quisieras.

Pero bueno, si eso quieres, puedo resumirte aquí esos años en tres hechos desraizados, en anécdotas pendejas. Y a ver después qué sacas, a ver después qué haces con éstas. Anécdotas, de veras que no puedo creerlo.

Qué desilusión. Qué desilusión y qué coraje, Emiliano. Me cae que arruinaste el momento, con lo bonita, para colmo, que se había puesto la tarde. Con lo hondo que te habría yo llevado. Pero claro, esto nunca fue lo tuyo.

Lo hondo, lo profundo.

Así que haremos lo que quieres. Nadaremos de muertito, a partir de ahora, flotaremos. Y luego dices que yo soy el que está españolizado.

Exactamente, tú eres a quien ellos convirtieron. Y eso que aquí llevas nada más tres años. Aunque claro, para colmo, estás en Barcelona. ¿Cómo no iban ahí a anestesiarte?

Sí, tú ya eres uno de ellos. Emiliano Monge, el que piensa como ibérico, el que habla pues como europeo y el que incluso necesita que le hablen como a un ser del primer mundo. Emiliano Monge García, el hijo mío que necesita, para entender, que uno le cuente las historias como las cuenta un niño, un retrasado o un adulto promedio de estas tierras: *Mira, la señora, se bajó del camión, ahora está dando la vuelta, la señora está subiendo a la banqueta, la señora observa a la derecha, mírala, está ahora caminando.*

Pues así voy a contarte aquellos años, Emiliano. Para que no te pierdas un solo detalle, para que aunque sea entiendas algo, para que puedas luego escribirlas. Y es que además también eso eres ahora, alguien que escribe, alguien que quiere escribir como aquí escriben. Así que igual y estaré haciéndote un favor.

Pero eso sí, antes de que te haga a ti el favor, lléname otra vez el vaso este.

XIV

Mira, tu padre está sacando a tu tío Nacho de la casa de sus padres. Lo está agarrando de los pelos. Ahora lo está aventando al suelo. Le ha pegado un puñetazo en pleno rostro. Ahora está rompiendo su camisa. Nacho trata de pararse, pero tu padre está pegándole de nuevo.

Lo está subiendo al coche de su primo, el que se roba todo el tiempo. Nacho está llorando, tu padre se está riendo. Mira, en el coche están otros dos hombres. En el asiento de atrás, ellos están sujetando a Nacho. Ahora le están rompiendo los pantalones a tu tío. Tu padre, por su parte, está arrancando el coche. Escucha, él también está insultando a su hermano.

Ahora el coche está estacionando. Mira, es una colonia nueva, un barrio pobre, un barrio bravo. Ahora se está abriendo la puerta. Tu padre está bajándose del coche, está abriendo la puerta de atrás, está agarrando a Nacho de los pelos nuevamente, lo está bajando a la banqueta. No, no hay banqueta, observa bien, es terracería, nada separa la calle y el camino de la gente. Esta gente que aquí mira lo que pasa, también míralos a ellos.

Ahora bajan del coche esos otros hombres. Se ríen observando cómo vuelve, tu padre, a pegarle a su hermano, cómo termina de romperle el pantalón. Mira, ahora lo está tirando al suelo. Lo están pateando entre los tres, al señorito, así le dice tu papá a tu tío Nacho, quien, mira, ha empezado a llorar sobre la tierra, tirado ahí.

De repente, también mira, se detiene tu padre. Ahora se aleja. Llega hasta otros hombres. Son los que estaban observando. Habla con ellos, mira. O escucha. Eso es: más bien escucha: "Ése de ahí, el que está tirado allí, tiene catorce años y se pasa, por las noches, a dormir con su mamita".

¿Te gusta el tono?

No, no me contestes, mejor sigue escuchando, escucha y no quieras decir nada.

Aquí te va otra: *Mira, es el piso franco. Están parados, los cuatro hombres, ante la mesa. Formando un medio círculo. Entre los cuatro, una mujer. Mírala bien. Ella sostiene, entre las manos, lo que todos están viendo. Es un periódico, una hoja enorme. Tu padre es el hombre hasta la izquierda, el que ahora dice: "Hijos de puta". Mira, ese otro hombre, ese que está del otro lado, golpea el periódico, furioso. Ella lo suelta, cae sobre el suelo. Mira la foto, son varios muertos. Míralo bien, lee lo que dice: "Fallido ataque a Madera".*

"¿Querían tierra? Pues denles tierra hasta que se harten", también se puede leer en esa hoja, sobre otra foto. Mírala bien, es un ataúd, un ataúd entrando en su hoyo. Pero mejor ahora observa esto otro. Están los cinco hablando entre ellos. El que es más viejo, ése de ahí, ése que acaba de sentarse sobre una orilla de la mesa, les cuenta algo, que habló con alguien, dice, allá en Chihuahua. Que tienen que irse, que allá sí que hacen falta. Eso les dice. ¿Estás oyendo? Mira, nadie contesta. Se están dando la vuelta, cada uno hacia un lado distinto.

Ahora se van. Salen del piso apresurados. Y ahora dejan la ciudad en la que viven. Míralos marcharse y mira cómo luego atraviesan la mitad norte de México. Han llegado a Chihuahua. Míralos bien, no están perdidos, tampoco solos, están siguiendo a ese otro hombre, ése que apenas ahora ha aparecido, ése que ahora estás mirando. No lo olvides, con él se va a ir tu padre, esta misma noche, rumbo a Delicias. Y con él se va a quedar las próximas semanas, buscando huidos, escapados, sobrevivientes. Por todo Chihuahua y por todo Durango.

Y ahora la última: *Esta misma célula, estos mismos seres que aquí estás viendo de nuevo, los que hace rato abandonaron su escondite en el D. F., ese escondite que a ellos les prestó un tal Martínez del Campo, estos cuatro hombres y esta mujer que cada día están más solos y, peor aún, que cada día, lo saben, están más acorralados, están ahora llegando a Chapingo, donde hay huelga. En los rumores, estos rumores que aquí suenan, óyelos bien, algo se acerca. Por su culpa están aquí y por su culpa, también, están entrando ahora a este auditorio. Mira qué lleno, ve cuánta gente.*

¿Quién iba a decirlo? ¿Quién hubiera adivinado que ya sólo estaban esperando a que llegaran? Por eso ahora, que han llegado, aquellos otros se levantan. Míralos, atraviesan el espacio y ocupan el templete. Mira, uno está acercándose al micrófono, ése que está en medio de todo esto. Ahora lo agarra, lo arrastra un par de metros a la izquierda y lo acerca a su boca. No es de por aquí, míralo bien. También escúchalo, no habla como hablan los que son de la ciudad ni de estos rumbos.

El que está hablando, óyelo bien, ya te lo dije, habla como hablan en el sur. Escucha, todos los demás están callados. Tanto que, aunque el que habla habla en voz baja, se oye fuerte lo que dice. Míralo, escúchalo: debe estar diciendo algo importante. O debe ser, el que está hablando, alguien importante. Aunque quizá sea ambas cosas, quizás él sea importante y quizá sea importante lo que está diciendo ahora. Lo que sigue y seguirá diciendo un muy buen rato. Es lo mismo que después, en privado, allá en la sierra, le dirá a tu padre tantas veces.

XV

Claro que también yo estoy cansado.

Qué bueno. Qué bueno que tú tampoco quieras esto.

Por supuesto, también yo me cansé de estarte hablando de este modo. Ya te dije que a mí no me han convertido.

No, no sólo por eso. También porque así se terminaron esos años, Emiliano.

¿Cómo que cómo? Te digo que oyes lo que puedes, ni aunque uno te dé todo digerido entiendes algo.

Recién había acabado la Siete y aquel día, de una época, además, en la que ya no conseguía verle futuro al frente que había formado tras dejar las juventudes, luego de escuchar a aquellos campesinos, me fui con ellos, a Guerrero.

No, el plan era ir tan sólo algunos días. Pero sí, me quedé ahí por ahí de unos dos años.

Dos años en los que el pasado del cual habría de renegar sería entonces mi pasado inmediato.

El de los compañeros de la voca, de la vanguardia y de las juventudes, chingada madre. ¿Cómo puede ser que no imagines nada?

Todos ellos, casi todos, más bien, la mayoría de mis compañeros de ese entonces, me parecieron, de pronto, un poquito falsos. No, no sólo un poquito. Tan falsos como, alguna vez, había pensado que eran mis hermanos y mis padres.

Timoratos, sí, eso fue lo que pensé de todos ellos. Habladores y no mucho más que eso. Pero no te creas que sólo a ellos yo los echo en el saco. Igual que me pasara algunos años antes, en la casa en que vivía con tus abuelos, pensé, de mí también, lo que pensé de todos ellos.

Sí, también me vi a mí mismo como un pinche hablador y un timorato. Y también entonces sentí que debía irme.

Pero espera, que quiero otra copa de vino.

¿Por qué qué? ¿Por qué me vi de esa manera, por qué quiero más vino o por qué sentí otra vez que debía irme?

Porque tú tienes allí junto la botella, porque otra vez sentía que me hacía falta aire templado y porque yo, que había pensado que a través de las ideas se llegaba a la acción, que había estado seguro de esto cuando el frente, con Sócrates, Zárate, Santos y Mejía, en los asaltos, pues, en los robos de coches y los secuestros, de pronto, comprendí que todo era al revés, que la acción debía dar lugar a las ideas.

¿Otra vez no estás oyendo o qué chingados? ¿No puedes no sonreír, luchar por no mostrarme esa sonrisa y escuchar al mismo tiempo o qué te pasa?

Lo que te estoy diciendo es que allá, en Guerrero, con Genaro, finalmente conocí lo que era la acción. Y que, claro, además de renunciar a todo lo que oliera a lo que olían las personas, las ideas y las cosas de los años anteriores, me entregué con todo a ésta.

Pero todo esto, Emiliano, te lo sabes. De todo esto, del rescate de Genaro, de los chingos de veces que nos dimos con soldados, de las pláticas que me tocó llevar a cabo con los hombres de Lucio, de las bombas en las carreteras, del camión de valores, del arresto, las torturas y la cárcel ya hemos hablado.

¿Cómo que no? ¿No me lo escribiste, Emiliano, en esa carta que me mandaste un par de meses después de que me fuera?

Eso no es lo importante, chingada madre.

¡Qué más da si fue mucho antes o si fue mucho después que me la enviaste! ¡Lo importante es que escribiste esas palabras!

Exactamente. Que emberrinchado me dijiste ahí que no alcanzaba yo ni para padre, que de todo eso yo sólo me atrevía a hablar estando pedo.

Para que aprendas.

No, no quiero aburrirte con las cosas que ladraba cada vez que me empedaba con el Chato. No tengo ganas de ser, aquí en mi casa, ¿cómo decías? *¿Un hombre patético y cobarde?*

No, no nada más decías eso, también decías *un hombrecito roto y atrapado en su pasado.*

Eso decías y lo escribiste varias veces. Así que no, vamos a saltarnos esos años o le paramos aquí mismo.

No, no estoy bromeando. ¿O tengo cara de que voy a reírme ahorita?

De cualquier modo, mira la hora, no podemos seguir haciéndole al pendejo.

Va a llegar Belén y no estará lista su cena.

XVI

Pásame el aceite y el vinagre.

Que no, no vas a lograr que te hable de eso. Dije balsámico.

No, no sólo hay negro, aunque no puedas creerlo ahora también lo hacen blanco, el balsámico.

Ni de eso ni tampoco de los años que siguieron a todo eso. Y el 68 es lo que sigue entre todo esto. Ahora la sal, pásame el salero, aquel grandote.

Claro que no. La pimienta me revienta el intestino. Te prometo que no vas a escucharme hablar de nada de eso. De cualquier forma, qué podría decirte. Para mí ese movimiento fue un chiste.

Ya lo veremos. Ya veremos si me dan ganas mañana. O si logras convencerme. Pero ahora apaga el fuego, quita la olla y tira el agua. Yo después saco la pasta.

Un puto chiste. Eso dije. Y ya te dije, además, que es lo mismo, que esta pasta así se come, fría.

El movimiento más conservador que haya existido.

¿Por qué será que todo lo discutes?

Entierros en familia

I

Lo que sorprendió a Emiliano, apenas puso un pie en su casa, fue presentir, sin saber cómo o por qué, que por ahí andaba su padre.

Y es que en la época en la que este día sucede, la huida en cámara hiperlenta de Carlos Monge Sánchez asomaba a su final: de aquel año en que Emiliano acabaría por fin la prepa, su padre pasó en casa únicamente un mes y medio.

Avanzando un par de pasos, Emiliano siente cómo la sorpresa deja su lugar a la curiosidad y cómo ésta, mientras se pasea él por la sala, se convierte en merodeo. Un merodeo que alerta sus sentidos y lo deja escuchar cómo allá arriba, en el cuarto de sus padres, suenan dos voces trenzadas.

Tras dudarlo un breve instante, Emiliano sale de la sala, rodea la huella que dejara sobre el suelo la escultura exiliada de la casa hacía muy poco, sube la escalera, se acerca hasta la puerta, la empuja sin golpear antes la hoja y sorprendido observa a su padre, quien solloza en el regazo de su madre.

Tu abuelo está muerto, asevera Carlos Monge Sánchez, recomponiendo su figura al ver que su hijo está en el vano de la puerta: *Al parecer, le dio un infarto*, añade levantándose de un brinco, limpiándose el rostro con la espalda de una mano y demudando su semblante, como mudan de color los camaleones: *Ayer temprano, ahí en su casa.*

¿En León? ¿Allá murió mi abuelo?, pregunta entonces Emiliano, hablando en voz bajita y apoyando una mano sobre el marco de la puerta —hace apenas tres semanas él estuvo con su abuelo y lo encontró mucho más fuerte que otras veces—. *Tu abuelo Polo, pendejo*, responde Carlos Monge Sánchez, avanzando un par de pasos hacia su hijo: *Tu único abuelo, hijo de puta.*

Claro… Por qué si no estarías llorando. Estas palabras se le salen a Emiliano de la boca, como queriendo y no queriendo, al mismo tiempo que sus piernas recuperen la entereza. Antes, sin embargo, de que cualquiera de estos dos hombres que ahora mismo se están viendo añada algo, Rosi se levanta de la cama, avanza un par de pasos que más bien son como saltos y parándose entre su hijo y su esposo ordena: *Vamos a cambiarnos, nos perdimos el velorio, pero no llegaré tarde al entierro.*

¿Y Diego? ¿Venía contigo?, escucha Emiliano que Carlos Monge Sánchez le pregunta, mientras él está dejando el cuarto de sus padres: *¿Llegó contigo de la escuela?* Un segundo antes, sin embargo, de que el hijo gire el cuerpo y le responda a su padre, otra vez suena la voz de Rosi: *Diego no está en la ciudad, Carlos, te lo dije hace un momento… Te lo dije varias veces.*

Se fue a un campamento, alcanza Emiliano a escuchar que añade Rosi, cuando él está bajando la escalera. *Qué pinche suerte tienes, gordito cabrón*, susurra entonces Emiliano, sonriéndole al recuerdo de su hermano pequeño: *Ni siquiera se imaginan que tu pinche campamento es un engaño, que vas a estar tragando papas en la casa de Octavio.*

En esta casa, donde vuelven a escucharse los sollozos de Carlos Monge Sánchez, cada habitante ha hecho lo que puede ante el vacío que el padre impusiera: Diego come todo el día,

Ernesto sigue con su peculiar robo hormiga de las cosas que comprara el jefe de familia, Rosi continúa desdoblándose en madre y padre, y Emiliano ha perfeccionado sus mentiras y evasiones.

II

Al entierro de Polo, que Emiliano recordará tiempo después como un nudo de sensaciones, situaciones e ideas entremezcladas, entre otras cosas porque la única manera que hallará para aguantarlo será fumándose dos toques enormes, asisten casi todos sus parientes.

Gracias a la distancia física y emocional que con el tiempo ha impuesto entre él y toda esta gente que presume ser familia suya y que ahora llora como se llora solamente a los patriarcas —artificialmente—, Emiliano se escinde del lugar donde se encuentra. Y aunque al principio piensa en la hermana de Rafael y en la de Sergio, cuyos cuerpos imagina cada vez que se masturba, su otro abuelo lo secuestra.

Entonces, sin necesidad de cerrar o entrecerrar los párpados, Emiliano deja a las hermanas de Sergio y Rafael, Ángela y Paola, quienes ya se estaban abrazando, y viaja a León, donde ingresa otra vez en la casa de su abuelo, esta casa que visita en secreto y que Carlos Monge McKey comparte con Mireya, la muchacha que le lleva a Emiliano apenas cuatro años y quien ayuda al viejo en el pequeño restaurante y en el minúsculo apartado de éste en donde él tira las cartas.

Cuando menos yo sigo cogiendo, recuerda entonces Emiliano que le dijo un día su abuelo Carlos, al hablar de este otro abuelo suyo, cuyo cuerpo descompuesto sus hijos están ahora ofrendándole a la tierra. Entonces, en mitad del silencio sepulcral del último adiós, Emiliano repite para sí la frase de su abuelo y una carcajada que se parte como un leño sobresalta a los presentes, todos los cuales vuelven la mirada hacia el muchacho irrespetuoso, sorprendidos y enojados.

Aunque el codazo que Rosi le encaja en las costillas lo devuelve al velorio, Emiliano no se da por enterado ni se queda en este sitio mucho tiempo. Apenas un segundo después, sin ni siquiera preguntarse a qué pudo deberse el golpe de su madre, está de nuevo en León con su otro abuelo: *Ese pendejo me chingó, no voy a negarlo*, escucha en su memoria: *pero él sólo cogió con esa pinche narizona*. Volviendo al sitio en que se encuentra, Emiliano gira la cabeza, observa a la viuda que ahí llora y una nueva carcajada lo sacude.

A cinco metros del lugar donde él está parado, entonces, la cuerda que sostiene Carlos Monge Sánchez se escurre entre sus manos y el féretro se inclina, a punto de volcarse. Por suerte, la reacción del padre de Emiliano, que lo observa enfurecido, es veloz y decidida. El ataúd, entonces, recupera su antigua horizontal y otra vez desciende, perezoso, rumbo al hoyo, al mismo tiempo que estalla el sonido atronador de una tambora.

Gracias a la música, la gente —a la mayoría de estos viejos, adultos, jóvenes y niños, Emiliano apenas los conoce: su padre rompió con su familia hace un montón de años, y él mismo siguió después poniendo aún más distancia— retira sus miradas otra vez de encima suyo, al tiempo que su madre lo pellizca, con dos dedos, en el mismo lugar en donde antes le enterrara el codazo.

Hija de puta, piensa Emiliano volteando hacia su madre, que ni siquiera gira la cabeza para verlo. Así como no entendió por qué lo habían golpeado, no entiende por qué lo han pellizcado; intuye, sin embargo, que debió haber hecho algo mientras andaba allá en León, con su otro abuelo. Por esto, haciendo un gran esfuerzo, concentrando toda su energía, Emiliano trata de quedarse en el velorio hasta que éste se haya acabado: de su lado está, por suerte, el estruendo de trombones y tambores, que no lo dejan concentrarse ni marcharse.

Cuando la música por fin ha terminado, Emiliano intenta escapar de los abrazos, dirigiéndose hacia fuera de esta masa que conforma su familia, esta gente que para él no son ni nombres, y los que son apenas eso, nombres, no son sino algún recuerdo amargo: los primos que lo golpeaban de pequeño, las primas que se reían de él con sus amigas. A punto de escaparse, sin embargo, siente que una mano lo agarra por el brazo y lo voltea: delante suyo está Macrino, este muchacho que, le parece recordar a Emiliano, no oxigenó como debía durante el parto.

¡Primazo!, grita Macrino emocionado, a pesar de que Emiliano está pegado a su cuerpo: *¡Qué alegría volver a verte!* ¿Alegría?, se pregunta Emiliano en silencio, contemplando las pupilas del niño que tomó su sitio en las golpizas familiares: *¿volver a verme?*, al mismo tiempo que asevera, sin darse cuenta de que no está pensando nada más: *Que no me abrace, por favor, que por lo menos no me abrace.* Pero Macrino, como si no lo hubiera escuchado, ha empezado a estrujarlo.

¿Qué te has hecho?, inquiere Macrino cuando al fin suelta a Emiliano, que, asqueado a consecuencia del olor que emana el cuerpo de su primo retrasado y sucio —dicen que dice que el agua es el diablo—, sólo atina a decirse: por lo menos no hubo besos ni palmadas, al mismo tiempo que observa las

dos manos desmedidas de Macrino. *¿Que qué te has hecho?*, insiste el primo al que la falta de aire dejó chueco, riéndose y bañando en baba a Emiliano.

¿Que qué me he hecho?, se pregunta Emiliano en silencio, limpiándose la cara: ¿que qué me he hecho?, insiste en su silencio, pero a pesar de que en su mente corren diez respuestas diferentes, no permite que su boca diga nada. Por eso, pero también porque le han dicho que Macrino ya no asiste a la escuela, en lugar de responderle, arremete: *Mejor cuéntame tú, primazo, ¿cómo va la escuela?*

El párpado derecho de Macrino empieza entonces a temblar, al tiempo que sus manos gigantescas buscan sus bolsillos: *No, ya no estoy yendo a la escuela*, suelta el muchacho retrocediendo un par de pasos y buscando qué hacer con sus manos, que no caben ni cabrán nunca jamás en éstas ni en ninguna otra bolsa, y suma: *Lo mío es andar entre las vacas, entre la caca.*

Sonriendo, Emiliano felicita a Macrino, se despide dándose la vuelta y apurando su avanzar consigue abandonar la romería que su familia es ahora mismo. Luego, cuando por fin halla un lugar donde esconderse, enciende un cigarro y maldice a su otro hermano: tampoco vino Ernesto al velorio, el muy cabrón también está de viaje.

III

De vuelta del entierro, cuando Emiliano abre la puerta del coche de su madre, este Golf gris rata que también les consiguiera el sobrino de Rosi a un precio de ganga, la Tosca y su cachorro, el Tristón, suben al asiento dando un brinco, donde aplastan a Emiliano y emocionados lo babean.

¡Chingada madre! ¡Que no pisen la cera!, grita Carlos Monge Sánchez, volviendo la cabeza sobre el hombro: *¡Puta madre! ¡Hazlos para un lado o bájalos del coche!*, vocifera el padre de Emiliano, quien apenas ahora cae en la cuenta de que allí, sobre el asiento en donde él también se encuentra, descansa el bulto que su padre trajo consigo del velorio.

¡Quítalos de encima!, insiste Carlos Monge Sánchez, bajándose apurado del auto. Cuando por fin rodea la puerta abierta, sin embargo, ya es muy tarde: el Tristón pisó el bulto y la Tosca lo aplastó con la cadera, deshaciendo la nariz del negativo color rojo de Polo. *¡Putísima madre!*, grita el padre de Emiliano, pateando a los perros y a su hijo, a pesar de que aún no sabe qué tan grave ha sido el daño.

En el estudio, desenvolviendo el bulto en el que guarda la máscara de cera que hace apenas unas horas le embarrara al cadáver del segundo de sus padres, Carlos Monge Sánchez por fin revisa el daño. Enfurecido, entonces, toma un mazo de la mesa y volviéndose a la puerta, donde están Emiliano y sus dos perros parados, se los lanza. Por suerte, el pedazo de madera golpea el suelo a medio metro de la puerta, rebotando hacia otra parte.

¡Váyanse de aquí!, grita el padre de Emiliano, amenazando con lanzar ahora una gubia: *¡No quiero ni verlos!*, añade Carlos Monge Sánchez, cada vez más encabronado y amagando echar a andar sus pasos a la entrada del estudio. Bajo el marco de metal, sin embargo, ya no queda nadie: hace un segundo azotó el hijo la puerta, echando luego a correr rumbo a la casa.

Tumbado en su cama, Emiliano agradece que no volara la gubia y sonríe imaginándose el busto de ese otro abuelo suyo —de cuya vida no se atreve todavía a impugnar la versión oficial, aunque ya haya escuchado otras versiones— con la nariz destrozada. Su sonrisa, sin embargo, se transforma pronto en culpa y preguntándose por qué le ha dado risa esto y por qué la risa es luego culpa, Emiliano gira el cuerpo y mira el techo, lo que hay ahí colgado: la bandera de ese grupo que él no escucha pero sí sus amigos.

Y aunque trata de escapar pensando en otra cosa, Emiliano, que hace esto todo el tiempo, abandonar el sitio en que se encuentra, marcharse a cualquier parte —al estadio cuando está en una clase; a Brasil cuando está en Acapulco, o a un concierto de The Clash cuando está en uno de Poison con Sergio, Piru y el Enano—, no consigue lo que quiere. La culpa que de pronto lo ha tomado sigue dando vueltas en su cuerpo: *Pinches perros, se podían haber fijado.*

Así que, apenas un par de minutos más tarde, Emiliano se levanta de la cama, sale de su cuarto —sintiendo el calor que hace en Río de Janeiro y tarareando "Should I Stay or Should I Go"—, atraviesa el pasillo, cruza la sala y la cocina, sale al jardín por la puerta trasera, brinca sobre el muro de adobes y, escalando metro y medio, alcanza el techo.

Allí, sin ni siquiera volver la vista a la ciudad —ese abismo de destellos que secuestra su mirada y sus ensueños cada noche: cuántas veces se han caído ahí, en sus sueños, todos esos edificios—, Emiliano se arrastra hasta el rincón que le permite espiar a Carlos Monge Sánchez.

IV

Dentro del estudio, alumbrado por las lámparas de alógeno que un día, cuando su padre haya completado su irse en cámara hiperlenta de este sitio, caerán sobre la mesa en donde yace ahora el reverso de Polo —ahí se quedarán, por cierto, durante meses, guardando polvo, como hacen los vestigios de otros tiempos—, Carlos Monge Sánchez acaricia la cera que hiciera a su otro padre.

No, no es que la esté acariciando, comprende Emiliano arrastrándose otro poco sobre la superficie rugosa de un impermeabilizante que aquí nunca ha hecho su trabajo —gracias a éste, sin embargo, Emiliano finge, impunemente, las gripas, la bronquitis y hasta el asma que, de tanto en tanto, le consiguen unas horas de hospitales o unos días de ausencia en la escuela—: lo que está haciendo es arreglarlo, lo que hace es devolverle a ese otro padre suyo la nariz que los perros aplastaran.

A ese otro padre suyo: repite Emiliano en su cabeza y, al hacerlo, por primera vez comprende la profundidad del enunciado que recién ha atravesado por su mente. *Ese otro padre tuyo*, repite en voz bajita y piensa en Polo, en los poquísimos recuerdos que de él guarda: *Para ser tanta tu tristeza, también a él lo corriste de tu vida*, reclama Emiliano en voz aún más baja y de golpe piensa en su otro abuelo, ese otro exiliado, y en los viajes que en secreto él hace a León de tanto en tanto: unos viajes que empezaron en su mente y que después, de tanto ir allá sin ir en serio, acabaron volviéndose reales.

Y además piensa, en un destello de sentido, sin dejar de ver un solo instante a Carlos Monge Sánchez, que con ternura y con cuidado desmedido sigue ahí recomponiendo la cera deformada y bebe ron de una botella, directamente de su boca, que en su vida, esos dos hombres, Carlos Monge McKey y Leopoldo Sánchez Celis, han ocupado sus lugares de forma inversa a como hubieron de ocuparlo en la vida de su padre: para él estuvo antes Polo y luego Carlos; para su padre, primero estuvo Carlos y después estuvo Polo.

Ese narco hijo de puta, recuerda entonces Emiliano que le dijo un día su abuelo Carlos, refiriéndose a Polo. Pero en lugar de entregarse al recuerdo de aquel día y descubrirse a sí mismo de nuevo en León, Emiliano se aferra, sin saber cómo, al momento en que se encuentra. Y observando los trabajos de su padre, que pareciera estar allí abajo en trance, en comunión con ese hacer que es como darle a la muerte una sobada, se pregunta: ¿por qué habrás roto con Polo, papá? ¿Y por qué habrás roto la última vez con mi otro abuelo?

Antes, sin embargo, de que pueda esbozar respuesta alguna, por alejada que estuviera ésta de los hechos, de los sucesos que todavía no conoce aunque haya empezado a imaginarlos y aunque para él, imaginar y conocer sean una única cosa, Emiliano suelta, en voz bajita: *¿Y tus amigos, por qué también con ellos, por qué también de ellos acabas renegando casi siempre?* De golpe, la culpa que lo trajo hasta el techo se convierte en temor y el hijo siente, en el pecho, que el corazón le late cada vez más fuerte. Jalando una larga bocanada, Emiliano trata entonces de calmarse y de volver al sitio en que se encuentra: a punto estaba de marcharse a su pasado. Además de a otros lugares, ha aprendido cómo irse a otros instantes.

La calma que consigue aspirando y exhalando, sin embargo, dura poco: en su estudio, bajo la luz blanca de las lámparas de alógeno, su padre ha levantado, de la mesa, la máscara de cera del segundo de sus padres —no el sanguíneo, como le gusta decir, sino el de aliento—, la ha colocado enfrente suyo y ha clavado su mirada en ese rostro. ¿Qué estás haciendo?, se pregunta entonces Emiliano al mismo tiempo que en su pecho vuelven los latidos a apurarse. *¿Por qué?*, susurra luego, jalando otra bocanada: en su estudio, Carlos Monge Sánchez gira a Polo y lentamente mete el suyo en el rostro color rojo.

Expulsando el aire de su cuerpo —como si fuera otra cosa la que ahora estuviera echando de sí— y conteniendo el llanto, Emiliano observa cómo tiembla el cuerpo de su padre y cómo devuelve la máscara a la mesa, cómo inclina la espalda, cómo apoya ambas manos en el aire y cómo empieza, sacudiéndose entero, a temblar cada vez más fuerte. Hasta romperse. Sólo entonces, Emiliano suelta el aire y, recuperando la potestad sobre su cuerpo, comienza, lentamente, también él a sollozar sobre el techo en el que se encuentra.

Como ha hecho hasta este día y como hará el resto de su vida, sin embargo, apenas darse cuenta de que él también está llorando, Emiliano rompe el vínculo que lo ata al momento y al lugar en que se encuentra. Pero en lugar de irse a otro sitio o a otro momento, queda atrapado en todos sus lugares y en todos sus momentos. Delante de él se entremezclan las cosas y las horas.

Vuelto intuición, Emiliano observa entonces a cada uno de los hombres que componen su estirpe, en los cuartos y en los baños de sus casas, arrancándose el rostro: es como si éstos, todos los semblantes que hubieron antes de él, sólo fueran, sólo hubieran sido siempre máscaras de cera.

Escindido de su ser y su consciencia, Emiliano se echa encima el peso de su historia: por primera vez, ante él está el presentimiento.

V

Varios minutos después, incapaz de comprender aún lo que acaba de vivir, pero resuelto a olvidarlo, Emiliano intenta deshacer el nudo y echar de sí ese pensamiento que recién lo ha cimbrado.

Y aunque no consigue separar todos los semblantes ni escapar de todos esos cuartos y esos baños, el presente lo rescata: en su estudio, Carlos Monge Sánchez revuelve unos cajones: *¿Qué estás haciendo? ¿Qué estás buscando?*

¿Qué quieres ahora?, insiste Emiliano, limpiándose el rostro y convenciéndose de que ya todo ha pasado. La intuición que hace un segundo lo cimbrara, sin embargo, ha echado raíz y no habrá de soltarlo. Por lo menos no hasta que no sea él capaz de explicársela a sí mismo. Pero para esto aún faltan muchos años.

Ahora mismo, Emiliano es incapaz de comprender ese latido que en su pecho se agolpara, ese cruel presentimiento que, en el sentido estricto del término, sin ser nunca referido, pasa de un miembro a otro de su estirpe. Por eso, para alejarlo aún más de sí, mientras observa cómo Carlos Monge Sánchez saca dos trozos de tela de un cajón y los extiende encima de su mesa, decide escapar de donde se halla.

Girando sobre el techo, hasta quedar boca arriba, Emiliano mete una de sus manos al interior de su bolsillo derecho: ha recordado que ahí guarda las hojas que le entregaron más temprano, estas hojas de reportes que en sus manos son como un boleto a otros instantes y otros sitios: "Primero de primaria. Advertido por robarle a Olivia su comida". "Primero de primaria. Expulsado por bajarle la falda a Regina." "Tercer año de primaria. Expulsado por tratar de aventar a Federico desde el balcón del primer piso."

Soliviantado, Emiliano continúa con su paseo: "Quinto de primaria. Expulsado una semana por romperle los lentes a Rodrigo y meterle un trozo de éstos en la boca". "Primero de secundaria. Expulsado tres días por lanzar desde el techo, junto con Sergio, Óscar y el Enano, al hámster del laboratorio de terceros." "Segundo de secundaria. Expulsado por fumar en el baño con Rafael, Sergio y Felipe." "Tercero de secundaria. Expulsado una semana por robar el examen de física del salón de los maestros."

Si mi madre no hubiera trabajado allí en la escuela, me habrían corrido hace un chingo, piensa Emiliano: "Primero de preparatoria. Expulsado por burlarse de la dislexia del maestro de Español". "Primero de preparatoria. Expulsado tres días por consumir alcohol en las instalaciones del colegio, con Sergio, Alonso, Rafael y Felipe", sigue leyendo, pero de pronto su sonrisa se deforma: entre todos esos, cuyos nombres ha leído, sólo algunos siguen siendo amigos suyos.

¿Y si a mí también me pasa?, se pregunta entonces Emiliano, doblando otra vez la hoja que tenía entre las manos: ¿si yo también termino un día renegando, abandonando a mis amigos?, insiste, guardándose el papel y girando nuevamente el cuerpo. *¿Y si me pasa luego con ustedes?*, murmura observando a su padre, que allá abajo está envolviendo la máscara de Polo, con las sábanas que antes extendiera: *¿Si yo también rompo contigo?*

Puta mierda, se le sale a Emiliano en voz alta: *Yo también los voy abandonando. Chingada madre... Ni siquiera me acuerdo ya de algunos,* por quererse escapar de su presente, Emiliano ha asistido a la cruel pedagogía de su instinto: es la primera vez que le pasa esto.

Putísima madre, insiste Emiliano, apretándose la nuca, con un gesto que ya no habrá de abandonarlo y que habrá de convertir, a partir de hoy, en un ancla de presente.

Por eso, porque durante un par de minutos no suelta su nuca, se da cuenta de que su padre está apagando las lámparas que hace nada lo alumbraran.

VI

Apurado, Emiliano se pone en pie de un salto, atraviesa el techo y al llegar hasta la esquina por la que antes escalara se lanza saltando hacia el jardín, como ha hecho tantas otras veces.

Lo que lo trajo de regreso a su presente, rescatándolo de sí mismo hace nada, lo que ahora apura sus piernas rumbo al otro lado de esta casa y su cabeza hacia el pasado de Carlos Monge Sánchez, es la obsesión que lo tomara hace unos años: obligar a su padre a hablar un día, como ha hecho con su abuelo.

Y aunque en mitad del jardín, Emiliano tropieza y rueda metro y medio por el suelo —es el mismo suelo en el que Estopa se ahogó con su sangre, el mismo donde su padre le enseñó a disparar, donde cosió la pierna de Óscar el día que éste se cortó y donde su hermano Diego se partió un día el tobillo—, la obsesión que comenzara con su abuelo, que sigue atada a su padre, que alcanzará un día a su tío Polo y que, finalmente, lo alcanzará también a él, vuelve a levantarlo.

Por eso, tras rodear la construcción eternamente inacabada —más por un asunto emocional que por asuntos financieros, habrá Emiliano de entender dentro de un montón de años—, el hijo emerge del pasillo que se forma entre la casa y el estudio —es el mismo pasillo en donde él se escondiera, con la pistola de su padre y rogando que no fuera nada, la primera vez que escuchó ruidos; el mismo pasillo en el que se escondía a fumar con Diego, antes de que optaran por el techo, y el mismo pasillo en donde descubrió a uno de sus primos ofreciéndole el pene a sus perros.

Ahí, fingiendo no estar buscándolo, se encuentra con su padre. Para sorpresa de Emiliano, sin embargo, Carlos Monge Sánchez no trae consigo la botella de ron ni está borracho. Sus manos cargan el bulto que esconde la efigie del segundo de sus padres.

No quiero dejarlo allí solito, pronuncia el padre de Emiliano: *Sé que no va a pasar nada, pero no quiero dejarlo allí esta noche... Está oscuro. Está oscuro y está solo,* insiste Carlos Monge Sánchez.

Luego, tras un par de segundos de silencio, el abuelo de cera, el padre y el hijo se encaminan a la puerta.

VII

Al entrar en la casa, resignado ante la sobriedad de Carlos Monge Sánchez, Emiliano acepta que no será hoy cuando logre que este hombre le hable de los años que desea desentrañar desde hace tanto.

Aun así, Emiliano acompaña a su padre hasta la sala, lo contempla mientras éste deja encima de la mesa la máscara de Polo, lo ve después sentarse y, empujado por un impulso que no es capaz de contener aunque eso es lo que querría, se acerca hasta el sillón y ahí se deja caer junto a su padre.

¿Cómo era?, pregunta Emiliano, intentando abrazar a Carlos Monge Sánchez, quien volviendo hacia él su rostro y quitándose de encima de los hombros el abrazo le responde: *¿Cómo? ¿Qué dijiste? ¿Que cómo era este abuelo?*, insiste Emiliano, al mismo tiempo que se dice, con una voz que le resulta enteramente nueva: si no consigo hacerlo hablar de esos años, que por lo menos me cuente algo de Polo.

¿Cómo era? Eso es lo que he querido saber siempre... ¿Cómo era en realidad Leopoldo Sánchez Celis?, suelta Carlos Monge Sánchez, recostando la nuca en el respaldo del sillón y observando el techo de la sala. *Y eso que yo, durante años, fui el*

único al que quiso, el único que lo hizo sentir algo parecido al orgullo. Pero aun así no sé quién era, no podría decirte exactamente, Emiliano, murmura Carlos Monge Sánchez, cerrando los ojos y sumiéndose en esa otra embriaguez que es la tristeza: *No podría... No sé quién era ninguno... pero a los dos me habría gustado...*

Preguntarles... preguntarle qué chingados, eructa Carlos Monge Sánchez tras callarse un instante: *Preguntarle qué sentido,* añade abriendo los ojos y observando el techo nuevamente. Entonces, tras guardar silencio otra vez, el padre de Emiliano vuelve la cabeza hacia su hijo, clava en éste la mirada y dice: *Qué sentido, hijo mío. Para tu abuelo... para ninguno de ellos... Ni para Polo ni tampoco para Carlos, hubo alguna vez sentido. Ni uno de ellos fue un buen hombre. Quizá Polo, pero tampoco fue tan bueno,* asevera el padre, recomponiéndose y abrazando a su hijo.

Entonces, apretando el abrazo y acercando al oído de su hijo sus dos labios, Carlos Monge Sánchez suelta: *Tu abuelo Polo también fue un hijo de puta, un verdadero hijo de puta,* repite bajando aún más el tono con el que habla: *pero un hijo de puta de familia. No como el otro. Tu abuelo Polo fue un cabrón con los demás, nunca con nosotros,* completa Carlos Monge Sánchez.

Luego, instantes antes de volver a descomponerse y de rendirse al sueño, Carlos Monge Sánchez acerca aún más los labios a la oreja de Emiliano y susurra: *Político, hijito mío, como todos los demás... Delin... de puta,* insiste con un hilo de voz que apenas se oye, que de a poco habrá de irse deshaciendo y que al final será puro silencio: *Un cabrón que te... de la cárcel... poder después... encerrarte.*

De todo esto, sin embargo, Carlos Monge Sánchez no volverá a hablarle en voz alta. Peor aún: todo esto que hace apenas un segundo ha aseverado, el padre de Emiliano va a negarlo cada vez que su hijo quiera hablarlo o escribirlo.

Pero esto Emiliano aún no lo sabe. Por eso ahora se siente excitado. Por eso está emocionado. Por eso y porque al escuchar: delincuente, ha recordado esa otra palabra que hace tanto le dijeron: narco.

VIII

Quitándose de encima el brazo de su padre, Emiliano se levanta del sillón y se dirige hacia su cuarto.

No sólo está emocionado por haber vislumbrado, de repente, las razones que llevaron a su padre a alejarse de Polo: se siente feliz de no ser él el único pendejo al que ese hombre hubiera alguna vez humillado.

Atravesando la casa, Emiliano recuerda aquel día en El Vainillo, cuando él subió al ciruelo de la entrada y, rebelándose contra una vieja prohibición, cortó todas las ciruelas que sus manos alcanzaron. Y recuerda, además, que justo antes de bajarse de aquel árbol, escuchó que el tío Polo lo llamaba.

¡Emiliano!, estalló el grito en la sala: *¡Emiliano!,* repitió la voz del viejo que él pensaba que no estaba y que allí, en El Vainillo, hacía de mandamás y jefe último del reino. Asustado, Emiliano escondió en su sombrero las ciruelas que traía entre las manos y corrió rumbo a la casa. *¡Emiliano!,* seguía gritando Polo, cuando él entró en la sala.

¿No saludas a tu abuelo o qué te pasa?, preguntó entonces Polo, observando a Emiliano fijamente, que con voz tímida soltó: *Buenos días, abuelo. ¿Así nomás?,* preguntó el segundo padre de su padre: *¿No sabías que ante el abuelo uno se tiene que*

quitar siempre el sombrero?, inquirió sonriendo ese hombre que recién había visto a su nieto, a través de la ventana, encaramado a su ciruelo.

Apretando la quijada, Emiliano se quitó de la cabeza el sombrero y una lluvia de ciruelas rodó en torno de su cuerpo. Antes, sin embargo, de que el niño, que ahora mismo entra en su cuarto, pudiera decir algo, Polo alzó una de sus manos, la dejó caer con rabia y le volteó el rostro al pequeño, tumbándolo al suelo y abriéndole el labio con la piedra de su anillo.

Por supuesto, de todo eso Emiliano nunca habló con nadie. Aquella tarde, de hecho, lo que le dijo a sus padres fue que se había caído del ciruelo. Así que ahora, al tumbarse en su cama y reírse a consecuencia de esa historia, Emiliano siente que es feliz por un segundo. Al instante, sin embargo, comprende que no es feliz gracias a aquello que recién ha recordado, sino a aquello que recién ha escuchado: su tío Polo ese esa palabra que su padre convirtiera en otra, pero que él ha escuchado en otros sitios: narco.

Aunque no, quizá la emoción de Emiliano sea a consecuencia de otra cosa y sea como el resto de sus emociones, quizá su felicidad se deba al hecho de que también ha recordado, mientras pasaba todo esto, cada historia que ha inventado cuando alguien le pregunta: *¿Por qué tienes esa cicatriz allí en el labio?* Me pegué contra un poste, rematando el gol de la victoria; me peleé en Culiacán, con tres plebes que andaban insultando a mi hermano; me mordió un perro en Chichihualco, donde pasaba casi todos los veranos; me clavé un nudo de puntas, brincando el alambre de púas de El Vainillo.

O no, quizá la emoción de Emiliano responde a que su padre le ha dejado entrever su intimidad. O, más bien, a que su padre le ha contado algo que no sólo es importante sino que era solamente suyo. Aunque tampoco: quizá responde, la felicidad del hijo, sólo al hecho de que supo advertir que Carlos Monge Sánchez, a pesar de que no estaba borracho, aceptaría contarle algo. Eso es: la emoción de Emiliano responde a que su padre lo ha reconocido como alguien y ya no sólo como algo.

Claro que no, dice Emiliano incorporándose de nuevo: *para él siempre seremos nomás algo. Hijo de puta*, suelta entonces el hijo de Carlos Monge Sánchez, asomándose detrás de su librero y sacando de ahí su guato y sus sabanitas: *Vino nada más porque está muerto*, continúa Emiliano, mientras sus dedos, en un segundo, enrollan el toque que ahora está siendo babeado.

Y para colmo ni habló de lo que quiero, prolonga Emiliano su soliloquio, al mismo tiempo que una nube densa y azulada llena el cuarto: *Debería despertarlo, obligarlo a que me hable de esos años*, murmura dejando que otra vez lo tome la obsesión esa que para él es Carlos Monge Sánchez.

Tras pensárselo dos veces, sin embargo, Emiliano acepta que no tiene el valor de ir a la sala y despertarlo. *Y menos aún el de pararme ahí nomás y preguntarle*, susurra acabándose el toque y recostándose de nuevo.

Entonces, viendo la bandera de ese grupo que detesta, se duerme tarareando "Hurt" y reclamándole a la vida por haberlo dejado nuevamente en blanco.

IX

Pero el blanco en el que Emiliano se siente perdido, no durará muchos años más.

Y es que apenas tres años después de la muerte de Polo —tres años en los que habrá de empezar a estudiar Arquitectura; en los que habrá de abandonar esta carrera, como antes, en su mente, abandonara los proyectos de estudiar Medicina, Biología, Periodismo, Cine y Letras, para inscribirse en Ciencias Políticas; en los que habrá de abandonar a su novia de la prepa por la primera estudiante de la UNAM que le dirija la palabra; en los que va a acabar un día en el hospital, convencido y habiendo convencido a todo el mundo de que se había quedado ciego; en los que habrá de suplantar a varios de sus amigos de pubertad y adolescencia, Sergio, Ivette, el Enano, Olivia, Piru y Óscar, por los muchachos que lo van a acompañar durante los cinco años siguientes, es decir, hasta que éstos, Iván, Rodian, Tere, Emilio y Mariana, sean también abandonados; en los que habrá de imaginar, con Rafael, cien maneras de hacerse absurdamente ricos; en los que habrá de resolver el enigma del tío Polo gracias al padre de Iván, ese otro periodista sinaloense que también debió huir de aquel estado porque Polo ordenó: *Lo quiero muerto*; en los que habrá de renunciar a su equipo de futbol: las Águilas, en nombre de ese otro equipo al que debía, pensaba entonces, de irle con el alma y sobre todo con la mente: los Pumas; en los que habrá de hacer *tabula rasa* con la música que hasta entonces había oído para escuchar esa otra música, que no entendía ni le gustaba, pero que era la que todos escuchaban; en los que engañará, junto con Rafael, a otros siete amigos, convenciéndolos de haber dado con la fórmula para ganar en la quiniela del futbol; en los que buscará olvidar varios autores que poco antes le encantaban, por vergüenza, pero también porque había conocido otros escritores, unos escritores que leían los demás y por los cuales no podía sentir vergüenza; en los que habrá de renegar de su forma de vida en nombre de otra que tampoco tendría el valor de imponerse como propia; en los que habrá de recorrerse, como también había hecho su padre, hacia la izquierda, lo más hacia la izquierda que sus mil contradicciones permitían, y en los que el coraje hacia su padre, es decir, hacia Carlos Monge Sánchez, se volvería un sentimiento más profundo y más complejo, pues, a pesar del dolor que le infligía, Emiliano renovaría también la admiración que hacía años sintiera y que después hubiera amagado con sentir de nueva cuenta, sintiéndose orgulloso de aquel hombre que, sin embargo, acabaría de marcharse— acaecerá la muerte de su abuela.

Y ésta, la muerte de Dolores Sánchez Celis, quien habrá pasado sus últimos tres años —tiempo en el que Diego cambiará de escuela tras haber sido descubierto fumando marihuana; en el que la madre de Emiliano descubrirá que sus dos hijos se agarran a la droga y llorará, como lloraba entonces casi por cualquier cosa que abandonara el guion de familia que ella había redactado, pero que sólo respetaba tras imponerlo a otras familias, es decir, a sus pacientes; en el que Ernesto empezará a trabajar diseñando juguetes didácticos y en el que sufrirá un segundo y un tercer colapso psiquiátrico; en el que Emiliano, en vano, intentará hablar con esos dos hermanos suyos de los años que su padre había ocultado y de los que ellos dos no sabían ni parecían querer saber tampoco nada; en el que habrá de terminar un día en la consulta de un cardiólogo, convencido de haber sufrido un infarto o de estar a unos minutos de sufrirlo; en el que, por primeras veces, empezará a tomar sucesos acaecidos en las vidas de los otros, sobre todo de Damián, para contarlos como suyos; en el que su abuela, la occisa apenas anunciada, se negará a volver a hablar con él de aquellos años convertidos por su padre en secreto, diciéndole tan sólo alguna frase ambigua, referida al sufrimiento que ella tuvo que aguantar siendo la madre: *Lo que sí puedo decirte es que ahora que tú estás metido en eso de la ciencia política, espero que le toque a él pasar por donde me hizo a mí pasar un día*; en el que otros tíos suyos, al intentar hacerlos hablar de aquellos años en penumbra, nada más le dieron largas: su tía Nena, por ejemplo, le contó que su padre estaba loco de violento y su tío Raúl esgrimió que ese cabrón se había sentido el Che Guevara; en el que su madre, endureciendo el gesto como si allí, en la cocina, estuvieran en terapia, al volver a responder sobre ese hueco en la historia de su padre, camufló con psicoanálisis la imagen de un hombre quebrantado, roto por la culpa, la traición y el descreimiento, y en el que su abuelo Carlos Monge McKey se soltó y se enrolló, haciendo que Emiliano, entonces, pensara que no hablaba de su padre, sino que estaba hablando de sí mismo, explicando un sentimiento incomprensible, una especie de llamado que, en algún punto, alcanzaba siempre a los Monge— llorando la muerte de Polo, le dará a Emiliano una nueva ocasión para escuchar, para hacer hablar a Carlos Monge Sánchez.

Pero quizá, lo que ese día hará que su padre al fin le hable no será la tristeza ni tampoco será la borrachera ni aún menos será la muerte de su madre: esa mujer que se guardó para el final su único duelo verdadero: esa mujer que sólo en sus últimos momentos fue la viuda de alguien.

Quizá, lo que ese día pasará será tan sólo que Emiliano se acercará a Carlos Monge Sánchez de otro modo, de una manera diferente a la que había ensayado siempre.

Aunque, tal vez, esa tarde Emiliano será, más bien, el que debía, el Emiliano correcto de entre todos los que había sido hasta entonces.

X

Cuatro meses antes de aceptar que se había ido, el día previo a la muerte de quien era la única razón que aún lo ataba a su farsa mexicana, Carlos Monge Sánchez aterrizó en México.

Y apenas dos días después, tras volver cargando hasta la casa, por turnos, la semilla de mármol que Carlos Monge Sánchez esculpiera una noche e impusiera como urna de su madre, el padre y el hijo finalmente hablaron del tema que tanto había obsesionado a Emiliano.

Ernesto, que viajaba a China al día siguiente, pues había empezado a producir ahí sus juguetes, se había marchado, y Diego se había encerrado en su cuarto a ver la tele. La jornada anterior, el velorio había sido interminable y durante este día, en el que Emiliano regresó a la ciudad, la cremación también fue agotadora. Así que apenas se marchó Rosi a su cuarto, Carlos Monge Sánchez y su hijo, al que la muerte de su abuela sorprendiera en Oaxaca, se encontraron, mano a mano, en el estudio.

Las lámparas de alógeno, cuya luz bañando instantes como éste Emiliano sólo había contemplado desde lejos, alumbran ahora, con sus rayos color leche, el cuerpo de este hijo que, acercándose a la urna que su padre tallara hasta otorgarle la textura de un espejo, asevera: *Está bonita. De verdad me gusta mucho*, insiste Emiliano empujando la urna con un dedo, haciéndola girar sobre la mesa en que se encuentra. *Le habría gustado que llegaras al velorio*, responde, entonces, Carlos Monge Sánchez: *A tu abuela… Le habría gustado mucho.*

A mí también me habría gustado, contesta Emiliano, esbozando una sonrisa y empujando nuevamente la urna con el dedo: *Créeme… Te lo juro que intenté llegar aquí antes. ¿Intentaste?*, pregunta entonces Carlos Monge Sánchez, acercándose también él a la mesa: *Contigo siempre es intentarlo. Y crees que ya con eso la libraste. Siempre haces lo mismo. Pues resulta que no siempre es suficiente. Tu abuela te adoraba, te quería más que a los otros. ¿Estás diciendo que ella sabe que no estuve?*, inquiere Emiliano, esbozando una sonrisa.

No seas pendejo, no estoy diciéndote eso. Estoy diciendo que podías haber hecho un esfuerzo, ni que estuvieras en la India. Estabas en Oaxaca, cabrón. ¿Estás hablando en serio?, responde Emiliano empujando, con más fuerza, uno de los lados de la semilla de piedra, acelerando así su girar sobre la mesa y endureciendo el gesto: *¿En serio vas a reclamarme? ¿En serio vas a hablarme de estar o de no estar en algún sitio? Sabes bien de lo que hablo, Emiliano, así que no me estés chingando*, afirma Carlos Monge Sánchez, acercándose a la mesa: *Te estoy diciendo… Qué más da qué estoy diciendo*, se contiene, deteniendo el girar de la semilla.

Es mi madre, cabrón. Es tu abuela la que está aquí adentro. ¿A poco crees que se marea?, inquiere el hijo. *No estés chingando, Emiliano, estás viendo y no ves que no es momento, que no estoy ahora para eso. Tienes razón, no tengo madre. O más bien, no tengo abuela. No seas ojete*, responde Carlos Monge Sánchez. *Yo no soy el ojete, ella era la ojete. Hijo de puta. Estoy bromeando*, asevera Emiliano: *Era chingona, la vieja esta. Claro que era una chingona, nos sacó adelante a nosotros. Y sin ayuda,* asegura el padre. *Igualito que mi madre,* responde el hijo. *¿Cómo? Nada, no dije nada.*

¿No que había sido Polo?, pregunta Emiliano luego de un par de segundos. *¿Cómo?,* responde Carlos Monge Sánchez. *¿No había sido el narco ese quien los sacó adelante a ustedes? ¿El narco ese? Hijo de puta. ¿De dónde sacas tantas pendejadas?,* pregunta el padre. *¿Cómo que de dónde? Si tú mismo lo dijiste. ¿O no te acuerdas? Eso yo nunca lo he dicho, ni siquiera nada parecido. ¿Y por qué iba a inventarlo? Narco, tu tío Polo… Ya parece. Qué descaro, papá. Pero lo raro es que me sorprenda. La verdad nomás te sale sin quererlo,* asevera Emiliano, que pasó las últimas semanas en Oaxaca, trabajando en un proyecto de universidad comunitaria.

¿Qué dijiste?, inquiere Carlos Monge Sánchez: *¿O tendría que preguntarte más bien qué quieres decirme?,* cambia el padre su pregunta, levantando de la mesa, al mismo tiempo, la urna tallada en mármol de Carrara: Emiliano estaba a punto de impulsarla otra vez y de ponerla a girar aún más deprisa. *Sabes bien qué estoy diciendo. Pero si quieres un ejemplo, te lo pongo: me mentiste con la historia de mi abuelo. Me mentiste, más bien, con las historias de los dos que fueron mis abuelos.*

Y estoy diciéndote, también, que aunque te duela, sólo tengo un abuelo: Carlos Monge McKey. Hijo de puta, por qué sacas esto ahorita. Y por qué lo quieres mezclar todo. No me pongas esa cara. No lo estoy mezclando todo. Estoy hablándote de Polo. Fuiste tú quien me lo dijo. ¿De qué mierda estás hablando, Emiliano? Claro, no lo sabes… Era obvio que ibas a negarlo. Pero tengo varias pruebas. En serio, estás diciendo puras pendejadas.

¿Pendejadas? Si ha salido hasta en la prensa: Félix Gallardo era su empleado. Tonterías, Emiliano, ésas son puras tonterías, asegura Carlos Monge Sánchez, dejando la urna en lo más alto de un estante: *Tu abuelo Polo fue un gran hombre… Narco… ¡por favor! Dicen esas pendejadas, pero no dicen que armó al pueblo.*

Que quería que defendiera cada quien su tierra. Ay, papá, no puedo creerlo. ¡Si así nació el cártel!

¡Cártel ni que cártel! ¡Hijo de puta! Además, ¿en serio quieres hablar de eso? ¿En serio ahora?, pregunta Carlos Monge Sánchez, azotando las manos en la mesa: *Lees tres pinches pendejadas y te crees que sabes todo. ¡Una puta mierda! ¡Eso es todo lo que sabes de tu abuelo… una puta mierda!*

¿De qué abuelo?, inquiere Emiliano tras un par de segundos: *¿De qué abuelo estás hablando? Hijo de puta, déjame tranquilo… aunque sea hoy. Te pregunto porque sé bastante de ambos*, insiste el hijo, esbozando nuevamente una sonrisa.

Emiliano, no dormí en toda la noche, señala el padre viendo a los ojos a su hijo: *Hace apenas un par de horas la quemamos, hace apenas un par de horas nos despedimos de tu abuela.*

Eso es, hablemos de ella: ¿Por qué me dijo que le habías dado el mayor de sus dolores, la mayor de sus tristezas?

XI

Tras un par de minutos de silencio, Carlos Monge Sánchez vuelve a dirigir hacia su hijo la mirada y riéndose pregunta: *¿Por qué será que todo lo preguntas? ¿Por qué de todo dudas? O de todo lo que no seas tú mismo. Porque creer, crees, pero tan sólo en tus propias pendejadas.*

De verdad, Emiliano, ¿por qué todo lo discutes? No, papá, no quiero discutirlo. Si me hablas de esos años que a ella tanto le dolieron vas a ver que sólo escucho, responde Emiliano, acercando un banquito a la mesa de trabajo de su padre: *Vas a ver que voy a ser puro escucharte. ¿Escucharme? ¿En serio quieres que te crea? Si tú sólo sabes escucharte a ti mismo. A ti mismo o a Damián o al pinche Rafa, que son igual de mentirosos. O no tanto. A ti nadie te gana en engañar y en engañarte.*

Por cierto, qué es esa pendejada de que estás viendo a una bruja. Adivina, no bruja, suelta Emiliano. *¿Adivina? Puta, que estás mal de la cabeza. Pero bueno, nada más para enseñarte que no sabes, que no sabrás nunca callarte, voy a hablarte de esos años,* asevera Carlos Monge Sánchez y al hacerlo siente, sorprendido, cómo algo se desinfla en sus adentros. O cómo algo, más bien, deja de estar tan apretado: *Voy a contártelo nomás para enseñarte una lección que no olvides.*

No, voy a contártelo nomás para no oírte. Así que si hablas, si me dices cualquier cosa, me callo y dejo de contarte, se sorprende Carlos Monge Sánchez advirtiendo, y al hacerlo vuelve el rostro hacia la urna, junto a la cual está la cera inconclusa de Polo. De golpe, observando lo que ahí queda de sus viejos, el padre empieza a reírse. *¿Qué te pasa?,* pregunta entonces Emiliano, extrañado y sorprendido. *Nada, no me pasa nada.*

Absolutamente nada, insiste Carlos Monge Sánchez, riéndose de nuevo y abrazando el vacío que han dejado esos dos seres apilados en su estante. Entonces, la desaparición de su madre, esa madre de quien ahora mismo no quieren hablar ni él ni su hijo, la perspectiva intemporal de la muerte o el silencio que lo arrasa al final todo, lo hacen preguntar: *¿Qué es exactamente lo que quieres que te cuente?*

¿En serio tengo que decirte?, pregunta Emiliano estudiando a su padre; él también está extrañado de lo tranquilo y calmado que se nota Carlos Monge Sánchez, quien, tras un momento, deja de reírse y advierte: *Pero no le cuentes nada a tus hermanos. Si ellos quieren, algún día, saber de aquellos años, que se atrevan y pregunten.*

Quiero decir: que lo sepan porque yo les he contado, no porque tú fuiste de chismoso, remata Carlos Monge Sánchez, tras callar un breve instante. *Estamos,* promete Emiliano, excitado porque siente que está a punto de asomarse al silencio de su padre, este hombre que ahora mismo se levanta, se dirige a su escritorio, trae de allí una caja, se sienta en otro banco y comienza a hablarle a su hijo.

Este hijo que, la última vez que vio a este padre dirigirse a ese escritorio, fue la tarde en la que habló con él de sexo. Aquel día, Carlos Monge Sánchez se sentó delante de Emiliano, buscó unas palabras que nomás no supo encontrar y, enojado, bufando el aire que aspirara en otro tiempo y otro mundo, fue hasta ese escritorio, sacó de ahí un paquete, volvió a esta misma mesa y escupió: *Estas cosas son condones. Que alguien más te explique cómo se usan.*

Emiliano, este hijo que, en el tiempo que ha pasado entre la muerte de Polo y este otro día en el que han cremado a su abuela, además de haber perfeccionado su sistema de evasiones, además de haber empezado a apropiarse de experiencias ajenas y además de haber visto cómo comenzaba, dentro de sí, a crecer este vacío que aún no entiende, también ha aprendido a no contarlo todo.

Nadie sabe, por ejemplo, que sostiene relaciones con la que tendría que haber sido su analista ni aún menos que hace tiempo menudea velas de mota ni mucho menos que son cada día más asiduos sus viajes a León ni menos todavía que, allá en Oaxaca, convenció a varios productores de café, convenciéndose a sí mismo al mismo tiempo, de que él podría darle salida a sus productos en el D. F.

XII

Durante la hora siguiente, además de observar y acariciar luego las cosas que su padre irá sacando de la caja —lo primero que va a darle será un documento de la voca, después su afiliación ante la Liga, luego el manual de tiro que él mismo diseñara y que aplicara en Guerrero, después las cartas que Genaro Vázquez escribió para él, más tarde el mapa de la cárcel donde estuvo preso ese hombre y finalmente los croquis que él trazó para rescatarlo de ese sitio—, Emiliano habrá de enterarse de qué otro hombre, además de este que está enfrente suyo, fue su padre.

Y habrá, Emiliano, de emocionarse a tal punto —escuchando cómo Carlos Monge Sánchez fue en un tiempo todo lo que él querría haber sido, todo lo que él desearía ser, pero a lo cual no habrá nunca de atreverse porque en el fondo es un cobarde, un hombrecito atado a sus más viejos y arraigados privilegios— que no será capaz de poner atención a las últimas cosas que su padre extraiga de la caja y de sí mismo: los dibujos de las bombas que pusiera, los diagramas del asalto al convoy de valores, las cartas que le enviaran a la cárcel sus hermanos y su madre, y el expediente de su vida, este mismo expediente que alguien se robó de los archivos del gobierno.

Pero antes de llegar a esa parte, a la parte de la historia en que su padre omitirá cómo logró que alguien sacara su expediente, y antes también de que Emiliano vaya a acostarse y se pregunte —algo sabe ya de la política que aplasta y que constriñe a su país, aunque no sea capaz de entenderla—: ¿cómo es que mi padre consiguió ese expediente?, el hijo de Carlos Monge Sánchez habrá escuchado atentamente las palabras que habrá luego masticado, vuelto eco y finalmente tragado el silencio del estudio.

Y lo que habrá de escuchar, mientras las luces de alógeno que cuelgan del techo señalan, con sus halos fríos y blancos, el desvelo, la emoción y el nacimiento de un sinfín de nuevas dudas en el hijo, estas dudas que habrán luego de agarrarse a lo más hondo de su cuerpo; mientras su padre, por primera vez, toma con él un par de tragos y le pide compartir también un cigarro —su padre, este hombre que Emiliano, aquí, al escuchar y al ver delante suyo, no puede creer que pertenezca a esa misma estirpe que dio sitio en el mundo a sus tíos y a sus primos, esos tíos y esos primos que, si pudieran, vivirían postrados a una cama, añadiendo su existencia a la rebaba de este cuerpo celeste que para ellos nunca contempló ningún encaje; su padre, este hombre que ahora mismo se desnuda enfrente suyo y a quien él no habrá de devolverle el homenaje, es decir, a quien no le va él a contar que hace tiempo vacaciona con su abuelo: ese abuelo, Carlos Monge McKey, que se ha vuelto el receptáculo de todos sus secretos, el único hombre al que él confía el vacío que en él también ha ido creciendo, ni habrá tampoco de decirle que sí, que desde hace meses ve a una adivina y que hoy en día no hace nada si ella no lo aprueba—, no será otra cosa que esto:

XIII

O más o menos esto, porque tampoco es que Carlos Monge Sánchez sea tan elocuente, ni que Emiliano sea tan retentivo: *Todo empezó en la Voca 7, donde le entré a la política estudiantil. ¿Por qué? No lo sé exactamente. Quizá por admiración a tu tío Polo, que era político y también era un hombre cabal, discreto, justo. Pero quizá porque sabía lo que era ser pobre y también lo que era haber sido algo así como el hijo temporal de un hombre rico. Yo qué sé. Además ni me importa. La cosa es que le entré a esa onda y acabé de secretario estudiantil, en el turno vespertino.*

De ahí pasé muy pronto a las juventudes comunistas, así que ya podemos, los dos, entender que nada de aquello tenía que ver con tu tío Polo, se ríe de nuevo el padre de Emiliano y al instante continúa: *Me jaló un cabrón que se llamaba César Sainz, o algo así. Era un pendejo. Pero fue él quien pocos días después me presentó al loco de Sócrates, que sí era un chingón y un huevudote, aunque luego, ya sabemos, se fue de boca y de culero. Con él, con Sócrates —que sí, ya te dije, luego fue un traicionero—, después de andar de arriba abajo un largo rato, fundamos el movimiento democrático de estudiantes, que era un brazo del PCM.*

En ese movimiento aguantamos poco tiempo. Tras el asalto de Madera, nos radicalizamos todavía más. A mí, por lo menos,

Emiliano, ver aquellas fotos, esas fotos de muchachos hechos mierda, verlas y escuchar lo que después dijo ese tal Giner, el gobernador de allá, o por lo menos eso creo, que era el gobernador, puta que ha pasado el tiempo, me empujó aún más hacia el extremo. Por eso acabé en un grupo clandestino: el Frente Revolucionario de Liberación Nacional.

Ahí, en el Frente, Sócrates y yo conocimos a Zárate, a Xóchitl, a Santos, a Mejía, que había sido soldado, a Leonora y a Guardado. Y con ellos, que eran guevaristas, editamos la revista El socialismo y el hombre en Cuba, cuyo nombre, esos cabrones, por joderme, referían, si yo estaba presente, como El sinaloísmo y su hombre en Cuba.

Por supuesto, lo que queríamos entonces era alcanzar la lucha armada, prosigue Carlos Monge Sánchez, sirviendo ron en un par de caballitos: cambiar este país a chingadazos. Pero no éramos nosotros como ustedes, cabrón, que no se atreven más que a ser en apariencia; para alcanzar nuestro objetivo, nosotros entrenamos.

Nos entrenó un capitán, Cárdenas, se apellidaba, como el mismísimo, de hecho, él era el mismísimo que había entrenado a los Madera, lanza el padre de Emiliano: Bueno, los entrenó más bien a ellos, a mí nomás me dio teoría.

Como sabes, tu padre sabe disparar desde pequeño. Me venía eso a mí desde mucho antes, la atracción aquella por las armas. Como decía tu abuelo: "no tener pistola en casa es una falta de respeto a tu familia".

Pero bueno, me estoy desviando. Poco después de esa época en la que anduvimos entrenando, pusimos el piso franco de la célula, en un departamento que nos prestaba el doctor Glockner.

Y en ese piso empezó en serio lo bueno. Con una célula que estaba en Puebla, llevamos a cabo nuestros primeros robos de auto y nuestros primeros ataques al gobierno. En esa época, además, pusimos las bombas del Viaducto.

Aun así, Emiliano, a pesar también de los secuestros, yo sentía que no lograba nada. No, no sólo yo. También los otros lo sentían. Por eso, tras asaltar una armería, decidimos ir aún más allá y dejar el Frente. Fue así que nos unimos a la Vanguardia Estudiantil, pero queriendo solamente que ésa fuera una fachada.

Porque lo que hicimos más en serio, entonces, fue marcharnos a Guerrero. No todos, yo y otros dos compañeros que aquí no pienso nombrar porque están muertos, prosigue Carlos Monge Sánchez: *Tras un mitin en el auditorio del poli, sin pensárnoslo siquiera, esos dos cabrones y yo cogimos camino rumbo a Iguala y desde ahí seguimos luego a la montaña.*

Eso sí que era México, cabrón. Eso sí que eran injusticias, violaciones, hambre, Emiliano. En Guerrero, vi por vez primera el país que tú piensas que habitas, este pinche país de mierda. Y allí, aún me cuesta a mí entenderlo, entender cómo pasó todo tan pronto, ascendí casi de golpe entre los compas, continúa hablando Carlos, al mismo tiempo que rellena con ron sus caballitos: *tanto que apenas seis meses después, me tocaba a mí reunirme con Genaro allá en la cárcel.*

"¿Ya va otra vez a ver al compa?", me preguntaban cada vez que me veían echar camino fuera de la sierra o de Atoyac. Porque así era, cada vez tenía que ir más seguido. Al principio por un chingo de cosas, ¿eh?, pero después por una más que por las otras. Me había tocado a mí planear la fuga de Genaro. Una fuga que llevamos luego a cabo felizmente, pero eso sí, al segundo intento. Yo creo que no he planeado, en mi vida, nada mejor ni nada que saliera más perfecto: secuestré un taxi en Cuernavaca y me fui de ahí hasta Iguala, a la casa de Chacón, a esperar que a se hiciera de mañana.

Cuando por fin dieron las nueve, una hora después sería Genaro trasladado al hospital, que estaba a cuatro cuadras de la cárcel, Chacón y yo metimos las armas en el taxi y nos fuimos a esperar afuera de la cárcel. Pero Genaro no fue trasladado. Por eso te digo que aquello *funcionó a la perfección, pero no a la primera, sino sólo a la segunda, cuando repetimos todo lo que ya te he contado y Genaro sí fue trasladado.* Entonces, *apenas salió la ambulancia, les caímos a balazos a esos pendejos, que no supieron ni siquiera qué era aquello, cómo se los estaba llevando, por delante, la chingada.*

Apenas dejamos la ciudad, Genaro y yo nos bajamos de aquel taxi, que el pendejo de Chacón debía llevarse de regreso hacia Morelos, donde tenía que abandonarlo y donde había de tomar luego un camión rumbo a Acapulco, sigue diciendo Carlos Monge Sánchez, cuyo impulso verbal se ha ido cansando mientras habla y cuya vejiga lo hará pararse pronto al baño: *En la sierra anduvimos él y yo un par de días, días en los que la policía y los militares se soltaron detrás de nosotros como perros. Pero lo peor no fue que anduviéramos huyendo ni que, por los menos unas tres o cuatro veces, esos pinches desgraciados por poquito y nos llegaran. Pero bueno, hijo mío, ahora tengo que ir al baño.*

XIV

Cuando por fin vuelve del baño, Carlos Monge Sánchez lo hace con la mirada enredada en ningún sitio y con el rostro apenumbrado.

Las sombras que lo afligen, sin embargo, responden más a lo que está a punto de contar que a todo aquello que hasta aquí ya ha contado y que a eso otro que hace apenas treinta y seis horas pasara: *Lo peor de todo, hijo mío, porque eso creo que te decía, fue lo que, en la última de todas esas noches, me soltó a mí Genaro.*

Lo peor, Emiliano, no fue pues que por poquito y nos chingaran, sino que riéndose, Genaro, tras haberse encabronado porque no llegaron nunca aquellos que teníamos que encontrar en la cañada, una cañada, qué cabrón, cuyo nombre, ahora mismo, no me sale, me confesó que en el fondo él no confiaba en nosotros, en los polis, como, ese día también me enteré, nos decía a mí y a los del D. F.

Y ya sabes cómo es tu padre, que no se deja ni una. Esa misma noche, pero no por el coraje, no por el mío, pues, me refiero ahorita al suyo, continúa Carlos Monge Sánchez: *por el coraje que vi hacer a Genaro, por lo que vi detrás de esa rabia y por aquello que podía hacerlo decir a él la ira esa, no pude seguir creyendo en todo aquello. Esa vez, Emiliano, le vi un trasfondo así como priista, corporativo, pues.*

Aquella noche, cabrón, vi que Genaro no tenía verdadera visión revolucionaria. Que no era más que un líder local, empujado por las pinches injusticias, empujado más por su tragedia personal que por la lucha como idea, prosigue el padre de Emiliano, retirando de la mesa el ron y el par de caballitos, pero pidiéndole a su hijo un cigarro: *Era un cretino, un pobre pendejo, por eso no supe entender, allí en la selva, en aquel pinche momento, a Genaro.*

No, por eso no lo supe entender nunca, no nada más en aquel sitio y en aquel puto instante, Emiliano, por pendejo y porque no pude aguantar que él hubiera desconfiado, porque eso fue lo que inferí de sus palabras, ésa es más bien la verdad, de nosotros, los del poli. Aun así, cabrón, tras regresarme al Distrito, seguí haciendo lo que él, lo que Genaro me ordenaba que aquí hiciera.

Por él robamos el camioncito de valores y por él fue que terminamos en el bote. No, esto no es cierto: terminamos ahí por el imbécil de mi hermano. Y es que el pendejo de tu tío, tu tío Nacho, el mismo día de nuestro golpe, me robó un par de fajos para irse a curar una chingada gonorrea que le había floreado el pito.

Y claro, por ahí nos descubrieron. Antes de que pudiéramos marcharnos a Guerrero, el día que nos íbamos a ir, esos putos nos cayeron al piso franco en el que estábamos y ahí nos agarraron, no sin antes defendernos, eso sí. Era la misma pinche mañana que nosotros tomaríamos carretera.

Luego vinieron la tortura, Lecumberri y las visitas que intentó hacerme tu abuela. Y justo por lo que ahí le hicieron a ella fue que dijo que sufrió como nunca antes. ¿O a poco crees que mi mamá sufría por otros?

Eso sí: también tengo que decirte que fue gracias a ella, a lo que a ella le hicieron en la cárcel, que al final salí de Lecumberri. Y que ahí, en esa cárcel, Emiliano, explica Carlos Monge Sánchez, levantándose otra vez y dirigiendo su andar hacia el estante: *a tu abuela la humillaron. La dedearon, cabrón. Le metieron un dedo en la cola para ver si no traía allí contrabando.*

Pobrecita, lanza el padre de Emiliano, alcanzando nuevamente la urna y sintiendo al mismo tiempo que en su vientre vuelve todo a apretarse: *no me quiero imaginar qué habrá pensado, qué habrá sentido, qué le habrá contado ella a su hermano luego de eso.*

Y es que vete tú a saber qué le habrá dicho ella a Polo, insiste Carlos Monge Sánchez, dejando la semilla blanca encima de la mesa y sintiendo, ahora también, cómo acaba de tensarse dentro de sí hasta el último músculo que se había antes relajado, remata: *Pero la cosa es que logró, tu abuela Dolores, que él me ayudara, que aceptara, pues, sacarme de la cárcel.*

Bueno, no que me sacara exactamente, lanza el padre de Emiliano, quien ha recuperado su esencia, quien otra vez presume su semblante y su carácter cotidiano y sobre el cual, ahora mismo, ha caído, como un golpe, el cansancio de los últimos días: *Más bien quería decir que me raptara. Porque aquello que hizo Polo fue un secuestro,* insiste bajando el tono con el que habla y dando un paso para atrás.

Una noche, tres guaruras suyos, ayudados, obviamente, por los guardias, se metieron en mi celda y me raptaron, añade Carlos Monge Sánchez, apagando aún más el tono con que arroja sus palabras. Entonces, retrocediendo otros dos pasos y aceptando que eso que recién cayó sobre sus hombros no era sólo el cansancio de los últimos días, sino toda la fatiga de una vida, remata: *Me inyectaron en el cuello y me metieron en un coche.*

Desperté al día siguiente, encerrado en El Vainillo, jodido y humillado. Pero ya no quiero hablar de esto, finaliza el padre de Emiliano, que al tiro le responde: *¿Cómo no? Si ni siquiera has terminado. Qué hijo de puta el tío Polo,* insiste el hijo, como queriendo acicatear así a su padre. Pero éste, dándose la vuelta apenas siente detrás suyo la pared, apaga la primera de las lámparas de alógeno y bosteza o finge, quién podría saberlo, que bosteza.

En serio no hemos terminado, suplica entonces Emiliano, viendo cómo Carlos Monge Sánchez se talla el rostro, observando cómo vuelve luego a bostezar o a fingir que está de nuevo bostezando y contemplando, después, cómo, tras apagar la segunda de las lámparas de alógeno, le lanza un gesto claro: a la chingada de este sitio.

XV

A la chingada de este sitio, suelta Carlos Monge Sánchez tras dejar pasar un breve instante, repitiendo de esta forma las palabras que antes no había pronunciado, apagando la tercera de sus lámparas de alógeno y tirando al suelo la colilla del cigarro que había nomás medio fumado.

A la chingada de este sitio, repite nuevamente el padre de Emiliano, sin decir una palabra, es decir, trazando nuevamente el gesto que ya había hecho en el espacio, cuando su hijo, este muchacho que por fin ha aceptado que la noche ha terminado, que hoy ya no podrá sacarle más a Carlos Monge Sánchez, se levanta de su banco y se dirige hacia la puerta.

Apagando, al salir, la luz que aún quedaba encendida y guardándose, en el bolsillo de su viejo pantalón, el paquete de cigarros, Emiliano se da cuenta de que tampoco queda tanto por decirse y, sin saber por qué, inquiere a voz en cuello: *¿Está bien dejarla sola? ¿No que no se daba cuenta ella de nada?,* responde Carlos Monge Sánchez, sonriéndole a la penumbra, echando llave a la puerta del estudio y silbándole a los perros, estos perros que ahora llegan y a los que él no ha terminado nunca de querer, porque apenas los ha visto.

Te lo juro que no va a pasarle nada, promete el padre de Emiliano, sonriendo nuevamente y echando a andar sus pasos: *Si se meten al estudio, hay muchas cosas que querrán robarse antes. No lo decía porque se roben a la abuela,* aclara el hijo de Carlos Monge Sánchez, apurando él también sus piernas por el patio y acariciando, de tanto en tanto, las cabezas de los perros que avanzan a su lado: *Lo decía… No… no sé por qué te lo decía.*

No sé por qué te dije eso, insiste Emiliano, cuando al fin están delante de la puerta de la casa: *Aunque pensándolo bien… tampoco es que allí queden tantas cosas que robarse,* añade esbozando, esta vez él, media sonrisa: la intimidad que compartiera con su padre hace un momento lo ha envalentonado. *Hijo de puta,* asevera, entonces, Carlos Monge Sánchez.

Hijo de puta, repite el padre deteniéndose en seco, girando el cuerpo hacia su hijo y clavando en éste los dos ojos: *¿Qué quieres decirme? Nada, no quería decirte nada,* responde Emiliano agachando la mirada, tragándose el pedazo de sonrisa y buscando, con las manos, las cabezas de sus perros.

XVI

Tras un momento breve, que para ambos hombres dura más de lo que dura, Carlos Monge Sánchez echa a andar sus piernas nuevamente.

Detrás suyo, Emiliano también vuelve a moverse y es así que padre e hijo por fin entran en la casa. Afuera, resignados tras mirar cómo la puerta se cerraba, los dos perros se acurrucan en silencio.

Y en silencio, también, atraviesan la casa Carlos Monge Sánchez y Emiliano. No volverán a hablarse hasta mañana, cuando el primero de estos hombres se le quede viendo al segundo, en mitad del desayuno, y sin mediar otra palabra le pregunte: *¿Cómo quieres que trabaje donde estoy si no tengo mi herramienta?*

Sorprendidos, Rosi y Diego volverán la vista hacia Emiliano, que sonriendo les dirá: *No sé de qué está hablando. Pero podemos preguntarle*, añadirá después el mayor de los hermanos sentados a la mesa: *¿Papá, por qué no nos aclaras qué chingado estás diciendo? Hijo de puta*, dirá entonces Carlos Monge Sánchez, empujando la mesa de madera, levantándose de un salto y yéndose a su estudio.

Pero todo esto habrá de suceder cuando estos dos hombres que están metiéndose en sus cuartos se hayan levantado, tras haber dormido mal y a medias, despertándose una y otra vez, persiguiendo en vano el descanso. Un descanso al que Emiliano no habrá de entregarse hasta que no haya pasado otro buen rato, este rato que comienza cuando él siente que el cansancio de su mente lo reclama: podría empezar ahora a pensar en cualquier cosa.

Y como sabe qué es ceder ante el peligro, como de pronto está a punto de ser hijo de otro padre: el de Damián, aunque ya no lo ve tanto; el de Rafael, aunque esté terriblemente enfermo, o el de Sergio, aunque no esté claro si sea cierto, mete la mano nuevamente en su escondite: debe hacerle frente armado y protegido al mal y a este momento en el que además va a reclamarse haber destruido el instante que compartiera con su padre.

¿Por qué mierdas le dije eso?, empezará Emiliano a preguntarse, una y otra vez en su cabeza, mientras fuma el primero de los toques que ha forjado. Cuando llegue al segundo, sin embargo, habrá olvidado ya este tema. Recostado en su cama, dudará de todo aquello que su padre le ha contado: ¿por qué tiene su expediente? Esta duda, sin embargo, también habrá pronto de enterrarla: en su cabeza y en su alma, esta noche, ganará la admiración y no el resentimiento, heredado a través del apellido.

Este apellido con el cual, además del descreimiento, Emiliano heredó el presentimiento que finalmente ha empezado a entender, ese esbozo de latido que hace poco era vacío, pero que, desde hace algunos meses, le habla en un idioma que de golpe ha comenzado a comprender. Por eso, aunque no piensa todavía en marcharse, sí que ha empezado, además de robarse las historias de los otros, a inventarse que él es esos otros: ya no sólo atrae hacia él mismo, ahora también lleva su yo hacia los otros.

Quizá por esto, lo que hace ahora es convertirse en su padre, ser Carlos Monge Sánchez un momento. Y por esto, también, cuando enrolla un tercer toque, en realidad se está bajando de un auto en una carretera. Y está, mientras camina hacia su cama, cruzando las montañas de Guerrero, acompañado de Genaro.

Igual que está, momentos antes de dormirse, tendido en su cama, aunque también esté tendido encima de la hierba y de las piedras, disparándole a la selva y gritándole a Genaro.

Y como está, cuando por fin cierra los ojos y se entrega a su cansancio, durmiendo en una cueva y en su cuarto.

XVII

Al día siguiente, cuando finalmente despierte, enrolle su primer toque del día y se siente encima de su cama, Emiliano intentará comprender lo que vivió y lo que escuchó en la madrugada y en la noche.

A pesar de que hará un enorme esfuerzo, sin embargo, no será capaz de asimilar todo lo vivido hace unas horas. Entonces, la emoción que lo invadía instantes antes de dormirse volverá a ser peso muerto. Y queriendo evitarlo, se aferrará a eso último que hablara con su padre.

De sobra sabe a qué me refería, se dirá Emiliano y, al instante, en voz baja, seguirá: *Lo ha vaciado poco a poco… Ya no queda allí en su estudio casi nada*, insistirá, murmurando, segundos antes de callarse otra vez y antes también de aseverar, para sí mismo: de una… que mejor acabe de largarse de una y para siempre. Y al mismo tiempo, además, de que otra vez despegue hacia otra parte: tarareando "By the Way", se ha convertido en el cantante de ese grupo que escucha en las mañanas.

En su cama, antes de ir a la cocina y de pelearse con su padre, quien cuatro meses después de este día aceptará por fin que se ha marchado de esta casa, de esta ciudad y de este país, en lugar de estar sentado, Emiliano estará recostado. Y en lugar de estar él solo en el colchón, estará acompañado de tres jóvenes desnudas: su peso muerto todavía le resulta incomprensible.

Emiliano aún no entiende que eso que ha considerado una obsesión, la obsesión que han encarnado casi todos los varones que lo preceden en su estirpe, es otra cosa: un impulso: como el de esos cochecitos que uno arrastra para después soltar y ver cómo se alejan.

Pero esto, que su obsesión es otra cosa, una energía atrapada en su interior, Emiliano no habrá de entenderlo hasta que no hayan transcurrido otros tres años con diez meses.

Es decir, los casi cuatro años que separan este día de aquel en el que Carlos Monge McKey será enterrado, sin ningún otro familiar que Emiliano.

Los acontecimientos
se acercan a la historia

En retrospectiva, todo es transparente.

El deseo siempre estuvo: mis recuerdos más antiguos, por ejemplo, son los de querer estar en otra parte.

Primero, fuera de aquellos hospitales en los que aprendí a ser un ser humano. Después, fuera de aquel departamento en el que todo era protección excesiva, cuidados intensivos y susurros predispuestos a lo peor.

Poco después, cuando entendí que no podía llevar la infancia que le había tocado a los otros, cuando acepté que aquella protección que me rodeaba no era excesiva ni eran demasiados los cuidados y susurros que se oían en torno mío, lo que dispuso el deseo fue que quisiera ser otro.

Ser alguno de mis dos hermanos, por ejemplo. O ser Damián, ese otro hermano a quien me une un vínculo aún más fuerte que la sangre. ¿Cómo decía mi padre? *El aliento... eso es lo que me une a tu tío Polo.* Pronto, sin embargo, no bastó con ser alguno de esos seres que admiraba y cuya salud les permitía hacer lo que yo tenía prohibido.

Entonces quise ser cualquiera: el hombre que pasaba por la calle; los vecinos que vivían arriba de nosotros; las niñas que habitaban justo abajo; la mujer al otro lado del pasillo; el conductor del coche que aguardaba a nuestra izquierda, en la esquina donde cruzan sus caminos Miguel Ángel de Quevedo e Insurgentes; el viejo que allí vendía sus revistas; el trabajador de teléfonos que entró una tarde en casa e hizo reír a mi mamá como nunca había reído.

Los años de encierro y la salud de plastilina, sin embargo, terminaron justo cuando habían pronosticado los doctores que tendría que terminarse: entre los seis y los siete años, cuando el organismo cede a su transformación más importante. De golpe, me fue permitido ser como los otros, hacer lo que hacían ellos, abrazarme a quien yo era. El rezago, sin embargo, era demasiado.

El deseo, que comúnmente es un asunto etéreo, se había aferrado al suelo a través de mí, había hundido en la tierra sus raíces y había dejado que crecieran, como frutos siempre maduros, los anhelos.

Y me había estado alimentando de su untuosa y dulce pulpa, una pulpa que no debe, sin embargo, probarse hasta no haberse saboreado el uno mismo.

Cuando pude comenzar a construirme, lo que hice, antes de voltear a mis adentros, antes pues de definirme a partir de mí, fue buscar pedazos, elegir piezas, embonar trozos, pegar fragmentos.

Los años que siguieron se trataron, entonces, de perfeccionar mi estrategia, de buscar, implacablemente, un yo que no sería más que un *collage* en movimiento, en cambio perpetuo. Pero además de aquel *collage*, necesitaba siempre un escenario diferente: y sólo había estado en otra parte.

Pasé primaria y secundaria durmiendo en cualquier casa que me abriera una rendija, una ranura a través de la cual contemplar otros paisajes. Entre semana, me quedaba con Alejandro, Sergio o Rafa; los fines de semana, con Damián o con alguno de mis primos maternos. Pero no había como llegar a vacaciones, a esos meses en los que todo era en serio diferente.

Mis padres, para poner fin a sus más agrias disputas, cuando cumplí los ocho años, decidieron que cada uno impondría su voluntad cada dos veranos. Por eso, un año sí y otro no, viví la vida cómoda y sencilla de la parentela poblana de mi madre, y la vida del compadre de mi padre, que en Chichihualco me ponía a coser balones todo el día y a hacer pan de piloncillo cada madrugada.

Chichihualco: si tuviera que elegir uno entre todos mis paisajes, me quedaría con ése —aquella selva de montaña, aquel río de corriente enrabiada que parecía traer el futuro con el agua, aquellos caminos empinados—, sin dudar un solo instante. Y es que en el tercer verano que pasé en aquel sitio, comprendí que a mi *collage* y a mi escenario les faltaban sucesos, les faltaban historias. La pulpa untuosa y dulce volvió entonces obsesiones mis anhelos.

Lo cóncavo, de golpe, fue convexo. Todo lo que había engullido, empezó a ser regurgitado. El deseo de ser otro y de estar en otra parte se convirtió en la historia de ser otro y de estar en otra parte. La imitación, que después había sido puro armado, derivó en secretos e invención. Y vaya que empecé a imaginar. Y vaya que empecé a habitar ficciones. Y vaya que comencé a mentirme y a mentirle a todo el mundo.

Y vaya, además, que empecé a restarle cosas a las cosas. Y vaya que seguí después callando. Y vaya que dejé de contar todo. Y vaya, también, que aquella nueva obsesión me hizo escaparme de mí mismo y de cualquier lugar en que estuviera. Probar esta otra pulpa: la del fruto que me hizo comprender que lo irreal podía habitar el mundo de las cosas, además de habitar dentro de mí, lo cambió todo.

De pronto, podía escapar sin escaparme, podía no estar aunque estuviera, podía no ser aunque fuera. Ese mundo que no me había dejado entrar, aquel al que luego ingresé disfrazado, de repente, ya no me interesaba.

Ya lo dije: en retrospectiva, los acontecimientos se vuelven transparentes, tanto que se acercan a la historia. Y es que ésta, la historia, no es más que la sombra del lenguaje, cuyo cuerpo es siempre una imagen.

O tanto, más bien, que ésta, la historia, la sombra del lenguaje, el cuerpo de la imagen, permite que éstos, los sucesos, que no son más que palabras enredadas, cuelen la luz que nos habita.

Los años que siguieron, además de entregarme a la invención y a la mentira, empecé a compartir estas mentiras, a hacer que el yo fueran los otros, así como el ellos había sido mi yo hasta hacía poco. Entonces, todos los demás, todos aquellos de los que había sólo tomado, fueron injertados.

Durante la prepa y la carrera, ya no sólo yo habitaba mis historias. Cada uno de los hombres y mujeres que había conocido interpretaba un papel en ese mundo superpuesto, en ese mundo en el que, curiosamente, la verosimilitud era la única argamasa. Un mundo del que no quería salir, pero del cual, no me quedaba más remedio, tendría que irme más temprano o más tarde.

Y es que ese mundo, el que inventé y el que de a poco se lo fue comiendo todo, era el mismo que habría de atraparme, de convertirme en mi propio preso. Y como todo preso, yo también intentaría escapar de mi encierro, de esa celda intangible que, sin verla, me atrapaba.

A diferencia de mi abuelo y de mi padre, cuando la obsesión se volvió en mí presentimiento —aquel que, sin ser nunca nombrado en voz alta, pasa de un miembro a otro miembro de mi estirpe—, de quien tuve que escapar era de mí.

Y aunque no me hice el muerto ni me fui en cámara lenta, me fui, y los demás fueron los muertos.

Aunque quizás, a diferencia de los demás, yo nunca estuve.

Los deicidios

I

El día que murió Carlos Monge McKey, tres años y diez meses después de la muerte de su abuela —tiempo en el que cual, Emiliano habrá perfeccionado su ser siendo otras personas: su tío Antonio, por ejemplo, con su casa en Acapulco, su esposa hipersexual y cálida y sus negocios millonarios; la líder de la huelga en la que él no se atrevió a instalarse más que apenas tres o cuatro días, pero en la que, de acuerdo a su relato, estuvo casi cinco meses; o el político en cuya campaña presidencial Emiliano no hará más que leer los periódicos, aunque diga que escribía los discursos de aquel hombre; las mujeres que, allá en Chiapas, conseguían acostarse con el líder guerrillero; la compañera de vivienda de su novia, quien no sólo escribía, sino que vivía de su escritura; Guillermo, aquel maestro argentino cuya juventud robó y contó Emiliano como si hubiera sido suya; Ruth, su primera novia realmente importante y a quien entonces admiraba, entre otras cosas, por haberse hecho a sí misma y sin ayuda de nadie; Adolfo, ese otro maestro, igualmente emigrado, cuyos artículos memorizó y declamó como si hubieran sido suyos; la maestra en cuya cama despertó el 11 de septiembre de 2001 y con quien luego dibujó, en la pared de una cocina, el par de torres sobre las cuales llovieron después varios aviones de papel; aquel primer mentor literario en cuyas exageraciones, falsedades y mentiras Emiliano comprendió que lo que había atraído de los otros y lo que había puesto en esos otros también podía ponerlo o tomarlo de un yo y de un otro imaginarios—, Emiliano recibió la noticia en Chichihualco, a donde había viajado un par de días antes, tras no haberlo hecho en varios años.

Apenas colgó el teléfono, tras despedirse o pensar que se había despedido de Mireya, la novia de Carlos Monge McKey, Emiliano se dejó caer sobre la silla más cercana, sin tener claro qué debía sentir y sin saber, tampoco, qué debía hacer consigo mismo. *Así que esto se siente*, murmuró entonces en voz baja: *Así que esto sentiste cuando ellos se murieron*, añadió recordando a su padre e inclinando el torso.

Luego, tras mantener el pecho pegado a las piernas y llorar en silencio un par de minutos, Emiliano volvió a erguir el torso, se limpió la cara con las palmas de las manos y, observando el caminar de un alacrán sobre la tierra —qué lejos quedaban, de pronto, los años en que esos insectos lo aterraban—, se puso en pie de un salto: no quería perder más tiempo del estrictamente necesario.

Y éste, el tiempo estrictamente necesario, ya lo había perdido hacía un instante. O eso pensaba Emiliano, quien, dejándose arrastrar por la premura, en el rincón de la sala en la que había estado durmiendo, este rincón que es además el único rincón de este pueblo en el que él ha pernoctado, llena su maleta con las cosas que trajera.

Poco después, apresurado y sin detenerse a explicar nada —su mente, de cualquier forma, está evocando el recuerdo de otro día: aquél en el que, tras medio kilo de peyote, habló con varios alacranes—, se despide del par de hombres y de la anciana que lo habían recibido.

Por suerte, en la calle que atraviesa Chichihualco de un lado hasta el otro, Emiliano no se encuentra a nadie: no querría que lo pararan y le hablaran.

Ya en el paradero, aplastado por el sol y la humedad, esperando un camión que todavía tardará media hora más, Emiliano deja que sus sentidos se extravíen en la selva y olvida, para siempre, el motivo de su viaje: abrir en el D. F. un expendio de balones o de pan de piloncillo.

Si no hubiera venido… Si mejor hubiera ido a León a verte, pronuncia Emiliano en voz baja, y de su mente salen el peyote, los alacranes y las cactáceas del desierto, al mismo tiempo que sus ojos vuelven a llorar y que su espalda vuelve a inclinarse: no consigue poner orden ni entender este sentimiento que lo colma.

No voy a llamarlos… No quiero avisarles, asevera entonces Emiliano: aunque no es capaz de comprenderlo ni tampoco de organizarlo, tiene claro que no quiere compartir con nadie más lo que ahora mismo está sintiendo. Así de grande es el miedo que, de golpe, también se ha colado dentro de su cuerpo: lo aterra pensar que ningún pariente suyo vaya a sentir esta tristeza que a él lo llena.

II

Horas después, en la estación de camiones de Chilpancingo, desesperado a consecuencia de las horas y la prisa, pero entercado con no pasar por el D. F., cedería, estando allí, a buscar y a avisarle a su familia. Emiliano compra la combinación más improbable de boletos: de Chilpancingo a Cuernavaca, de allí hacia Toluca, de Toluca a Guanajuato y desde allá al fin a León.

¿Está seguro? Porque no hay devoluciones, suelta por última vez la señorita que atiende el mostrador: *En ningún caso. Estoy seguro… segurísimo. ¿Nombre completo? Emiliano Monge García, con ge*, dice entonces Emiliano, sacando su cartera, disculpándose con la gente de la fila que se ha formado detrás de él y arrepintiéndose, al mismo tiempo, de no haberle dicho, de no haberle dado otro nombre a esta señorita que ahora mismo le sonríe.

Podría haberle dicho Emiliano López Giral, piensa en silencio: le podría haber contado que mi abuelo armó a España antes de la guerra. O Emiliano García Vázquez, eso también podría yo haberle dicho —durante los últimos años, además de haber perfeccionado su ser siendo otras personas, Emiliano había empezado a ser también seres ficticios y habitar en las ficciones que creaba: por eso el Distrito Federal, la ciudad donde vivía, podía ser Moscú en un invierno crudo, o Buenos Aires, donde recién había abierto una librería, o La Habana, esa ciudad que se expandía en torno del bar que había abierto; por eso Ruth, su pareja, también era, de tanto en tanto, Araceli, la última compañera de piso que ella tuvo antes de mudarse a vivir con Emiliano, Cecilia, la mejor amiga de él en esos años, Mariana, su compañera de carrera, Amaranta, su enemiga en la revista, que arrastraba de la facultad, Tzatzil, esa estudiante de letras a la que vio una sola vez, pero que quedó fijada en su memoria; por eso, aquel verano que pasó procrastinando en una playa, tumbado en una hamaca al lado de los únicos amigos que resistieron sus vaivenes, Damián, Rafael, Trueta y Alejandro, también fue el verano en el que más tiempo pasó en Chiapas, o el que estuvo alfabetizando en Guanajuato, o el que anduvo cortando mármol en Carrara, o el que trabajó en la producción de una película; por eso, en su trabajo, donde habría de volverse aviador de medio tiempo, Emiliano, a cada compañero que ahí tenía, le contó una cosa diferente sobre aquello que hacía por las tardes, esas tardes que pasaba, en realidad, tumbado sobre el suelo, en un sillón o en alguna de las camas de la casa que compartió con Alejandro y con Arturo hasta antes de mudarse con su novia: *Trabajo en una agencia de noticias*: *Soy curador en una galería*: *Doy clases en una escuela vespertina*: *Escribo las obras de teatro de una compañía de inmigrantes*: *Tengo un hermano que está en coma*: *Mi familia es dueña de un café y nos turnamos ahí los tiempos*: *Estoy enfermo y por las tardes debo hacerme curaciones*: *Doy clases de inglés y de francés en embajadas*, y por eso, al mudarse con su novia, también mudó su vida a Oaxaca, donde pensaba escribir una novela, a Bogotá, donde había conseguido trabajo impartiendo talleres de guion, a San Petersburgo, donde estudiaría letras rusas gracias a una beca, a Nueva York, donde habría de volverse periodista, un periodista de renombre y exitoso.

Ya en el andén, tras haber comido aquello que pensó que le haría menos daño y después de haber comprado algunas provisiones para el viaje, aplastado todavía por el calor aunque ya no por la humedad, en Chilpancingo hasta el agua sale en polvo por los grifos, Emiliano finalmente halla un motivo para entumir su pesadumbre, para hacer a un lado la aflicción un breve instante y para aparcar la pena que enredara sus adentros: Gemiliano Monje García, dice en su boleto.

Gemiliano Monje García, lee de nuevo y además de que se ríe, en un instante, mientras avanza hacia el camión que abordará dentro de poco, ya está viviendo la vida de ese hombre cuyo boleto está entre sus dedos, de ese empresario que ha hecho una fortuna con sus puestos de naranjas, con los carritos de jugo que ha colocado en las esquinas de todas las ciudades que conoce.

Gemiliano, vuelve a leer Emiliano, sonriendo otra vez en la escalera del camión y olvidando su imperio de cítricos: pinche gente pendeja… ¿Cómo van a escribir Monje con jota? Además hoy, chingada madre. Al sentarse en su asiento, la tristeza, la aflicción y la pesadumbre han tomado otra vez el cuerpo de Emiliano, quien también ha empezado, además, a sentirse así como extraviado, a sentir ese sentimiento, pues, que hacía ya tanto tiempo no experimentaba.

Por eso, cuando el camión que va a llevarlo a Cuernavaca finalmente enciende su motor y tiembla entero, Emiliano se encoge en su asiento y otra vez llora en silencio, escondiéndose de los demás bajo una sudadera, aun a pesar del calorón que también flota y se expande al interior de la unidad en la que viaja. Al dejar la estación, sin embargo, un hombre toca su hombro: es el revisor, está pidiendo los boletos.

III

Antes de que el camión en el que viaja deje Chilpancingo, en el cuerpo de Emiliano y en la cabeza de Gemiliano son demasiados los supuestos, las ideas que van y vuelven, los sentimientos desbocados, los deseos apelmazados: lo que ha caído encima suyo es una nebulosa.

Una nebulosa tan pesada, densa y dolorosa que resulta insoportable. Por eso, antes de llegar a Tierra Caliente, sintiéndose aún más impotente que en cualquier otro momento de su vida, el nieto de Carlos Monge McKey cierra los párpados. Y por eso, también, se queda dormido justo en el momento en que sus ojos observaban el afuera.

Segundos antes de entregarse al descanso, un descanso que también es una huida, Emiliano contemplaba las montañas: *Quizá fue aquí donde un día anduviste*, se dijo ya casi dormido, al mismo tiempo que pensaba en Gemiliano con pasamontañas y al mismo tiempo que susurraba: *Aunque sea menos... Quiero despertarme menos confundido.*

No sabe, Emiliano, que al despertar, tras dormir durante todos los trayectos de su viaje y tras hacer los cambios de camión como un zombi, la nebulosa no sólo seguirá estando allí, sino que será aún más densa e inmarcesible.

Y es que, por no saber, Emiliano no sabrá tampoco que allí, adentro suyo, en lo más hondo de su mente y de su cuerpo, esta nebulosa va a quedarse durante todos y cada uno de los días que pase en León —unos días en los que no llamará ni una vez a Ruth; en los que va a encontrarse con Mireya, la novia de su abuelo, en la estación de esa ciudad fundada en El Bajío; en los que llorará abrazado a esa mujer varios minutos, deseándola, de forma inesperada, y odiando a Ruth por no ser ella; en los que se subirá al coche que le había dicho su abuelo que era suyo, pero que, descubrirá entonces, era de Mireya; en los que cruzará, sintiéndose aún más extraviado que en los autobuses, tras entender que no lo están llevando a casa de su abuelo, media ciudad y un buen trozo todavía de carretera; se bajará del coche ante un edificio que nunca antes había visto, emplazado en medio de la nada, amurallado por una enorme barda de ladrillos y rematado por un alambre de púas enrollado como un rizo; escuchará a la novia de su abuelo, quien apenas un par de segundos después de haberse estacionado volverá hacia él su rostro: *No sabía cómo decirte... pero aquí... Tú me entiendes... En realidad aquí vivía tu abuelo*; escuchará, sintiendo un miedo, un coraje, una tristeza y finalmente una decepción que no había nunca antes sentido, la historia que Mireya va a contarle: *En total... Cómo te explico... Tu abuelo vivió aquí casi siete años. Tú me entiendes. No éramos pareja. Era mi maestro... En realidad, era mi amigo... No, más como un padre... Tú me entiendes. Para mí, eso era tu abuelo... Como mi padre. Mi único cómplice. Me enseñó a leer las cartas. Inventábamos historias... Cómo te explico... Historias con papeles para cada uno y esas cosas. Tú eres tal, yo me pido ese otro. Actuábamos enteras nuestras obras. No nada más entre nosotros... No sé si me explico. A veces lo hacíamos en la calle... otras más en una tienda*; sentirá, y esta vez al fin tendrá razón, que se está poniendo malo, que se está enfermando de algo grave, mientras cruza los jardines que lo llevan al edificio en cuya puerta principal puede leerse "Nuestros años felices"; entrará, conmocionado, a aquel asilo en el que todas las personas que se encuentre intentarán abrazarlo, besarlo y contarle alguna historia de su abuelo; conocerá al director y al enfermero encargado de los cuidados de Carlos Monge McKey, quien apenas un par de segundos después de haberle dicho: *Era nuestro hombre maravilla, todavía no puedo creer que se muriera, con lo fuerte que estaba*, llorará como un niño pequeño; entrará en la capilla, donde, le habría dicho el director, minutos antes, habían velado a su abuelo, y escuchará, en voz de los amigos más cercanos que su abuelo había tenido en ese moridero que lo estaba enfermando más y más a cada instante: *Aquí tú abuelo era el rey. Hacía de todo. Hasta talló su propia urna. Nos divertía con las funciones de su circo de pulgas. Murió de cáncer de riñón, pero fumó hasta hace unos días, así que al cigarro, por lo menos, le ganó el viejo ese. Nos leía gratis las cartas, a cambio de escucharlo cuando quería contarnos sus historias. A ver quién se va a hacer cargo de sus palomas. Le encantaba andar criando palomas.*

Y es que en esos días —en los que Emiliano recibió, de manos del director del asilo Nuestros años felices, las pocas cosas que su abuelo aún mantenía en pertenencia: un frasco lleno de canicas, los retratos de media docena de mujeres, dos mazos de tarot, un cartucho de dinamita, un puñado de credenciales a nombres diferentes, los remedos de libretas que quedaron de lo que pretendía ser un diario y otra más que apenas y podría clasificarse de este modo, una pelota de beisbol firmada por los Astros de Houston, una caperuza de cuero diminuta, los zapatos que Dolores calzó el día que se casaron, una bolsita llena de ceniza y lo que podrían ser piedras biliares; en los que conoció a Ramiro, el hijo de otro de los viejos del asilo, quien, a cambio de que Carlos Monge McKey le leyera las cartas cada vez que él lo quisiera, le prestaba su pequeño restaurante para que él, Emiliano, cuando iba a verlo a León, creyera que su abuelo poseía un restaurante; en los que telefoneó a sus dos hermanos, esos hermanos a los que, sin embargo, no les quiso contar todo, no les quiso, pues, contar nada de la vida de su abuelo: Emiliano no creyó, al oír sus voces, la de Diego, primero, y luego la de Ernesto, que le fueran a creer nada, que se fueran a creer que todo aquello que él les había dicho, que todo lo que él había vivido en cada uno de sus viajes, era cierto; en los que llamó por teléfono a su padre, de quien, sin embargo, no obtuvo respuesta hasta pasados varios días: *Estaba haciendo una escultura en Finlandia, más allá del círculo polar, más al norte que la mierda. No había conexión, ni de teléfono ni de otras chingaderas. Pero aquí estoy, ya en la casa. Así que dime, para qué me andas buscando. Me imagino que algo habrá pasado, si no por qué ibas a hablarme. Si no por qué ibas tú a estarme buscado*; en los que leyó, entre extasiado y aterrado, una y otra vez, cada letra, cada palabra, cada enunciado impreso en las libretas de su abuelo: de la última, la que más lo había impactado, Emiliano arrancó, hizo bola y se comió la única página que no pudo siquiera terminar de leer entera: "3 de junio. Dejar constancia: mi existencia ha sido una mera consecuencia de otras existencias. Una forma de involución de los anhelos. Qué bueno que no quemé nunca estas libretas. Así puedo volver a su refugio. Eso es lo único que eran. Y como todos los refugios, me dieron miedo. Miedo de quedarme encerrado entre sus hojas. Transcribir: mayo de 1954, es enorme el vacío que siento al ver a las personas que antes quise, es solamente comparable a ese otro hueco que he llevado siempre dentro de mi cuerpo. Cada cosa que ha sucedido en torno mío, cada evento del que aquí no he dejado yo memoria, cada suceso que transcurre entre mi piel y el universo, a pesar de que satura mi existencia, me vacía un poco más por"—, en esos días, decía, la nebulosa, que además se irá volviendo más y más densa, lo hará entender, finalmente, que su obsesión era un impulso.

Y al comprenderlo, al darse cuenta de que aquello de lo que siempre había intentado apartarse era un impulso, Emiliano abrazará el presentimiento y abrazará, también, esta otra idea: la de que él no necesita escapar para escaparse: *Los que escapan son los que han estado*, murmurará entonces en voz baja.

IV

Y no es de un lugar de donde escapa quien no ha estado, se dirá
también Emiliano, en algún punto de los días siguientes a
la muerte de Carlos Monge McKey —unos días en los que
tampoco llamará a Manuela, su amante de esos meses, porque
sabía, estaba seguro de que ella, al escucharlo, comprendería
que algo más estaba sucediendo: que además de con la muerte,
había empezado a acostarse con Mireya; en los que no hablará
tampoco a su trabajo: no creía, no creyó nunca del todo que
Ediciones de los lunes, aquella casa editorial que montara con
dos socios que eran la carne y una astilla encarnada, Rafael,
su amigo, y Morancitos, aquel amigo falso de su amigo, que
más que una astilla encarnada era una rémora, una sangui-
juela, un sacacuartos, un frescal, un gusano, un parásito, un
anélido, una bacteria, en suma: la infección que trae consigo
una astilla enterrada, fuera realmente un trabajo; en los que
no llamó siquiera a su analista: la tercera, la que era idéntica a
Julianne Moore aunque a una Julianne Moore momificada y
vuelta luego a rehidratar, con quien había empezado terapia
hacía unos meses, tras la última depresión que lo aplastara, lo
humillara y lo hundiera, porque sabía que las sesiones con ella
se oponían, estorbaban entre el hombre que era y ese otro

hombre al que por fin abrazaría dentro de poco—. Como también, en algún punto de estos días, Emiliano empezará a construir el mundo que, estará de golpe convencido, habrá de permitirle escapar de su destino, irse sin tener que irse en serio.

Y así, abrazando aquel presentimiento que, más temprano o más tarde, alcanza a cada miembro de su estirpe, Emiliano empezará a pensar que al hacer esto, que al aceptar el latido de su pecho, pero aceptándolo de forma consciente, será capaz de escapar de sus dictados.

Esta idea, entonces: la de ser el primer Monge que altera su destino siendo consciente de lo que hace, lo hará pensar en ya no sólo inventarse por la boca y lo mantendrá despierto y excitado durante otro par de días.

V

Sin haber dormido un solo minuto durante las últimas dos noches que todavía pasara en León, en total, fueron casi cincuenta horas de desvelo —cincuenta horas en las que Emiliano fue o cree que fue al estadio de beisbol, donde se ahogó en cerveza y se peleó o cree que se peleó con la mascota del equipo; cincuenta horas en las que perdió los audífonos y el aparato que, originalmente, sólo tenía que haber viajado a Chichihualco, se compró otro reproductor en una de esas tiendas de electrónicos que hay por toda la provincia y donde los tres productos estrella siempre eran los mismos: extensiones, pilas y cajas de cedés, para poder seguir escuchando "Paranoid Android", "No Surprises" y "Let Down" como un maniaco; cincuenta horas en las que no hizo otra cosa que pensar, sin importar qué estuviera haciendo su cuerpo y aún a pesar de no estar pensando en serio, es decir, de no estar dialogando con el flujo de su mente, en lo que haría si él supiera escultura: una máscara de cera, un negativo color rojo de su abuelo, y en lo que contaría sobre la muerte de ese mismo abuelo si se pusiera, alguna vez, a escribirla; cincuenta horas en las que Emiliano fue, además, un espectador, un testigo mudo e impotente del revolverse de sus ansias, su coraje, el estupor, el miedo, la tristeza y la soledad que habían removido dentro de su vientre los hechos de la última semana; cincuenta horas en las que no logró soltarse del recuerdo de las palabras que su abuelo había dejado en sus diarios ni logró tampoco arrancarse las historias que Carlos Monge McKey había inventado y habitado enfrente de él, durante todos esos años—, ni haber tampoco conciliado el sueño en el camión que lo llevó hasta el Distrito Federal o en el taxi que tomó en la estación, Emiliano se detiene ante la puerta de su casa, o delante, más bien, de esta otra puerta que de pronto es una superficie en la que escribe la misma frase que se ha dicho una y otra vez durante las últimas horas: no es de un lugar de donde escapa quien no ha estado.

Sacando su llavero, Emiliano gira la chapa y arrastrando sus maletas, la de sus cosas y esta otra que trae las que antes fueron de su abuelo, pasa delante de las puertas uno, doce, dos y once. Antes, sin embargo, de pararse ante la suya, aspira una larga bocanada y deja que sus párpados se cierren —es un segundo que le muestra los recuerdos que creía haber perdido: allí están esas últimas palabras que su abuelo escribiera un día en sus diarios: *Escribo esto alumbrado por las llamas que se elevan hacia el cielo y que crepitan incendiando mis despojos. Finalmente me he marchado*; aquí está el cuarto en que pasara Carlos Monge McKey los últimos días de la última vida que viviera; acá está el cuarto que inventara ese hombre que había sido su cuarto y la casa que inventara que había sido su casa; ahí el segundo en el que él, Emiliano, alcoholizado, libera las palomas de Carlos Monge McKey; allí el momento en el cual, con la conciencia vuelta una tiza ardiente por la coca que entumía su borrachera, Emiliano se levanta de una silla, empuja la mesa y se lanza contra el hombre que le había prestado, a su abuelo, este restaurante; aquí el fragmento que le permite a Emiliano ver la mano de Mireya, quien lo arrastra hacia la calle al mismo tiempo que lo arrastra a otro universo; acá el destello que lo muestra en los servicios de emergencia, en la farmacia y en un baño, y ahí el flashazo que lo hace verse en la cama de Mireya, aseverando *no venir de ningún hombre que haya sido el que había sido.*

Luego, cuando finalmente echa el aire que aún seguía atrapado en sus pulmones, cuando sus párpados por fin se abren de nuevo, Emiliano avanza los dos pasos que todavía le faltaban, clava la llave en esta otra chapa y gira el picaporte.

Ha llegado a casa. Esta casa en la que Ruth está esperando, sentada en el sillón de la sala y presumiéndole al vacío su rostro de piedra.

VI

Me podías haber llamado, suelta Ruth parándose de un salto, mientras él, Emiliano, se pone la primera máscara que encuentra: *Aunque fuera una puta vez, podías haber tenido la decencia de llamarme.*

Lo siento, responde Emiliano: *de verdad lo siento mucho,* repite, exhalando únicamente las palabras. *No encontré, no tuve ni un sólo momento,* suma bajando aún más el tono de su voz, al mismo tiempo que coloca sus maletas en la mesa y observa a las dos gatas que se acercan, que ronronean después entre sus piernas.

No fue fácil, continúa Emiliano, caminando hacia la sala y clavando su mirada en los ojos color hierro de Ruth: *No vas a creer lo que te cuente.* Al decir esto, sin embargo, al escuchar cómo sonaron sus palabras, al sentir pues lo que adentro de su cuerpo se movió apenas escucharse, se arrepiente y otra vez cambia el disfraz que le había puesto a su rostro y al tono con el que habla.

No ha sido nada fácil, repite entonces, como buscando la inflexión que mejor quede a sus palabras y que mejor combine con la máscara que ahora está poniéndose en el rostro. *Ha sido lo más duro de mi vida,* asegura Emiliano ante el sillón, convencido de haber dado con la entonación y con los gestos necesarios. Habla, por primera vez, como si en lugar de hacer esto estuviera escribiendo las palabras con las que busca ablandar a Ruth: ha empezado, además, a representar la precariedad emocional y física que explota desde niño.

Lo más pinche, lo más encabronadamente duro de mi vida, se aferra Emiliano, escribiendo en su mente y sentándose al lado de su novia, quien a pesar de haberse ablandado sigue todavía asida a ese silencio al que es adicta, al silencio ese en que nació y del que tanto ha sacado a lo largo de su vida. *Se fue un hombre en toda la extensión de la palabra*, asevera Emiliano posando su mano en la rodilla de su novia. *Al que yo más hube querido*, suma conteniendo la sonrisa que amenaza sus facciones, tras oírse pronunciar: hube. Entonces, sin saber por qué, pregunta: *¿Te conté la vez que fui con él de viaje?*

Antes de que Ruth consiga responderle, Emiliano ya ha empezado: *Dos días en su lanchón por carretera. Y el cabrón no veía nada en ese entonces. Cada vez que intentaba rebasar, me preguntaba si venía otro coche. Yo tenía unos diez u once años. En una de esas, le pegó a otro cabrón. Y claro, el cabrón empezó a perseguirnos*, asevera el hermano de Ernesto, que no se ha dado cuenta de que Ruth ha endurecido el gesto y ha movido la rodilla: *Mi abuelo decidió darse a la fuga.*

Y a pesar de que al ratito lo perdimos, nos alcanzó el cabrón cargando gasolina. Venía con unos federales de caminos. Entonces me asusté y volteé a ver a mi abuelo, que me guiñó un párpado, bajó del coche riendo, caminó hasta aquel cabrón y carcajeándose, sigue diciendo Emiliano, a punto de empezar también él a reírse: *lo encaró y le dijo: "nombre, usté si va pa' detective".*

Los federales, por supuesto, apenas escucharlo, continúa Emiliano pero su pareja lo interrumpe: *¿Por qué me estás contando esto? ¿Quién chingados eres? ¿Quién te crees que soy?*, añade Ruth abriendo sus dos ojos cuanto puede.

¿En serio crees que no he escuchado esta historia? ¿O no te importa? Sobre la mesa, las dos gatas comienzan a pelearse.

VII

Tras levantarse dando un salto y regañar a Raiza y Margarita, Ruth regresa al sillón, se sienta otra vez junto a Emiliano y suelta: *Lo siento, sé que no debe ser fácil. Pero podrías haber llamado, hijo de puta.*

Lo sé. Y yo también lo siento mucho, asevera Emiliano, notando cómo, en su pecho, los latidos que aceleraran las palabras de su novia hace un instante, vuelven a calmarse. Sólo entonces se inclina, alargando un brazo al suelo: Margarita le ha traído su juguete.

Tras un par de minutos de silencio, en los que Ruth se va acercando poco a poco a Emiliano y en los que él lanza el juguete de su gata, para que ésta vuelva a traérselo y él pueda repetir la acción que le da cuerda al más vano de sus juegos, Emiliano vuelve el rostro hacia Ruth y asegura: *Lo quería todo el mundo, sus vecinos, toda la gente de su cuadra.*

Uno de ellos, su vecino de enfrente, me contó que le decían el hombre maravilla, suma Emiliano, cuando la mano de Ruth finalmente se posa encima de la suya: *Otra vecina me dijo que siempre estaba enseñándole algo a alguien, que era como un maestro para todos,* añade sin saber por qué está diciendo esto, para qué lo está diciendo o para quién lo está diciendo: *A los niños les hacía funciones de un circo de pulgas*, agrega, pensando el título que le podría poner a esta historia.

El problema es que dejó un puto desmadre, se sorprende Emiliano aseverando un par de segundos después, cuando la mano de Ruth, cuyo cuerpo acaba de girar, busca el rostro de su novio, este rostro que ni él mismo podría ahora describir o imaginarse: *No tenía testamento. ¿Y a quién crees que va a tocarle ese desmadre? ¿A quién crees que va a tocarle arreglar lo de la herencia, asegurarse de que Mireya herede todo?*

Porque lo justo es que se quede con la casa, el coche y el dinero, afirma luego Emiliano, sonriéndose a sí mismo, en algún lugar de sus adentros, y adelantándose, tres o cuatro pasos, al flujo de su mente: *Pero tendré por eso que ir a León un chingo*, continúa, permitiendo que la mano de Ruth acaricie sus facciones, mientras su mente suelta la idea de escribir y abraza ese otro impulso que creía estar evitando: *a ayudarla, a apoyarla en lo que ella necesite.*

Tendré que ir y hacerme cargo, suma Emiliano, atrapando la mano de Ruth entre su oreja y su hombro izquierdo, con un leve cabeceo: por primera vez en varios días, está sintiendo el cansancio que su cuerpo se ha echado encima: *A hacerme cargo de lo que él no se hizo cargo*, remata entrecerrando los párpados y dejando, finalmente, que se enfríe su consciencia.

Me toca a mí, balbucea Emiliano, sin darse cuenta de que ya no se le entiende cuando habla: *Nadie más podría*, murmura echando el cuerpo para atrás, recostando la cabeza en el sillón y adivinando que ese peso que ha subido ahora a sus piernas es la Raiza.

Un abuelo siempre, susurra Emiliano, al tiempo que Ruth se quita el chal que traía puesto y envolviéndolo le dice: *Duérmete y mañana me lo cuentas todo.*

VIII

Apenas comienza la madrugada, Emiliano abre los ojos, trata de entender dónde se encuentra y luego de un par de segundos reconoce a la gata que aún duerme en sus piernas.

Tras recordar, agarra a Raiza, la deja en el sillón y se pone en pie de un salto. Trastabillando un par de pasos, entonces, burla las cosas que no ve pero que sabe que ahí están, duda entre meterse a su cuarto o irse al estudio, entra al estudio y tras fallar un par de veces, atina al contacto con la mano.

El resplandor que lo golpea —Ruth se ha opuesto siempre a poner focos que no sean ahorradores, convirtiendo esta casa: cincuenta y cuatro metros cuadrados que incluyen este estudio, el cuarto en donde su pareja y él ya no cogen nunca, la sala comedor, el baño, la cocina y el minúsculo patio que es más bien lavandería, en una oficina de gobierno— ciega a Emiliano un breve instante.

Tallándose, con los nudillos de los dedos, ambos párpados, Emiliano apura sus pupilas. Después, cuando por fin se ha acostumbrado al resplandor, vuelve a echar a andar sus piernas. Esta vez, sin embargo, es su reflejo, que lo sorprende en la ventana, quien lo deja nuevamente quieto.

Pinche Gemiliano, me asustaste, murmura sin dejar de ver el hueso que emerge de su frente, deformándole el rostro. Entonces, escupiendo un par de carcajadas, Emiliano piensa: quién diría que era posible hasta heredar las cirugías.

Quién diría que era posible heredar lo que no es cierto, insiste Emiliano susurrando y, observando cómo deja su reflejo de reírse, recuerda la maleta de su abuelo. Girando el cuerpo, el nieto cruza su estudio nuevamente: por fin, después de tantos días de nebulosa, parece estar recuperando sus sentidos y una cierta claridad de la cabeza.

La luz que sale del estudio enciende la silueta de Emiliano, mientras atraviesa él la sala comedor y al mismo tiempo, también, que estos mismos rayos dan con sus adentros, empezando de golpe a alumbrarle la conciencia.

Ante la mesa, Emiliano levanta la maleta de su abuelo, se da otra vez la media vuelta y reconociendo, finalmente, todos los rincones de su casa y todos los meandros de su mente, vuelve al sitio en donde todo parecería tener ahora luz propia: su escritorio, la silla que está justo enfrente de éste, los libreros, los libros que los llenan y estos otros libros apilados sobre el suelo.

Dejando la maleta encima de su viejo escritorio —más que una herencia es un objeto recuperado, una de esas cosas que Carlos Monge Sánchez abandonó tras finalmente aceptar que se había ido, como el sillón de la sala, el baúl que hace ahí de centro, la mesa en donde estaba esta maleta, la estantería reconvertida en alacena o las lámparas del techo—, Emiliano gira el cuerpo, arrastra la silla y se deja luego caer encima de ésta.

Inclinando el torso hacia su izquierda y alargando después uno de sus brazos, saca el último cajón, este que parece un archivero. Colocándolo a un lado de la maleta, Emiliano junta ambas piernas; sobre sus muslos irá dejando los papeles que ahora está empezando a sacar del archivero de mentira: la primera plana de un periódico, amarillenta y roída, que asevera: "Rasputín, Monge Maldito"; los planos, perfectamente dibujados, de una cárcel; un ato de cartas dirigidas a su padre.

Aunque la ha leído un millón de veces, Emiliano despliega la carta que siempre escoge primero y la gira para leer sus últimos renglones: "tus privilegios fueron los que hicieron que salieras, cabrón. Pero no fue lo más jodido. Lo más jodido fue que te olvidaras de nosotros. No te digo que tenías que ayudarnos. Yo no hubiéramos aceptado ayuda de tu tío, de ese corrupto. Uno de ellos. Uno de ustedes. Pero podrías, aunque fueras, habernos visitado. Aunque fueras una vez podías haber ídonos a preguntar cómo estábamos. Tú ya ni tenías expediente".

Doblando la carta de nuevo, Emiliano la coloca encima de sus piernas —sobre el dibujo de los planos de la cárcel de Iguala y a un lado de la primera plana del periódico que habla de su abuelo—, inclina otra vez la espalda, alarga los brazos y del cajón saca otra noticia recortada: quizá sea el único papel, de entre todos los que guarda este falso archivero, que no parecería tener que ver con sus dos Carlos, aunque sea por uno de ellos que existe.

Igual que hiciera con la carta, Emiliano despliega la noticia, ve su nombre impreso en ésta y después lee el titular: "Amontonaban los cuerpos como si fueran animalitos". Mecánicamente, sin querer realmente hacerlo, el hijo de Carlos Monge Sánchez lee algunas de las frases del artículo que escribió después de entrevistar al personal del Hospital Rubén Leñero.

El 10 de junio de 1971 quebró la historia [...] El uso sistemático de la desaparición se volvió moneda corriente [...] Los grupos paramilitares como los Halcones deben ser juzgados [...] Hubo gente que los miró de cerca [...] Jubilados del hospital adonde llegaron los manifestantes [...] Y también llegaron los asesinos.

Doctor Alfonso [...] el hospital estaba lleno de heridos y muertos [...] Cuando uno moría, yo llenaba el acta y la llevaba al Ministerio Público [...] Tenemos órdenes de no recibir actas, me dijo el MP *[...] A los heridos se los llevaron los militares [...] Algo pasó porque los regresaron.*

El problema era justificar que acababan de morir [...] repartieron los cuerpos en quirófanos y terapia intensiva. Doctor Cuauhtémoc [...] Estaba operando cuando llegaron [...] Éste es uno de esos hijos de la chingada, dijeron, y dispararon varias veces.

Enfermera Consuelo [...] En la noche entró un carro del Ejército [...] Sacaron heridos y se oyeron los balazos [...] El hospital se llenó de Halcones [...] Estaban por todos lados, en los techos y las ventanas.

Doblando la noticia nuevamente y sintiendo, en el pecho, que este pasado queda aún más lejos que la fecha que ha leído, Emiliano duda si dejar o no sobre sus piernas el papel que continúa entre sus dedos.

Al final, dando un salto, se levanta de la silla, atraviesa el estudio y, evitando el reflejo que le devuelve la ventana, tira el papel a la basura: *Escribir de cosas ciertas. ¿Qué estaba pensando? Peor aún: como si escribir fuera haber sido.*

Quién sabe qué debía deberte, para querer ser tú escribiendo, remata Emiliano, caminando en el estudio y sacudiendo la cabeza, como queriendo echar de sí este pensamiento.

IX

Sentado nuevamente en la silla que heredara de la escuela de su madre, Emiliano vuelve a echar encima de sus piernas los papeles que sacara del cajón, este cajón al que otra vez se está asomando.

Uno tras otro, van saliendo entonces los objetos y recuerdos que contiene su archivero: la minúscula cajita donde guarda tres canicas; la oreja, curada y seca, que tuvieron que amputarle a la Tosca, poco antes de que el cáncer terminara de infestarla; el reloj de bolsillo que compró la primera vez que fue a La Lagunilla.

La insignia y el diploma que le dieron en los campamentos de Cuba; el lápiz que hace años le robó a la hermana de Damián; la navaja oxidada que se encontró en las montañas de Oaxaca; el sartén donde Toñita, la bruja de la que él y Rafael dependieron tanto tiempo, quemó el pollito cuyo humo anunció que no, que ellos no debían abrir la juguería con la que creían que habrían de hacerse ricos.

La caja de cartón de los primeros ansiolíticos que le mandara algún psiquiatra; el pedazo de antena de coche con el que él y Damián, siendo unos niños, apuñalaban las cacas desmedidas de ese amigo suyo, unas cacas que no podían nunca tragar los inodoros; una de esas agujas enormes con las que cosía balones cuando se iba a veranear a Chichihualco.

Cuando finalmente termina de vaciar sus recuerdos, Emiliano hecha el cuerpo para atrás, aspira una larga bocanada y, echando otra vez la espalda hacia delante, con cuidado de no tirar al suelo ni un objeto, alarga otra vez los brazos, abre la maleta de su abuelo y comienza a sacar, para meter después en su cajón, las cosas que trajera del asilo: obviamente, lo primero que extrae es la urna tallada por su abuelo.

No es que tenga, Emiliano, las cenizas de Carlos Monge McKey: lo que tiene, entre las manos, es una urna vacía. Antes de meterlo en su nicho, un nicho que pagaron los amigos de su abuelo, es decir, los otros viejos del asilo, Emiliano decidió comprar otra urna —hacía poco había ganado un tercer lugar en el Progol y todavía no reinvertía ese dinero—. Quería quedarse con la talla inacabada: como recuerdo, se dijo a sí mismo, aunque pensó, sin saber cómo o por qué, que la usaría para otra cosa: qué mejor que ponerlos aquí juntos, que enterrarte, el día que te toque, en esta talla que te haría llorar los ojos, papá.

¿Qué haces despierto?, como llegada de otra era, la voz de Ruth retumba en el estudio: *¿Por qué estás aquí a esta hora?*, insiste ella avanzando un par de pasos: *¿Qué son todas esas cosas?*, añade alcanzando el escritorio: *¿De dónde mierdas sacaste esto?*, remata intentando agarrar la urna, que Emiliano aparta, al mismo tiempo que asevera: *Era la urna de mi abuelo. Se la había… La talló para él Mireya. Pero al final, resultó que había otra*, añade volviendo la mirada hacia su novia y sonriéndole le explica: *Le habían comprado una de bronce. La personas a las que él leía las cartas. Esa gente y los clientes que tenía en su restaurante.*

No sé por qué me traje ésta, suma Emiliano, metiendo la urna en el cajón: *quizá para acordarme de esa gente, quizá para acordarme de ese restaurante*, suelta metiendo, ahora, el resto de las cosas que aún yacían sobre sus piernas. *Éste, por cierto, también será un problema*, asegura Emiliano, echando su silla para atrás: *El restaurante. Voy a tener que ayudar allí a Mireya*, anuncia, como si no lo hubiera dicho por la tarde: *cuando menos al principio*.

Te lo quería decir mañana, agrega luego de un par de segundos, en los cuales él desvió hacia otra parte la mirada y en los que ella, Ruth, cerró los ojos, meneando la cabeza. *Mañana me regreso. Después de hoy, quiero decir*, trata entonces Emiliano de explicarse, observando el alba en la ventana.

Pero la voz ronca de Ruth vuelve a interrumpirlo: *Me da igual qué hagas mañana. Ahora vamos a acostarnos*, ordena ella girando el cuerpo: *No son horas ni son modos*, remata apagando la luz del estudio.

Entonces la casa se hunde en la penumbra, Ruth se sume en el silencio ese tan suyo y Emiliano se sumerge en ese universo que se acaba de gestar ante sus ojos y en donde habitará por varios años.

X

Unos años —en los cuales Emiliano irá a León veintiséis veces, aunque con una periodicidad cada vez menos frecuente y cada vez, también, un menor número de días; en los cuales se separará de Ruth un par de veces: la primera, porque se habrá enculado ella con su masajista, la segunda, porque él lo habrá hecho con una vecina; en los cuales cerrará la editorial que había puesto, porque, de pronto, dejaron de encontrar gente dispuesta a ser robada o engañada, o porque Rafael, su viejo amigo, decidió dejar de gastarse su herencia en hacer nada; en los cuales vivirá de cocinar en las casas de los hombres o mujeres que para eso lo hayan contratado: su sueldo de maestro le alcanzaba únicamente para comprar las latas y croquetas de sus gatas; en los cuales leerá más libros que nunca: como su padre y su abuelo, se volverá un lector obsesivo, aunque ahora todavía no lee por placer ni por hallar conocimiento, lee porque así consigue no escucharse, porque así consigue no pensarse, porque así consigue no sentirse; en los cuales, también para dejar de escucharse, de pensarse y de sentirse, inventará, cada vez que conozca a un nuevo ser humano, un pasado y un presente diferentes, asegurándose, de paso, la imposibilidad de un futuro con ese ser humano; en los cuales, además, para dejar de escucharse, de pensarse y de sentirse, irá borrando de su historia los pedazos que convengan al instante, a la plática o a la situación en que se encuentre, dejando de su vida solamente algunos rastros; en los cuales escribirá cada día que pase más y más horas; en los cuales lo mantendrán Rafael y Tere, pagando él sus comidas y sus súpers, pagando ella, la única amiga que habrá resistido junto a él el paso de los años, sus borracheras y sus drogas; en los cuales hallará, la primera en una tarde calurosa, la segunda en una madrugada desprovista de su clima, a sus dos gatas atropelladas en la calle: brincándose la reja del parque más cercano, entonces, enterrará a Raiza, primero, y luego a Margarita; en los cuales comenzará a escribir un primer libro o, más bien, el primer libro que acabará siendo un libro: aquel volumen de cuentos en el que un personaje quiere ser todos los hombres que no ha sido, otro desea escapar de los recuerdos que lo someten cada vez que cree haber olvidado, otro más desea ir a la última mañana de su vida, otra anhela no estar sola a pesar de estar siempre acompañada, otro necesita recordar algo que no consigue recordar pues cada pensamiento borra un pedazo más de su memoria, otro más sueña aprender algún día a desear y una pareja intenta, en vano, escapar de la distancia física pero también emocional que era su único presente y que no podía sino acabar en la ruptura, y en los cuales se separará, por tercera y última ocasión, de Ruth, justo cuando él también se haya separado de Mireya, pero, sobre todo, justo cuando ella, Ruth, se haya enamorado de su maestro de jarana— que no habrán de terminar hasta que no hayan dado de sí los viajes a León y él, Emiliano, tenga que buscar otra manera de sostenerse y sostener ese universo en el que había estado viviendo: es de algo más que de un lugar de donde escapa quien no ha estado.

Pero para esto aún faltan dos años y medio: el tiempo exacto, pues, en que un universo se desgasta y deja de alcanzar el no ser uno en ningún sitio y el no estar tampoco en ningún momento preciso.

XI

Y es que dos años y medio después —tiempo en el cual, Emiliano, viajará por primera vez a Europa, con apenas unos cuantos billetes y eligiendo las ciudades bajo un único criterio: que hubiera ahí algún amigo de su padre, algún escultor que le prestara un estudio; en el cual habrá de trabajar, durante casi cuatro meses, recogiendo plástico con dos senegaleses, Modou y Cheikh, quienes habrán de darle techo y a los cuales conocería viendo un partido de futbol, en un precario bar del extrarradio de Milán; en el cual, poco antes de volver de su viaje europeo, con lo puesto y hecho mierda, habrá de reencontrarse con su padre, quien, en un acto de intempestiva generosidad para con su hijo, es decir, en un acto de generosidad enteramente Monge, lo invitará a comer pizza con él y le pagará unos cigarros: *Si quieres pide tres paquetes*, dirá Carlos Monge Sánchez: *para eso soy tu padre*, rematará orgulloso; en el que, apenas haber vuelto de Europa, Emiliano le contará a Ruth, con quien todavía seguía acostándose a veces, que su viaje había sido extraordinario, pues había conocido a una mujer, una pintora senegalesa, con quien había estado viviendo en Milán; en el cual, aseguró ante el mundo una vez que hubo regresado, que los meses en Europa había trabajado

con un escritor senegalés, hijo de un amigo de su padre; en
el que hará creer a todos sus amigos que, en los meses que
siguieron a su viaje, había escrito una novela, una novela que no
podía enseñarles porque estaba en manos de un famoso editor, que tras haber leído un cuento suyo había decidido en-
contrarlo y preguntarle si no tendría una novela; en el cual
empezará a escribir la primer novela a la que habrá de poner
fin, esa novela que, tiempo después, tras reescribir cien veces,
acabaría publicando a pesar de que sabía que no debía ser
publicada; en el que habrá de dar posada a su hermano mayor
las tres últimas veces que se extravíe al interior de su cabeza;
en el cual habrá de obsesionarse con la imagen que anidará en
su cabeza tras observar a Diego, su otro hermano, actuando:
cada noche, desde entonces, no podrá sino evocar a este hermano suyo, atropellado por un tren que le amputa las dos
piernas; en el que conocerá a la primera Paula de su vida, una
mujer cuyo cuerpo le impondrá tanto temor que tendrá que
esconderse, cada vez que vayan a acostarse, en el baño, donde
habrá de masturbarse, convenciéndose a sí mismo de que así
aguantaría más y de que no hará el ridículo ante ella, un ridículo que, sin embargo, habrá de hacer durante meses; en
el cual convencerá a Fabiola de que tiene un problema en el
prepucio y que por eso, antes de tener sexo con ella, debe
entrar al baño y embarrarse una crema que es mejor que no
huela porque apesta: se extenderá por mucho tiempo el ona-
nismo precoito; en el que, tras haber intercambiado cartas
con ellos a lo largo de un año, dejará de contestarles a Modou
y a Cheikh después de que le pidan ayuda financiera; en el
cual se empleará como editor en un gigante editorial al que
no fue nunca a trabajar el hombre que era; en el que dejará
de ver a sus amigos y también a su familia, durante meses, no
porque Paula, con quien había regresado tras los meses con

Fabiola, se lo hubiera exigido, como le dijo a los demás, sino porque ellos, los demás, podían contarle a ella quién era el Emiliano verdadero, que no era pues ese muchacho que fingía desayunar feliz su agua de coco: *Es el único líquido que tiene la misma densidad salina de la sangre*, que parecía gozar las clases de yoga y que una noche, tras encontrarse una rata muerta, la enterró y le cantó, tomando a Paula de la mano, una canción que prometía una mejor reencarnación; en el cual, una mañana cualquiera, empezó Emiliano a sentir, por primera vez en mucho tiempo, malestares físicamente ciertos: taquicardias, temblores en las manos, sudoraciones, ansiedad, voracidad, pérdida apurada de peso, pérdidas de orina por la noche y sueños húmedos cada vez más habituales; en el que acabará, una mañana, de hartarse de Paula, de su forma de habitar su universo y hasta del tono de su voz; en el cual irá recuperando, poco a poco, a sus amigos y familia, sobre todo a Damián, Rafael, Tere, Trueta y Alejandro; en el cual se hartó de ser el que había estado siendo en su trabajo y renunció de un día para otro; en el que conoció a Nigeria: esa mujer que nunca le gustó, ni física ni emocional ni ontológicamente, pero con quien, de pronto, ya estaba viviendo: la soledad, mejor dicho: el vacío en casa y en las horas que unos llaman muertas le resultaba aún menos agradable física, emocional y ontológicamente pues lo obligaba a quedarse consigo, o no: lo obligaba a hablarse a sí mismo, a contarse sólo a sí mismo, sin un público entregado y creyente; en el cual renunció a sus dos siguientes trabajos, antes de haber cumplido un mes siquiera, y en el que empezó a retrasarse con todos sus pagos: la renta, el agua, el teléfono y los bancos— de que Emiliano haya empezado a desdoblarse, cuando de León y de sus días nebulosos ya no quede sino apenas una bruma y un ruido de fondo, el del latido que creía haber amaestrado, el del presentimiento que creía haber vencido, se verá obligado a erigir otro universo.

Un universo que habrá de levantar tan apurada, tan insospechada y a la vez tan instrumentalmente, como antes erigiera esos otros universos que habitara. Un nuevo universo que será, además, fundado con ayuda, una ayuda inesperada.

Y es que apenas se hubo asomado a su vacío, apenas hizo caso al racimo de malestares que de pronto habían aparecido y que por una vez parecían ciertos, Emiliano escuchará: *Estás enfermo.*

XII

Estás enfermo. Y no es cualquier enfermedad: hay que quemarte la tiroides, sigue Emiliano escuchando en su memoria, cuando por fin llega a la vieja vecindad en la que vive.

Hay que quemarte la tiroides lo más pronto que se pueda, también recuerda que apenas hace un rato le dijeron, sin sentir ningún tipo de miedo, podría incluso pensarse que sintiendo, más bien, el embrión de un nuevo sentimiento, mientras está atravesando el pasillo.

Hay que quemártela con yodo, continúa Emiliano oyendo en su cabeza, cuando por fin entra en la casa y en su cuerpo el nuevo sentimiento es casi una emoción: *no con cualquier yodo, con yodo radioactivo*, le dice otra vez la voz que él atendiera, primero, indiferente, después, rogando que no estuviera equivocada y, finalmente, tergiversando la esperanza, abrazando pues la más precaria de las formas que conlleva a la inconsciencia.

Comprendería si necesitas oír más opiniones, pero tienes que entender que lo mejor, en estos casos, siempre es darse prisa, escucha Emiliano al mismo tiempo que la emoción se vuelve el retoño de una idea y que su hombro cierra la puerta —los goznes que unen este marco y esta hoja son tan viejos que la placa de madera siempre se atora—. *Otras opiniones y una mierda,* pronuncia Emiliano en voz bajita y sonriéndose añade: *¿Para qué iba a quererlas?*

Sólo falta que un imbécil se dé cuenta. Que un pendejo diga que lo que tengo no es nada, murmura atravesando esta sala comedor que lleva atravesando cinco años y medio al mismo tiempo que el retoño en su cabeza ya es el tronco de una idea: *Peor, que algún idiota diga que la tengo descompuesta, pero que aun así no me hace falta yodo,* masculla dejándose caer sobre el sillón, recordando, otra vez, la voz que no lo suelta: *Lo peor es lo que viene tras la quema,* y contemplando cómo le crecen a su idea ramas y hojas.

Tres o cuatro días sin ver a nadie, completamente aislado, escucha Emiliano, al tiempo que recuesta la cabeza en el respaldo del sillón y lanza, susurrando: *No necesito correr riegos. En total seis o siete días sin poder tocar a nadie, un mes a embarazadas y a menores de doce años. No pienso correr un solo riesgo,* insiste cerrando los ojos y observando en la penumbra de sus párpados caídos cómo crecen, en las ramas de su engaño, los frutos que muy pronto habrá de ofrecerse y de ofrecerles a los otros.

Pero además hay otras restricciones: nada de alcohol unas semanas, tampoco esfuerzos físicos, menos aún emocionales. Nada de relaciones sin condón en por lo menos medio año, sigue Emiliano oyendo en su memoria, al mismo tiempo que en torno de su árbol revolotean varias aves y la hierba se levanta sobre el suelo: se está expandiendo en torno de su engaño un nuevo sitio. *Nada de querer ser padre en por lo menos doce meses,* también escucha, cuando al reino que recién ha imaginado llegan los primeros pobladores: las carcajadas que le salen de la boca aletean en el espacio, alcanzando a Nigeria, quien dormía dentro del cuarto.

Es radiación, no es cualquier cosa. Y en tu caso, además, será una dosis mayor de la legalmente permitida, continúa recordando al tiempo que se ve a sí mismo llegar hasta ese nuevo sitio en cuyo centro hay un árbol enorme: *Mucho mayor a lo que está permitido por la ley*, oye de nuevo y ya no sabe si lo está recordando o se lo está imaginando, al mismo tiempo en que se dice, murmurando: *Más doctores y una mierda. Aunque sea peligroso, es lo único que tengo.*

No podemos permitir que quede vivo ni un pedazo, alcanza todavía Emiliano a escuchar y a decirse, sin saber si lo escucha o si lo dice, cerrando los ojos en el sitio en donde estaba y abriendo sus párpados de golpe en la sala de su casa: a un par de metros suyos suena la voz de Nigeria: *¡Llegaste!*

¿Por qué no me despertaste?, inquiere Nigeria con su tono eternamente amodorrado: *Te pedí que al llegar me despertaras*, reclama acercándose al sillón, donde Emiliano, apurado, se recuesta: no la quiere a su lado, no la quiere junto a su árbol.

¿Qué dijeron? ¿Qué te dijo el doctor ese?, insiste Nigeria sentándose encima del baúl.

¿Qué me dijeron? Querrás decir: ¿qué no dijeron?

XIII

¿Qué no dijeron?, repite Emiliano para sí, sonriendo de manera apenas perceptible e incorporándose de nuevo. De pronto quiere que Nigeria esté a su lado, que se siente también ella junto a su árbol.

No podría haberme ido peor, asevera Emiliano echando la espalda hacia delante, apoyando los codos en sus piernas y tomándose las manos: *Estoy enfermo. Realmente enfermo*, repite quitándose de encima de una pierna la hoja que recién ahí ha caído. *Van a quitarme la tiroides*, añade contemplando el rostro de Nigeria: sabe que viéndola a los ojos no habrá de reírse.

Más que quitarla, van a quemarla, asegura corriendo el cuerpo hacia su izquierda, como invitando a su pareja a que se siente en el sillón, a que se siente bajo su árbol: *con radiación. Van a darme yodo radioactivo*, suma Emiliano al tiempo que Nigeria se levanta del baúl, gira el cuerpo y dejándose caer a un lado suyo entra, sin saberlo ni advertirlo, a ese otro sitio en que él se encuentra: *Lo peor es que será una dosis ilegal.*

Una dosis peligrosa, asevera Emiliano, instantes antes de recostarse sobre el hombro de Nigeria y de añadir un enunciado que ya no sabe si recuerda, si está imaginando o si está, de alguna forma y en algún lugar del cuerpo, escribiendo: *una dosis prohibida... una dosis tan pero tan alta que hará que todo sea horrible… que todo sea aun peor de lo normal… aun peor con todo y que todo de por sí ya es sumamente malo*, remata observando cómo un pájaro hace nido en lo más alto de su árbol.

Un mes sin ver a nadie, completamente aislado, explica Emiliano, pegándose un poquito más al cuerpo de Nigeria y ahuyentando con la mano a un par de abejas: quiere sentir cómo reacciona la piel de ella: *Tres o cuatro meses sin poder tocar a nadie, un año sin tocar a embarazadas y a menores de doce años*, explica disfrutando de los temblores que recorren a esta mujer a la que apenas y conoce, aun a pesar de vivir juntos y aún a pesar de haberla traído a este otro sitio. *Para colmo hay muchas otras restricciones: nada de cigarros por seis meses, nada de alcohol en año y medio y nada de drogas en dos años y medio.*

Y ojalá esto fuera todo, continúa Emiliano, despegando la cabeza de las piernas de Nigeria, levantándose de un salto y derrumbándose después sobre el baúl, encima del cual, está seguro, puede verse la sombra del gran árbol: *Lo peor es que no podré coger en un par de años… Ni con condón*, afirma Emiliano Monge García y al hacerlo se emociona: como llegado de otra parte, escucha el canto de las aves que hace nada hicieran nido: *Lo de tener hijos, imposible. Así tal cual me lo dijeron, que ni de broma debo reproducirme*, añade gozando cada gesto de Nigeria.

Lo peor, aun así, serán los malestares, explica Emiliano, disfrutando los movimientos que hacen las manos y la boca de Nigeria y escuchando el rumor que hacen las abejas: los dos sitios se han vuelto uno: *los dolores, el cansancio, la depresión, la tristeza, los calambres, la perdida de sueño, las alucinaciones*, suma cerrando los ojos: si sigue viendo a la mujer con la que no debió de vivir nunca, estallará en carcajadas.

Eso dijeron, que tendré alucinaciones. Y que igual van a mezclarse mis sentidos, continúa Emiliano, jalando una larga bocanada y tratando de ahogar su risa en el oxígeno del mundo, de sus dos mundos: *Van a mezclárseme las cosas que suceden con las cosas que imagino. Habrá veces que no pueda adivinar si algo es real o imaginario.*

¿Y cuándo van a hacerte eso?, la voz de Nigeria abre los párpados que Emiliano mantenía aún cerrados: *¿Cuándo te darán el yodo ese?*, insiste la mujer parándose de un salto y llevándose ambas manos hacia el rostro.

Mañana, van a dármelo mañana, declara Emiliano, pero al instante se arrepiente. Por suerte, Nigeria no le deja tiempo de empezar a retractarse: por no dejarlo, no le da ni tiempo de pararse ni aún menos de acordarse en dónde se halla.

¿Mañana?, grita Nigeria entornando los ojos y la boca: *¿Cómo que mañana?*, abronca aún más fuerte y aseverando: *Eres una puta mierda*, atraviesa la sala y se encierra en el cuarto.

El portazo libera la risa de Emiliano, que no dura, sin embargo, ni el tiempo que ocupa en levantarse: recién se ha dado cuenta de que también está asustado.

XIV

Estoy enfermo, esta vez estoy enfermo, se dice Emiliano dando vueltas por la sala y metiéndose después en su estudio.

No es como esas otras veces que deseaba tener algo, que conseguía convencerme de que al fin tenía algo. Ni siquiera es como esa vez que amputaron la lengua de mi Tosca, cuando acabé hospitalizado, sin tampoco yo poder mover la lengua.

No, esta vez no es cualquier cosa, repite en silencio, así lo dijo: no es cualquier cosa. Y que tenemos que apurarnos, también dijo, recuerda luego Emiliano, aceptando que esto no se lo imagina y aceptando, también, que esto no lo está escribiendo en ningún sitio, al mismo tiempo que sus labios tararean a David Bowie y que sus piernas lo abandonan justo enfrente del librero.

Este librero que él, Emiliano, se convenció hace mucho tiempo de haber hecho con las manos —ya ni se acuerda de ese carpintero que era su amigo, que ensambló en este sitio todas estas tablas y que perdió, poco después, la mano izquierda: nunca tomó en serio su diabetes—. Este librero en el cual, además de casi todos sus libros, guarda los regalos que le han dado sus amigos, cada vez que ha conseguido engañarlos.

Avanzando un paso corto, Emiliano agarra el borreguito de hule que Damián le regaló cuando eran niños y él yacía en cama, enyesado de una pierna. Luego alcanza la hormiga de metal que Alejandro hiciera con la lámina de su auto, mientras él viajaba en ambulancia, tras un choque en el que no le pasó nada pero que había sido gravísimo.

Levantándose sobre las puntas de sus pies, al mismo tiempo que siente cómo el temor momentáneo vuelve a ser enterrado por su necesidad de evasión, Emiliano alcanza la serpiente de madera que Tere y Rafael le regalaron cuando fueron a visitarlo al hospital, la última vez que fue ingresado sin necesidad de haber sido ingresado.

Dándose la vuelta y atravesando el estudio, Emiliano llega a su escritorio, inclina el cuerpo, abre el cajón más pequeño de todos y, sonriendo, guarda los regalos que hasta hoy habían estado en el librero.

Antes de cerrar el cajón de nueva cuenta, Emiliano observa el amuleto que le dio un día Toñita y, sonriendo, recuerda la primera vez que se encontrara con ella.

Salía del teatro cuando, en la calle, un albino se acercó a pedirle unas monedas. Tras explicarle que no traía ni un centavo, el hombre alzó las manos, haciendo un par de cornamentas con los dedos, y jaló aire teatralmente.

Emiliano sintió entonces que le sacaban algo de adentro, que le chupaban algo de la entraña y, aterrado, mientras el hombre se marchaba hacia la noche, se dio la vuelta y se sentó en un arriate. Minutos después, aterrado, volvió a levantarse y anduvo hasta su casa como pudo.

Ya ahí, en su casa, en esta misma casa en la que ahora está poniéndose de nuevo el amuleto, Emiliano llamó a Rafael para contarle lo que recién le había pasado y despedirse de su amigo, convencido de que no habría de vivir tras esa noche.

Rafael, sin embargo, le dijo: *Espérate un momento, que le llamo a mi papá y él lo resuelve.*

Un cuarto de hora más tarde, tras haber hablado con Pepe, el papá de Rafael, y tras haber hablado Pepe con Toñita, Emiliano hablaría personalmente con la bruja, con quien habría de quedar para encontrarse al día siguiente.

Fue entonces, luego de que ella le volviera a meter dentro del cuerpo las presencias que el albino le arrancara, cuando Toñita le obsequió este amuleto que ahora cuelga de su cuello.

Para que no sigas dividieno, recuerda Emiliano que le dijo Toñita aquella vez, al mismo tiempo que comienza a tararear su canción favorita de Lou Reed.

Quieres que las cosas sean más cosas, también recuerda Emiliano que le dijo, sonriendo nuevamente, tarareando un poco más fuerte y dejándose llevar hacia su cuarto.

XV

Abriendo la puerta, asomando la cabeza y apretando con la mano el amuleto que le cuelga del cuello, Emiliano asevera: *Mañana van a darme el yodo, así que tienes que marcharte.*

Tendrás que irte esta misma noche, suma clavando su mirada en los ojos de Nigeria y apretando el amuleto con tal fuerza que podría incluso romperlo: *Es por tu bien… Qué más quisiera yo que te quedaras.*

El riesgo es demasiado… Nigeria, advierte Emiliano, cerrando los ojos un segundo y contemplando, en el reverso de sus párpados, cómo el universo que se está aquí deshaciendo, el de la vida con Nigeria, y este otro que recién se ha fundado, el del árbol de hace un rato, se hacen uno nuevamente.

Tú siempre has querido tener hijos, advierte Emiliano cuando otra vez abre los ojos, sorprendido del silencio de Nigeria, que en la cama, llorando y manoteando entre las colchas, no encuentra cómo hacer palabras con la saliva que le llena ahora la boca: *Estar conmigo te podría dejar estéril… Estar conmigo podría ponerle fin a esos sueños tuyos,* amenaza, apretando un poco menos fuerte su amuleto.

No, no debí decir podría, se corrige Emiliano: *Estar conmigo va a dejarte estéril,* asevera presenciando, incrédulo, la mudez y la impotencia repentinas de Nigeria, esta mujer que hasta hoy no había tenido ni un problema en ser violenta: *Hay que pensar en los dos, no podemos hacer ninguna otra cosa,* explica echándose un pasito para atrás, cerrando la puerta y contemplando cómo acaba de nacer su más nuevo universo, tras fundirse aquellos otros dos en los que había estado habitando.

Un universo que, apenas un año después de este día en el que se encuentra, para Emiliano —este hombre que ha vuelto a su estudio hace un instante, que se ha encerrado allí a pesar de que Nigeria grita al otro lado de la puerta y que, tras quitarse el amuleto y guardarlo nuevamente en su cajón, ha comenzado a tararear otra canción de Lou Reed— se habrá vuelto inhabitable.

XVI

Y es que un año después —en el que van a quemarle un par de veces la tiroides: la primera ocasión, el yodo habría estado caducado; en el que habrá de convivir con sus hermanos y amigos, a través de la ventana de su casa: él adentro de su estudio, ellos afuera, en la banqueta, sobre el banquito que para eso puso allí su hermano Ernesto; en el que habrá de hablar con sus vecinos, parado sobre el techo y con ellos, casi siempre, gritando en el pasillo de la vieja vecindad; en el que no aceptará ver a Nigeria ni una sola vez, como tampoco aceptará que ella se lleve sus cosas de la casa: en algún punto, Emiliano habrá de averiguar que también ella lo había estado engañando; en el que recibirá, de parte de Trueta, el último de los regalos que sus amigos le darán por haber enfermado: el grabado de un hombre encorvado, arqueado, intentando devorarse a sí mismo; en el que va un día a comprar una pareja de canarios: la hembra morirá poco después, tratando de expulsar un huevo deforme; en el que además de no de pagar la renta dejará de creer que debería de pagarla; en el que leerá todos los libros que encuentre o que le lleve alguien a casa; en el que dejará los cigarros, el alcohol y las drogas, no porque se lo hayan dicho los doctores, sino porque le habrá contado a todo mundo que tenía que hacer esto; en el que va, por vez primera, a negarle asilo a su hermano mayor, cuando éste sufra su última crisis psiquiátrica, asegurando que aún podría hacerle daño estar cerca de su cuerpo radioactivo; en el que va a dejar, para siempre, el futbol, no porque tuviera que dejar este deporte, sino porque ya les había dicho a sus amigos que no podía volver a hacer deporte; en el que va a empezar a escribir una novela en torno de esa enfermedad que le tocara: o no, en torno, más bien, del presentimiento de su estirpe: una novela en torno de la fuga, la mentira, la violencia masculina y las herencias silenciosas: una novela en la cual habrá de habitar por doce años; en el que habrá de enloquecer deseando un encuentro sexual, pero aun así habrá de mantenerse en celibato porque así lo había decidido su hocico: *No es tanto… nada más hasta que acabe este puto año*; en el que habrá de extrañar, de tal modo y de una forma tan profunda el contacto físico, que un día, caminando por la calle, cuando un perro le lama el empeine, se echará a llorar sin darse cuenta; en el que sentirá que su casa se ha vuelto una celda de clausura, y en el que ensayará diversas formas de escaparse del castigo que él mismo se había impuesto: a Rafael, por ejemplo, le dirá que leyó un ensayo que demuestra que ha exagerado en sus cuidados: a Alejandro, por su parte, le dirá que se empezó a encontrar de pronto bien y que llamó a su doctor, quien dijo que podrían, entonces, acortar algunos plazos: a Trueta, en cambio, le dirá que en su última visita el médico le habló de otra medicina, un inhibidor de radiación que podría dejarlo como nuevo—, Emiliano aceptará que el universo que creara en una tarde no era nada.

Y asumirá, tras conocer a una mujer extranjera, tras pensar, más bien, que podría irse a vivir al extranjero, que la vida que ha estado habitando lo ha asfixiado: no era suficiente su impostura, no alcanzaban, para lograr su objetivo, las maneras que durante los últimos años eligiera. Ni evasión ni escritura habían sido suficientes.

Observando cómo todo lo que hay en torno suyo se derrumba, lo real y lo que había vuelto real a últimas fechas, Emiliano escuchará otra vez aquel presentimiento, el latido ese que creía haber amaestrado y que se cuela, sin que nadie lo refiera, entre los miembros de su estirpe.

XVII

Sólo entonces, de golpe, Emiliano habrá entendido, conden-
sando en uno todos los momentos de su vida, que no sólo no
domesticó sino que no evitó nunca el latido, que no dejó jamás
de escuchar aquel llamado, que no pudo ni siquiera hacerse a
un lado.

Y aceptará, Emiliano —quien no tenía un mundo del cual
irse, quien no tenía tampoco un pasado del cual desterrarse,
quien no tenía ni siquiera un objetivo, una fuerza de atracción
que lo empujara con el coraje que hace falta para ir hacia delante, para ir detrás de algo—, que lo que ha hecho no ha sido
otra cosa que seguir la misma ruta que querría haber evitado.

Viendo a los ojos, entonces, a esa mujer que hace un momento conociera, Emiliano Monge García —que a diferencia
de su padre y de su abuelo, pero también del padre de su
abuelo y del propio padre de éste, erigió cada universo de los
que ha tenido que irse— va finalmente a rendirse: tengo que
marcharme.

Tengo que largarme, pensará también entonces, que ponerle fin a todo, antes de ser yo quien se deshaga. *Antes de ser
yo quien se deshaga*, repite Emiliano susurrando: le da miedo

alzar la voz, sabe que podría desbaratarse, junto con todo aquello que ha erigido.

Por suerte, se dirá Emiliano —quien va a escapar de forma tan abrupta que, años después, seguirá oyendo las palabras de Alejandro: *Está bien que te vayas, pero no hay por qué quemar todas las naves*—, ahí está esa mujer que conociera hace un momento.

Tiempo devuelto al tiempo

Sábado, 7 de febrero de 1958
Sin buscarlas, encontré estas dos libretas.

Creía haberlas quemado hacía años. No debo haber juntado el valor que hacía falta.

Como con todo lo demás, seguro no supe atreverme.

11 de febrero
Durante todos estos años, convencido de que no existía este diario y de que no debía empezar otro, escribí en hojas sueltas.

No sólo en hojas sueltas. Escribía en cualquier pedazo de papel que me encontraba: en los márgenes de un libro, el mantel de un restaurante, la factura de una tienda, la foto de un periódico, el envoltorio de un regalo, las cartas de mis hijos.

15 de febrero
No quería que la escritura se volviera un testimonio perdurable. No quería correr ni un solo riesgo. Tener un diario me había dejado sólo cosas malas.

Pero aquí estoy, buscando en todas partes los fragmentos que he escrito en estos últimos quince años.

19 de febrero

En uno de los libros que aún conservo, he encontrado estas palabras: Septiembre de 1954, Polo ha comprado la cantera. Seré yo quien la dirija. Mi cuñado y mi esposa creen que estoy emocionado, aunque hace tiempo no me emociono.

A Polo le dan igual las piedras. Él sólo piensa en los camiones que hay en la cantera, en los cargamentos que podrá esconder dentro de éstos.

21 de febrero

Los papeles que he ido encontrando reflejan, sin quererlo, lo que fui a lo largo de los últimos quince años. Me escribí como viví la última década: de tanto en tanto. Por suerte, esta forma de existencia acabará dentro de poco, cuando por fin deje de ser el que he sido.

24 de febrero

En un pedazo de periódico que debe ser de hace tres o cuatro años, leo lo siguiente: ésta es la lista de la primera cosa que recuerdo de mis hijos: De Silvina, las lágrimas corriendo por su rostro. De Carlos, cómo se aferraba a unas tetas que no eran las tetas de su madre. Del segundo de mis Carlos, que se tardó casi tres semanas en por fin abrir los párpados. De Nacho, que no dejaba de llorar un solo instante. De Raúl, que nunca le ha gustado que lo abrace.

28 de febrero

Leo lo que escribí en esta libreta hace tan sólo una semana y me emociono, aunque también siento cómo una amarga frustración llena mi cuerpo.

Emoción: leer, por vez primera y escrito por mi letra: "Por suerte, esta forma de existencia acabará dentro de poco, cuando por fin deje de ser el que he sido".

Frustración: que mis palabras no hayan sido exactas. No debí escribir: "Me escribí como viví la última década: de tanto en tanto". Debería haber escrito: "Me escribí como viví la vida entera: a puros pedazos".

3 de marzo

En un pedazo de papel que no sé qué haya sido, encuentro estas palabras: Junio de 1948, hemos conseguido los lentes que a Silvina le hacían falta. De noche no verá jamás, pero de día podrá hacerlo casi como lo hacen otros niños.

Aunque es mi letra, no reconozco ni las eles ni las efes. Debió ser la posición en que escribí esto que apenas he transcrito a esta libreta.

7 de marzo

¿Será casualidad que haya encontrado estas libretas cuando al fin he decidido que me marcho? ¿Qué probabilidad había de que algo así pasara?: éstas son las preguntas que desde hace varios días me hago, como antes me hiciera estas otras: ¿podré algún día marcharme? ¿Tendré el valor de irme?

10 de marzo

Las páginas que quedan todavía en esta libreta han sido arruinadas por el tiempo. Aunque podría seguir usándolas, prefiero conseguir un nuevo diario. El futuro que me aguarda no merece ser escrito sobre este papel avejentado y enmohecido.

14 de marzo

En el reverso de una foto de mi esposa, escribí: Octubre de 1956, Carlos y Silvina han sido internados. Tienen pulmonía. Los doctores nos han dicho que ellos deben de quedarse en la clínica, dos o tres semanas.

14 de marzo (noche)

Recuerdo perfectamente el día que hace apenas unas horas he transcrito a esta libreta, una libreta estupenda.

Primero parecía sólo un resfriado, pero después vinieron la tos y los temblores. Dolores, como castigo por haber matado a uno de sus gatos, encerró a Carlos y a Silvina en la nevera industrial del restaurante.

En algún momento de la madrugada, pensé en ir a sacarlos. Por eso fui al restaurante. Pero al verlos ahí, temblando abrazados, sonreí y volví a la casa.

17 de marzo

Nunca pensé que al marcharme, además de abandonar lo que he sido, lo que querían todos que fuera, podría irme recogiendo estos pedazos del pasado.

Lo que llamé antes emoción, debí llamarlo éxtasis puro. No sólo dejaré en este diario la constancia de mi marcha, también voy anotar los hechos y sucesos que han causado esta marcha.

Apenas empiezo a escribir de mí de nuevo, me doy cuenta de que también puedo transcribirme.

26 de marzo

No sé qué hacer primero, no sé qué es más importante.

¿Dejar constancia de lo que estoy viviendo, de estas fuerzas que no había sentido nunca y que me hicieron esconder en la cantera los cartuchos que usaré conmigo mismo? ¿O dejar constancia de aquello que he vivido en los últimos quince años, de los pedazos sueltos que sigo encontrando y que acabaron convirtiéndose en la fuerza que hoy me hace soñar mi estallido?

4 de abril

Aunque no lo he decidido, aunque no sé todavía qué es más importante, me preparo para ambas posibilidades. He juntado todos los pedazos que he podido y he tratado de dejar mi plan, el plan que acaba con mi muerte y con mi renacimiento, tan claro, en estas páginas, como está en mi cabeza; no quiero ni un error en este nuevo diario.

15 de abril

En el margen de una carta que Silvina me escribiera, que más bien ella dibujara, me encontré estas palabras: Enero de 1952, Polo vino a dejarnos los papeles de la casa.

—Es un regalo —aseveró—, no hay que darle importancia.

Fue lo mismo que nos dijo luego de ayudarnos con la muerte del primero de los Carlos:

—No hay que darle importancia a estas cosas.

Por supuesto, lo que ha hecho por nosotros, además de lo que dice que hará y que seguirá siempre haciendo, le ha bastado a Dolores para olvidarse de lo de antes. A mí, en cambio, nada de esto me ha bastado. Aunque temo que mi esposa me convenza y que muy pronto a mí también me baste.

23 de abril

Esta tarde, en la cantera, junté el resto de las cosas que usaré el día que me vaya: el carrete que no fue inventariado, la ropa que compré para después del estallido, la pistola que hasta ayer traje al cinto casi siempre, los retratos de mis hijos, la pequeña caperuza de mis aves, el dinero que he ido ahorrando y esas otras dos libretas que no son ésta en la que ahora vuelvo a preguntarme: ¿qué es más importante, dejar constancia, primero, de lo que estoy haciendo o hacerlo de todo eso que pasó en los últimos quince años?

23 de abril (noche)

Dos horas después de haberme ido a la cama, empiezo a dar de vueltas. A Dolores no la puedo despertar porque hace años que no duerme aquí conmigo; si ella no se acuesta a un lado de Nacho, nuestro tercer hijo no duerme.

Una idea, un par de frases, más bien, pusieron fin a mi descanso: el pasado es la apariencia del presente. El presente, la única imagen que nos queda del pasado. Si pudiera, si todavía trabajara yo en el restaurante, escribiría estas dos frases en las cuentas de los clientes.

27 de abril

Hoy ha sido un día extraordinario. Pasé toda la tarde encerrado en la jaula de mis aves. Y decidí además que escribiré, en cada día que añada a este diario, un pedazo de los dos momentos que ahora habito: el presente y el que voy recuperando. La única duda que me queda es cuál tendría que ir primero.

27 de abril (madrugada)

¿Debería escribir, primero: Para que pueda dejar todo, me hace falta sólo un hombre: quién habrá de reclamar mi muerte como suya, quién va a ocupar mi asiento cuando explote la cantera?

¿O debería, antes, transcribir: Noviembre de 1946, pasó lo peor que nos podría haber pasado. Nos alcanzó el dolor y la tristeza descarnada: nuestro hijo Carlos está muerto, murió mientras dormía entre nosotros. El doctor dijo que había sido lo mejor, que cada día sufría de más dolores, que respirar le resultaba más y más difícil cada hora que pasaba?

29 de abril
¿Debí hacerlo al revés? ¿Transcribir primero un trozo de eso que podría llamar mi diario suelto y sólo entonces escribir lo que ahora estoy viviendo?

Transcribir, por ejemplo: Junio de 1955, otra vez, igual que las últimas tres veces que he venido, California despierta en mí todo lo que en México ya ha muerto. Aunque quizá no sea este sitio, quizá las ganas que ahora siento de estar vivo las siento nada más por la distancia; porque no estoy atrapado en ese ser que me ha tocado ser en donde vivo.

Y escribir, después: esta tarde fui al parque de pelota. Quería ver jugar a Carlos, al segundo de los Carlos que he tenido. Es una primera base extraordinaria. Hace años, cuando todavía jugaba con mis hijos, le enseñé lo que ahora sabe. El de hoy fue el último partido que habré visto de mi hijo, estoy seguro. Como también estoy seguro de que él, de que ellos dos: el Carlos vivo y ese otro que está muerto, serán lo único que extrañe cuando haya renacido.

3 de mayo
Da igual qué escriba antes. Lo importante es que haga las dos cosas: transcribir lo que pasó arrasándome de a poco y dejar constancia del presente, este presente que por fin será arrasado: el día de la explosión cada vez está más cerca.

Dejar constancia: esta mañana, para que nadie empezara a preguntar por qué desmantelé el criadero que tenía en la cantera, le he pagado a un doctor por un diagnóstico inventado:

desde hace tres o cuatro horas, tengo psitacosis. Por eso no podía seguir criando a mis aves, por eso tuve que dejar que se escaparan.

Transcribir: Abril de 1956, Polo ha aceptado construir, en los terrenos que ocupa la cantera, un criadero de aves carroñeras. Pensé que no sería fácil convencerlo. Por eso ahora creo que él también debe haber visto algún provecho. Mi cuñado no hace nada si no está su interés acicateado. ¿Irá quizás a echarles a mis aves los cadáveres que entierra en la cantera?

8 de mayo

Dejar constancia: durante el desayuno, a consecuencia de la culpa que sentí después de haber escrito: únicamente extrañaré a mis dos Carlos, estuve admirando a los demás hijos que tuve con Dolores. Como todas las mañanas, Silvina, Raúl y Nacho se reían de cualquier cosa. Haciendo un gran esfuerzo, quise reír con ellos. Como tantas otras veces, apenas pude sonreír un breve instante. Horas después, cuando pensé en ellos tres arrodillados, buscando en mis cenizas, sí que pude reírme a carcajadas.

Transcribir: Octubre de 1957, Raúl, que desde hace varios meses ha estado viniendo a la cantera cada tarde, finalmente terminó la pieza en la que estaba trabajando. Le enseñó un viejo que tenemos nada más perdiendo el tiempo. Emocionado, cuando estuvo terminado su remedo de escultura, el más pequeño de mis hijos echó a correr a donde yo estaba. Un par de pasos antes de que él me alcanzara, alzando su trofeo, sonreí alargando mis dos brazos. Después, cuando él soltó su escultura, quité mis manos del lugar en donde estaban. Entonces sobrevino el estallido. Y mientras él se inclinaba sobre el suelo y comenzaba a llorar, finalmente decidí cómo habré de irme.

Transcribir: Enero de 1951, Raúl nació esta madrugada. En total, Dolores y yo hemos tenido cinco hijos. Cuatro vivos y uno muerto. Silvina, Carlos, Carlos, Nacho y Raúl, así se llaman cada uno de ellos, cada uno de esos niños cuyos partos han terminado por causarme indiferencia. Con este último, ni siquiera tenía ganas de pasarme por la clínica. Pero Polo me arrastró ahí por la noche.

Y aquí estoy, viendo a mi hijo encima de eso que parece una charola y que, estoy seguro, debe ser mucho más cálida que el pecho de su madre. Escribo esto en el papel que me entregara una enfermera: es increíble que tan sólo un hijo nuestro se haya muerto. Y también esto: cambiaría a mi hijo muerto por cualquiera de los vivos. Cuando él murió, algo murió en mis adentros.

Dejar constancia: hace seis meses estalló la escultura de Raúl frente a mi cuerpo. Además de haber planeado, en este tiempo, hasta el último detalle de mi marcha, he alistado cada una de las cosas que hacen falta para que no empiece la gente con sus dudas.

Pero no sólo he planeado. Hace cosa de unos días, empecé a mandarme, por correo, los objetos que deseo conservar de esta existencia, aquellos que podrían hacerme falta en esa vida que está aguardando a que yo llegue. Lo primero que me envié fueron los mazos de tarot y las canicas que conservo de mi infancia, las que me dio mi padre. Mi padre, ¿será que en esa vida que me aguarda empezaré por fin a extrañarlo?

21 de mayo
Dejar constancia: durante los últimos días, he ido cada mañana a la oficina de correos. Ocupa el mismo edifico en que estuviera, hace un montón de años, la oficina de deslindes.

Es curioso, pensé una de las veces que ingresaba: este lugar, donde empezara con Dolores, ahora es testigo de la forma en que la dejo.

En orden, en estos días me he mandado: mis piedras biliares, la bolsita en la que guardo un puñado de cenizas de mi hijo, la caperuza que usaba con mis aves y mis dos libros favoritos; justo antes de meterlas en un sobre, en cambio, decidí no enviar a mi futuro las llaves del gimnasio que una vez fue de mi padre.

Transcribir: Julio de 1955, esta tarde casi pierdo un segundo hijo. Silvina y Carlos echaron a Nachito en un tambo lleno de agua. Querían, eso dijeron, que sacara de allí adentro unas monedas. Cuando su madre lo encontró, el chamaco ya ni respiraba.

—Poquito más y no la cuenta —me dijo por teléfono Dolores.

Mientras mi esposa estaba hablando, sentí que finalmente yo estaba sintiendo algo de nuevo. Después, cuando colgamos, supe que no había sentido nada. O que no había sentido lo que tendría que haber sentido, lo que cualquiera habría sentido. Porque sentir, sí que he sentido: esta tarde, como nunca antes, sentí en su justa dimensión el vacío que me llena.

21 de mayo (madrugada)
Hoy ha vuelto el desvelo a sorprenderme.

Y es que apenas acostarme, he visto el rostro a mi padre. No me había pasado hacía veinte o treinta años. Pero no ha sido su rostro ni ha sido sentir de nueva cuenta su presencia lo que me ha abierto los párpados.

Otra vez es una idea inesperada la que me saca de la cama, me arrastra fuera de mi cuarto y me avienta a la cocina, con mi diario y esta pluma entre las manos: no puedo dejar que el desorden de los trozos de eso que es mi diario suelto sea perpetuo.

No puedo dejar que infecte la manera en que transcribo mi pasado. Si lo hago, podría desordenárseme el presente, podrían mezclárseme el pasado y el presente. Peor aún, podría llevarme conmigo ese desorden a la vida que me espera. Y podrían, entonces, mezclárseme el pasado, el presente y el futuro.

22 de mayo
He despertado temprano, convencido y resuelto.

Todavía no había aclarado cuando mis párpados se abrieron y mis labios susurraron:

—Hasta aquí llegó el desmadre.

—¿Qué dijiste? —me preguntó entonces Dolores, quien ayer durmió conmigo, porque Nacho está de campamento.

—Nada, debí traerme las palabras del descanso —le contesté a mi esposa, al mismo tiempo que pensaba: no voy a llevarme a mi otra vida este desorden.

Voy a ordenar todos los trozos que por ahí tengo apilados. Iré metiéndolos así en esta libreta: según la norma que le ha impuesto al mundo el tiempo y no según lo estaba haciendo.

1 de junio
He terminado de ordenar mi diario suelto. Fue más complicado de lo que había imaginado. Antes de empezar, debía juntar todos los trozos, asegurarme, pues, de que no estaba dejándole al olvido ni uno solo.

Me dediqué a esto varios días: buscar en los cajones de la casa, revolver las cajas que aquí tengo y las que tengo en la cantera, revisar, página por página, los libros que aún conservo. Fue una tarea agotadora. Pero ahora puedo continuar con lo que había estado haciendo, aunque lo vaya a hacer ahora con el orden que las fechas me imponen.

5 de junio
Transcribir: Marzo de 1947, hemos vuelto a Culiacán. Dolores no aguantaba otro día más en la presa.

—Aquí todo me recuerda a nuestro Carlos —se cansó ella de decirme durante estos últimos dos meses.

—Vamos a irnos de este sitio, quieras o no quieras vamos a irnos —insistía ella cada noche.

Ella, que nunca quiso en realidad a nuestro hijo, que aceptó alimentarlo únicamente cuando ya no tenía caso, que no lo debe haber cargado en total ni unas diez veces, que no dejó nunca a Silvina acercársele a su hermano y tocarlo.

Dejar constancia: tres o cuatro días después de haberme arrepentido con las llaves del gimnasio de mi padre, comprendí que así como hay cosas que deseo conservar, hay cosas de las que debo despedirme. Cosas, sitios o personas que no debo tan sólo de dejar, que necesito dejar pero no dejando únicamente.

Como el bar de junto al río, como la gente que allí va todos los días y los recuerdos de las horas que he pasado en ese sitio. Por eso hoy fui a pasar la tarde entera a La Peonza y por eso hablé con cada hombre que allí estaba. Antes de haber dado con el plan de mi estallido, sólo con ellos podía establecer algún tipo de vínculo: el de los seres que se acercan unos a otros para prestarse sus vacíos.

12 de junio
Dejar constancia: antes de ayer, ayer y hoy volví a la oficina de correos. En orden, me he mandado: las otras dos libretas que componen este diario, los cuatro libros que tenía en la

cantera y la manopla que, uno tras otro, fueron heredando mis tres hijos.

Además, me he despedido, sin que ellos lo notaran, de los muchachos que conducen los camiones que trasiegan los envíos de mi cuñado, de los empleados que aún tengo en la cantera (me falta solamente Celsa) y de mi madre.

Despedirme de mi madre, haber ido hoy a su tumba, ha sido, sin duda, lo mejor que me ha pasado desde el día en que ideé el plan que estoy llevando a cabo. Fue como si ahí, ante su lápida, el vacío que sentía hasta hace poco, el que he ido rellenando a últimas fechas, finalmente hubiera terminado de llenarse.

Transcribir: Diciembre de 1947, Polo ha condicionado nuevamente el préstamo que nos había prometido hace un año y del que todavía no he visto ni un centavo.

No está de acuerdo en que abra una librería, como tampoco estuvo antes de acuerdo en que pusiéramos una heladería en el parque. O ponemos otra vez un restaurante o no veremos ni un billete suyo.

Le dije a Dolores que tendríamos que mandarlo a la chingada. Defender la dignidad que todavía nos queda y mandar a su hermano derechito a la chingada. Riéndose, mi esposa contestó:

—Yo creo que mejor vamos poniendo el restaurante. Y creo que tú también lo vas queriendo.

19 de junio
Transcribir: Septiembre de 1948, El Sinaloense III ha sido inaugurado. Durante la fiesta, hablaron Silvina, mi esposa y mi cuñado.

Dos o tres horas después, cuando el festejo al fin iba agarrando, Polo me llevó a un apartado. Me dijo que otra vez me quiere al frente del envío de los paquetes, que otra vez me quiere en su negocio.

Le dije que tenía que pensarlo, que eso en lo que él anda metido no es lo mío.

—No te estaba preguntando —me cortó entonces mi cuñado.

Y antes de que yo añadiera algo, el cabrón me remató:

—Lo tuyo es lo que yo diga que es tuyo, ¿estamos?

Dejar constancia: ha pasado una semana desde el día en que fuera a despedirme de la tumba de mi madre y no he logrado olvidar el sentimiento que allí tuve, la intensidad de ese sentimiento. Fue como si todo lo que me ha estado pasando se concentrara en un instante.

No me refiero, lo he entendido con el paso de los días, a que el vacío que aún traigo aquí adentro encontrara su lugar ante esa lápida agrietada y salitrosa, me refiero a que algo finalmente entró en mi cuerpo nuevamente.

Desde entonces no he querido otra cosa que no sea revivir lo que ahí sintiera. Por eso, esta mañana, tras dejar en sus escuelas a mis hijos, fui a tirar las llaves del gimnasio de mi padre al lugar donde éste estuvo. En la calle, sin embargo, había tantas personas que no quise estacionarme.

24 de junio

Dejar constancia:

—A ti tampoco te he pensado —solté a pesar de que otra vez había un montón de gente allí en la calle—; ustedes fueron los primeros que arrancaron algo mío de mis adentros.

Aunque no alcancé la intensidad del primer día, al aventar las llaves del gimnasio y repetir un par de veces:

—Cada despedida es tiempo que es devuelto al tiempo —sentí que otro pedazo de mi cuerpo se llenaba; si siguiera trabajando allá en el restaurante, también habría escrito esta frase en el reverso de las cuentas.

Emocionado, me dirigí a la oficina de correos. Durante los últimos días, además de seguir mandándome mis cosas, he empezado a mandar, a cualquier sitio, las cosas que me robo en mi casa. Hoy, además de mandarme la primera pluma que tuve, mandé a ningún sitio el álbum de las fotos familiares de Dolores.

Transcribir: Mayo de 1949, hoy se llevaron mi biblioteca. Vinieron a mi casa varios hombres, metieron mis libros en las cajas que traían (Gobierno Constitucional de Sinaloa, decían las letras negras de estas cajas) y en hombros se llevaron mi único tesoro.

Hace una semana Dolores resolvió que el cuarto en el que estaban mis libreros sería el cuarto de Silvina. Está a punto de parir y ha resuelto que tres niños no pueden compartir un solo cuarto. Van a llevarse mis libreros y mis libros a El Vainillo y lo peor es que ni siquiera he peleado. ¿Qué me ha sucedido? ¿Por qué no logro que me importen ni las cosas que hacía poco me importaban?

1 de julio

Transcribir: Febrero de 1950, ayer tocó que se llevaran a nuestro hijo, el primero de mis Carlos. Llevándose de aquí la urna de bronce, sacando sus cenizas, de las que apenas pude yo guardar conmigo lo que cupo en mi puño, le pusieron fin al año en el que más cosas me han quitado.

Aunque, si no las defendí, ¿me las quitaron? Peor aún, si no sentí que me estaban quitando algo, ¿me lo quitaron? En el fondo, me da igual que se llevaran sus cenizas a El Vainillo, como me da igual que antes se llevaran a los perros, la mesa que yo mismo me había hecho o la radio que los hombres de la presa me habían regalado en un cumpleaños.

Dejar constancia: ya sólo voy a la oficina de correos para mandar las cosas que me robo de mi casa, con las mías he terminado. Durante la última semana, metí en sobres y mandé a ningún sitio: el primer juego de aretes de Silvina, el juguete favorito de Nacho, el relicario de mi esposa, los tres fósiles que Raúl guardaba y la navaja que le dio a Carlos su tío.

No sé por qué, pero gozo con el ansia que le entra a mi familia cuando no encuentran sus cosas, cuando veo, aunque sepa que será sólo un momento, en sus miradas, el vacío que observé en mis propios ojos tantos años. Igual que gozo esto de estarme despidiendo: hace apenas cuatro días, le tocó a mi hermano muerto.

6 de julio

Dejar constancia: esta mañana fui a despedirme del hermano que me queda. Es el único cerrajero que hay en Culiacán, el único hombre que es capaz de abrir todas las puertas de este sitio que muy pronto no será sino recuerdo.

Aunque sabía que con él sería distinto, nunca pensé que fuera a ser mejor que con los muertos. Apenas verlo, comprendí que no tendría que decir nada, que lo único que haría sería dejar que él hablara. Entonces supe cuánto le ha pesado mi ausencia. Y supe cuánto pesaré cuando me vaya, cuánto cargarán los que aquí van a quedarse el vacío que yo cargué por tantos años y que aquí voy a dejarles.

Transcribir: Octubre de 1951, aunque hace casi nueve meses llegó Raúl a nuestras vidas, Dolores sigue sin soltarlo. Como el primero de los Carlos, Raúl llegó al mundo mucho antes y llegó además malito. Venía al revés y le faltó aire, eso le dijeron los doctores a Polo. Y eso fue lo que él después me dijo.

Extrañamente, con Raúl mi esposa ha hecho justo lo contrario de lo que hizo allá en la presa: en lugar de renegar de nuestro hijo, decidió que éste era solamente suyo, que nadie más podía tocarlo, que debía crecer entre sus brazos. Si fuera perra, Dolores lamería a Raúl hasta dejarlo sin pellejo. ¿Por qué he escrito esto? ¿Por qué lo he pensado? ¿Y por qué además me ha dado risa? Estas preguntas, lo sé, habrán de torturarme varios días.

11 de julio

Transcribir: Enero de 1953, hoy se reunió la familia de Dolores en la casa. ¿El motivo? Celebrar el cuadro que colgamos en la sala hace tres o cuatro días, justo donde había estado la foto de la presa y donde estaba el dibujo que Silvina había hecho de nosotros.

El nuevo cuadro es un retrato de Polo. Lo pintó la hermana chica de Dolores. En mitad de la reunión, me dijeron que, desde hace un par de meses, mi biblioteca ya no está en El Vainillo.

—Nadie la ocupaba —me dijeron—, nada más estaba haciendo polvo.

Al escuchar estas palabras, no experimenté sorpresa alguna ni tristeza ni coraje.

¿En qué o en quién me han convertido? En quién, no: ¿en qué estoy convirtiéndome a mí mismo? Éstas son las dos preguntas que empezarán a hostigarme.

Dejar constancia: esta mañana me tocaba despedirme de Silvina. Por eso, antes de que hubiera amanecido, aporreé su puerta con violencia.

—Hoy se van los patos —aseveré casi gritando—. Hoy es el día que ellos emigran —insistí a pesar de no escucharla.

Luego, tras un par de segundos, arremetí de nueva cuenta:

—¿Te acuerdas cuando íbamos tú y yo a despedirlos? —solté alzando el tono.

Cuando estuvimos junto al río, sentados sobre el lecho húmedo y fresco, la jalé de los dos hombros y pegué su cuerpo al mío. En voz bajita, susurré para su oído:

—¿Qué sentirías si me mato?

Aunque sabía que no sabría explicarse, quería el temblor que recorrió nuestro abrazo. Media hora después, Silvina aceptó acompañarme a la oficina de correos.

15 de julio

Dejar constancia: hace apenas un momento, tocó el turno de Nachito. Fui a recogerlo a su escuela y cuando estaba abriendo el coche clavé en él la mirada y anuncié:

—Tu madre tuvo un accidente, la aplastó la moledora de la carne —el rostro de mi hijo mudo entonces al blanco—. Todavía estuvo viva media hora.

Como a las seis o siete cuadras, cuando entendí que el éxtasis aquel del cementerio no alcanzaba ya el nivel de un sentimiento, volví mi rostro hacia Nachito y le solté:

—Era una broma… ya no estés llorando. En serio ya no estés llorando —repetí otro par de veces, observando el asfalto y aceptando, en silencio: ya no es suficiente, esto de estarme despidiendo ya no es suficiente. Necesito poner fin de una a mis planes.

Transcribir: Diciembre de 1954, no podía el destino ser más elocuente. Pasaré las Navidades en el cuarto que hay en la cantera. La misma que comprara mi cuñado porque yo le había dicho, alguna vez, que extrañaba mi trabajo de la presa. La misma cantera que creí que yo deseaba. Como si todavía pudiera querer algo. Mi vida ha sido la involución de mis anhelos; mi existencia, una mera consecuencia de otras existencias.

Polo se peleó con su esposa y va a pasar las Navidades en mi casa. Y como bien dijo Dolores:

—Ustedes dos aquí no caben. Así que mejor vete tú ocupando acomodo en la cantera.

De mi vacío, del hueco que paseo por todas partes, mi esposa no logró obtener ni la mitad de una palabra.

20 de julio
Transcribir: Enero de 1956, esta noche, tras pasarse el día diciendo que le dolía la cabeza, que sentía algo extraño en el pecho y que las cosas parecían dar de vueltas en torno suyo, Nacho se tambaleó, cayó al suelo y comenzó a sacudirse. Gritando, Dolores se hincó y abrazando a nuestro hijo quiso contener sus convulsiones.

Yo no me moví del sitio en donde estaba. Ni siquiera cuando Nacho volvió en sí y la emergencia se volvió asunto urgente: salir hacia la clínica que está aquí a cuatro cuadras. Es enorme el vacío que llevo dentro: como si cada cosa que me pasa, en lugar de reclamar para sí un sitio, quisiera irse lejos y lo más pronto posible. Si no quiero terminar de deshacerme, debo hacer algo muy pronto.

Dejar constancia: aunque sabía que no sentiría nada, me faltaban todavía Raúl y Dolores. Así que a cada uno le conté que el otro había muerto. El resultado fue peor de lo que había imaginado: no sólo no experimenté un solo sentimiento, no presentí siquiera la idea de un sentimiento. Ni siquiera cuando Raúl se volvió un trapo, tampoco cuando estaba reanimando a mi esposa.

Ha llegado el momento de marcharme. Pero no sólo por esto: ver las reacciones de mis hijos o mi esposa, cuando buscan algo que he mandado por correo, tampoco me despierta ningún gozo ya.

26 de julio

Dejar constancia: ha llegado la hora y aún me falta el último detalle, me dije esta mañana, viendo a mi esposa en la cama de Nacho y tras decirle, en voz tan baja como pude:

—Fuiste la última en haberme arrancado algo.

—Sólo echándolos a ustedes estaré de nuevo vivo —murmuré un par de segundos después, dejando el cuarto de mi hijo y repitiéndome en silencio: lo que falta estará listo muy pronto. Instantes después, saliendo de la casa, aseveré:

—Ni crean que voy a andarlos recordando —al mismo tiempo que pensé: sé dónde se ponen, dónde esperan los que están buscando jale. Uno de ellos va a ocupar mi asiento.

Transcribir: Enero de 1958, rompí con Celsa hace unas horas. Para evitar cualquier problema, también la despedí de la cantera. No es que la quisiera hacer a un lado, como tampoco es que la quisiera a mi lado. Pobrecita, estaba donde no tenía que haber estado. Más bien, estuvo cuando no tenía que haber estado.

Ahora tengo un plan y estoy llevándolo a cabo. He conseguido al fin dejar de deshacerme. Podría incluso decir que he empezado a reconstruirme. Echar a Celsa resolvía dos problemas: que fuera ella a comprender lo que yo hice; que fuera, yo, sin ser consciente, a postergar por ella mi estarme yendo.

Además, aunque sé que voy a irme, no he decidido aún cómo voy a hacerlo. Y Celsa era la única distracción que aún me quedaba.

1 de agosto

Transcribir: Octubre de 1958, ya no quedan más pedazos. Ya no queda ni un trozo de lo que fue mi diario suelto. A partir de aquí, a partir de ahora, me queda nada más dejar constancia.

Dejar constancia: esta noche observaré el estallido. Hace apenas un momento terminé de revisar, por quinta vez, que estuviera listo todo. Y así ha sido: los trabajadores se han marchado, el sol se está poniendo, la camioneta está en su sitio, la caja está llena con las cosas necesarias y el cuerpo está esperando a que lo empotre.

1 de agosto (noche)
Escribo esto alumbrado por las llamas que se elevan hacia el cielo y que crepitan incendiando mis despojos. Finalmente me he marchado.

A partir de este momento seré otro. Pero, ¿sabré ser ese otro? ¿Podré llenarme a mí de nuevo? Estas preguntas, lo sé, habrán de acompañarme a esa noche que me espera.

No quería que les llegara

I

¿Y ahora tú, por qué te levantaste tan temprano?

¿No que no te había dejado nada bueno?

Por supuesto que me acuerdo. *¡Se están perdiendo la vida!*, eso les gritaba, corriendo las cortinas.

Sí, también a tus hermanos. ¿Por qué siempre habrás creído que contigo era otra cosa, que contigo todo era diferente?

No creo que sea por eso. Pero hoy no quiero que empecemos tan temprano. Además, te vas esta misma tarde, ¿no? Viniste aquí nomás por tus respuestas, viniste nada más de pisa y corre.

Eso acabo de decirte, tienes razón. Así que si eso quieres, hasta te pido una disculpa.

Qué suerte tengo, mi hijo no ocupa disculpas. Y yo que creí que habías venido aquí también por eso. Por una gran, por una enormísima disculpa.

Que sí, que eso dije.

Ya no entiendes ni una broma. Aunque igual me daría gusto que vinieras por más tiempo, Emiliano, que estuviéramos aquí así nomás, sin tener que estar hablando del pasado.

¿Sabes cuántas veces los he escuchado decir eso, a ti y a tus hermanos? Diego no ha venido ni una vez a visitarme. Y aquí llevo ya casi veinte años.

¿Y cómo quieres que le diga, si no quiere ni que hablemos? Siempre que lo llamo, dice lo mismo: *Estoy ocupado, papá*.

No, no te estoy pidiendo nada.

Exactamente, debe ser que estás dormido y que no entiendes.

En la cocina, ahí dejé la cafetera.

II

Te lo dije. Lo puse hace media hora y aquí nada se enfría así de pronto.

Pues igual, como media hora. Exagerando, cuarenta minutos. ¿Vas a fumar sin haber comido nada?

No, no te lo creas. Ya no me levanto tan temprano. Por lo menos come unas galletas.

¿Viste a qué hora llega aquí Belén todas las noches, a qué hora terminamos cenando ella y yo? Ni modo de ir a acostarnos así.

Exactamente. Que esté ahorita aquí es extraordinario.

Tenía que mandarles a los chinos un boceto. Te vale verga lo que diga, ¿verdad? Estás fumando como bestia, como si fueran los ochenta.

No, para otro pueblo. Esos cabrones están locos, pero a mí me hace feliz que estén pirados. En una de ésas, te lo juro, hasta van a hacerme rico.

Siete, en total van siete esculturas. Y no pasan tres semanas antes de que me hablen de otro pueblo, que porque vieron la que tienen sus vecinos en el parque. Allá también fuman un chingo, por cierto.

Lo más cabrón es que no quieren que les haga una distinta. Si por ellos fuera, seguiría haciendo la primera. Pero eso a mí no me interesa. Por eso, cada vez que me hablan, tengo que explicarles.

Eso es lo que les digo. Que puedo hacerles una parecida, del mismo color y toda la onda, pero que tiene que ser otra, que tiene que tener algo distinto.

Lo mejor es que después ni debo hacerla. Nomás les mando las medidas y ahí se encargan. Ya ando en los setenta, cabrón. Y no es lo mismo. Sobre todo las rodillas.

Qué sé yo. Deben poner a algunos estudiantes. Pero eso no es lo que me importa, lo que me importa es que les queda perfecta. En una de ésas, hasta mejor que a mí.

Claro, me compran un boleto, paso allá unos tres o cuatro días, como como un rey, firmo la escultura, me dan mi cheque y me regreso. Ese pinche Mao fue un puto genio. No debí dudar de él nunca. La revolución por fin me hizo justicia. La Revolución cultural, quiero decir.

Es una broma, Emiliano, soy consciente de los muertos. ¿En serio crees que vas a venir a enseñarme algo? Además, ni sé por qué estamos hablando de todo esto.

Pues no, la verdad es que no me levanté hoy de la cama por los chinos. Podría enviarles el boceto más al rato, podría incluso mandárselos mañana.

Quería buscar esta carpeta, quería darte estos papeles. Te había entregado casi todos, pero aún quedaban éstos.

Belén me convenció ayer en la noche.

De darte esto, de que siguiéramos hablando para no volver a hablar ya nunca más de todo esto.

Eso sí, también me dijo: *Pero dile que yo digo que más vale que no vaya a hacerte daño. Que tú igual te comes todo, pero que yo sí soy capaz de desquitarme.*

¿De qué te ríes?

No, no te estás riendo de eso.

Si prefieres no hablamos de nada, pendejo.

Entonces no me estés jodiendo.

III

¿En qué chingados nos habíamos quedado?

¿Estás seguro? Creí que por todo eso ya habíamos pasado.

No sé por qué. Pero da igual. Si lo dices tú tan convencido, te lo creo. Aunque no fue exactamente un rescate. Aquellos tres hijos de puta entraron en mi celda, me inyectaron algo en el cuello y lo siguiente que recuerdo es El Vainillo.

Idiota, humillado y ofendido, como dirías tú, que todavía lees a Dostoyevski, que sigues empeñado en entenderlo aún a pesar de que te queda a varias cuadras. O cómo quieres tú que yo te diga, para que puedas luego usarlo en eso que un día acabarás escribiendo.

Eso no hay quién te lo crea. Además, ya te lo dije, desde hoy no me preocupa. Lo he pensado y desde hoy ya no me importa. Puedes decir lo que prefieras: lo que soy o lo que crees tú que yo he sido. Es tu obra y no voy a meterme. Además, como Belén también me dijo ayer: *Tu hijo no es tan tonto como para escribir sólo lo malo, como para no contarlo todo.*

¿No que no ibas a reírte?

¿Cómo que no? Si estoy oyendo esa risita insoportable.

¿Cómo que cuál? La misma risa esa de mierda que tú siempre nos has restregado a todos. A tu madre, a tus hermanos, a mí mismo.

Pues no tengo ni siquiera que ir tan lejos, Emiliano. Nomás acuérdate de ayer. O de anteayer. O del día que me llamaste y me dijiste que querías hablar de todo, cuando soltaste: en vez de Monge deberíamos haber sido Mongezov.

Esa risita que siempre usas cuando crees que estás chingando. Y digo *cuando crees* porque en el fondo ni comprendes por qué la usas. Porque en el fondo, bien en el fondo, la usas sólo de escondite. Como queriendo que así nadie te vea. Igual, pues, que antes usaste lo de siempre estar enfermo.

¿Te acuerdas de eso de ayer?

De los disfraces que siempre usa esta familia. El tuyo nunca fue tan complicado. Enfermedad, mentira o arrogancia. Siempre has sido igual. Te quejas, inventas o te ríes de los demás cuando te están ganando, cuando algo que tú no habías pensado te sorprende, cuando un tema del que tú no sabes nada aparece enfrente tuyo.

Eso sí no te lo crees ni aunque lo escribas. Pero ya te dije que da igual, que a mí en serio me da igual lo que suceda con todo esto.

No, no porque lo hablara con Belén hace unas horas. No seas imbécil. Lo he pensado mucho tiempo. Lo que hice con ustedes, lo que hice con tu madre. Lo he pensado mucho tiempo y aunque no quieras creerlo lo he entendido. Pero tampoco es que sea fácil escupírtelo a la cara.

Ves que yo tengo razón. Ya te estás riendo de nuevo. Ya te estás escondiendo de nueva cuenta. Igualito, por ejemplo, porque también puedo ponerte algún ejemplo, como esa vez que me llamaste desde Tuxtla, cagado de miedo, presumiéndome un dolor y forzando un par de risas. ¿O no te acuerdas?

Yo feliz te lo recuerdo: me llamaste ya de noche, casi ya de madrugada, y con esta misma risa falsa me dijiste que habías dejado Chenalhó, que habías tenido que irte porque te habías lastimado, porque ayudando a mover un poste de luz te habías jodido el cuello. Y la verdad, Emiliano, era que estabas asustado, que no querías estar allá porque decían que ya venían los paras de regreso.

¿Cómo?

¿En serio estás preguntando eso?

¿Ves cómo te escondes, cómo te sigues refugiando igual que has hecho siempre?

Pero bueno, me da igual, cada quien es responsable de su encierro y de sus máscaras de mierda. Finalmente, lo que venga va a ser nada más tu pedo. El mío aquí lo estamos resolviendo.

Así que vamos a seguir con lo que sigue.

IV

Veintiocho días.

Veintiocho putos días de mierda fueron los que me tuvo Polo encerrado en El Vainillo.

No, sin venirme a decir nada. Sin que nadie me viniera a ver ni me explicara a mí nada. Ni tu abuela ni tus tíos ni mis primos.

¿A quién? ¿A quién querías que yo le reclamara? ¿No estás escuchando o qué te pasa? Te estoy diciendo que no veía a casi nadie, solamente al cabrón ese que me daba la comida y que hacía como si no me conociera.

Por supuesto que el cabrón me conocía, si era el cabrón del pinche Félix.

Exactamente. El que te gusta a ti decir que metió al narco en la familia. Pues al revés, me da lo mismo. Si eso quieres, te lo digo así de claro: el mismo Félix que tú dices que metió a tu tío al narco.

Porque no quiero pelearme, no porque lo acepte, Emiliano. Por eso te lo digo, no porque te crea, no porque lo acepte. Esas pendejadas no voy nunca yo a aceptarlas, no voy a aceptarlas ni siquiera aunque sean ciertas.

Ya te dije que me dan lo mismo a mí el *Proceso*, los periódicos y tus amigos periodistas. Leí las notas que decías y lo único seguro es que son todas una mierda. El periodismo en ese país es una mierda.

No, Emiliano, hace mucho no es el mío. Ya no soy de ese sitio, de ese lugar donde a la gente sólo le importan los rumores y las mentiras, donde todo el mundo acepta que es el chisme lo que educa y que es la falsedad la que hace a hombres y a mujeres.

Te gustaría. Pero no. En tu país cualquier asunto honesto está mal visto. Y a cualquiera que algún día intenta pensar de otra manera lo señalan, lo asedian y lo linchan. Puto país de enanos cerebrales y hemipléjicos del alma.

¿Qué tiene eso que ver con todo esto otro?

Un padre es un padre y un país es un país, idiota. ¿Cómo vas a comparar uno con otro? Ya ni la burla traes despierta. Porque si eso es lo que querías, burlarte de aquello que te dije el primer día, vaya vergüenza.

Pero bueno, el asunto en el que estábamos era que el cabrón que me traía la comida, el que mandaba por encima de los otros que también me estaban cuidando ahí, era el mismo pinche Félix que me había enseñado a disparar cuando era chico. El mismo que jugaba con el Gordo, con Jaime y conmigo desde que éramos chamacos.

Porque antes de haber sido su hombre de confianza, antes de haberse convertido él en su escolta, cuando él era aún un muchacho, su padre había sido el velador de la primera casa que Polo se comprara.

Así que sí, ese cabrón me conocía. Me conocía tan bien que fue por él que los veintiocho días aquellos terminaron. Y es que aunque estuvo sin hablarme casi un mes entero, al final no aguantó cuando le dije: *Te lo prometo, cabrón, si sigo así voy a quebrarte.*

Claro que no, ¿cómo podría haberle dado miedo? Pero tampoco le dio igual, eso seguro, tampoco le dio lo mismo a Félix.

Te lo he dicho varias veces, Emiliano. O como dices, ya te lo había dicho, pero nada más borracho: de tu padre, a ti, pueden decirte muchas cosas, pueden incluso decirte que ha matado, sobre todo estando allá en Guerrero, pero no pueden decirte que ha mentido o que ha engañado.

Tienes razón. En todo eso sí que tú tienes razón. Pero ya te había dicho esto.

En la carta que te envié después de recibir aquí la tuya, por ejemplo.

Pues porque igual quería dejarlo aquí clarito: si al final sólo te había hablado borracho de estas cosas, precisamente era por esto, porque sabía que oírme pronunciarlas, sin estarlo, te pondría como te ha puesto.

Así como te has puesto, así, a punto de reírte o de decir que algo te duele o de inventar que tienes que irte. Pero no quiero desviarme.

Porque la cosa es que Félix sabía eso. Y sabía que no estaba mintiendo, que estaba, pues, desesperado. Así que aquella tarde, él mismo fue a la casa principal a hablar con Polo.

Sí, lo convenció de que por fin viniera a verme.

Pero el cabrón de tu tío Polo nos daba a mí, a Félix y a cualquiera varias vueltas. Así que apenas vino a verme, nada más entró en ese cuarto en el que estaba yo encerrado, mi coraje se deshizo. Mi coraje, las palabras y el reclamo que había pensado hacerle.

¡Porque el cabrón no venía solo!

¿En serio no te lo imaginas?

Ves cómo no eres ni una parte de lo vivo y lo despierto que te piensas.

Sí, voy a contarte. Pero antes quiero más café y otras galletas.

Y si vas a seguir fumando, por favor cómete algo.

V

¿Todavía no adivinaste?

Voy a darte una pista: cuando Polo entró en el cuarto, en voz alta aseveró: *Yo seguro no voy a hacer huesos viejos, así que aunque sea me gustaría dejar un hijo.*

Exactamente: con él venían tu hermano Ernesto, que era un bebé de brazos, y su madre, a quien yo le había escrito, en una carta, aquella misma frase: "Yo seguro no voy a hacer huesos viejos, así que aunque sea me gustaría dejar un hijo".

¿Tú qué crees?

Ojala hubiera sido sólo eso. Fue mucho peor. Fue como si abrieran de un tajo mi cuerpo y lo voltearan, como si todo lo de adentro estuviera afuera de repente y todo lo de afuera hubiera entrado.

Claro que sabía que él existía. Pero una cosa es saber algo y otra es verlo enfrente de ti, acercártele y cargarlo, sostenerlo entre tus brazos. Ver que por primera vez lo estás mirando, que por primera vez él te está mirando. En un instante, cambió todo.

Hice a un lado al Félix, hice a un lado a mi tío Polo y me paré ante la madre de tu hermano, con quien no había ni siquiera yo tenido nada tan serio. De hecho, más que Olivia, a mí me gustaba su amiga María Eugenia, una niña bien que nunca me hizo caso y a quien después, puta que fue varios años después, creí haber reencontrado al encontrarme con tu madre.

Apenas arranqué a Ernesto de los brazos de su madre, apenas lo pegué fuerte a mi pecho, supe que todo sería distinto, a partir de allí que todo lo que había pensado en los días de mi encierro, de mis encierros, no importaba ni una mierda, que todo lo que había hecho a lo largo de mi vida era igual a una chingada.

El problema, claro, fue que apenas levanté la vista de tu hermano me encontré con la mirada de Polo, con su mirada y su sonrisa, una media sonrisa complacida y burlona. Entonces, aunque no supe decir ni una palabra, supe que eso que ahí, de pronto, yo quería, era también lo que él quería que yo quisiera.

Y aunque él había sido para mí el padre que no había sido tu abuelo, no quería que nadie más que yo, ni él ni tu abuela ni tus tíos, quisiera algo para mí. No quería que nadie esperara algo de mí. Así que sin decirle nada a nadie, ni siquiera a mí mismo, porque, claro, todo esto lo he entendido con el tiempo, abracé aún más fuerte a tu hermano y me sumí en el silencio, un silencio que duró un montón de días.

Calladito, paseándome nomás por El Vainillo, donde no hacía ya ni falta que alguien me estuviera vigilando, donde todos los demás creían que no hacía falta que anduvieran viendo en lo que andaba, así fue como pasé las dos o tres semanas que siguieron a ese día.

Y así también llegó el día en el que El Vainillo empezó a ser pasado. El día que le dije a Olivia que agarrara a Ernesto y que se fuera hasta la entrada de aquel sitio, donde, también le dije, nos estaban esperando dos amigos. Pero aquellos dos cabrones, Santos y Mejía, no estaban en la entrada. Me estaban esperando en otro sitio.

No, Emiliano, no podía llevármelos conmigo ni podía quedarme allí con ellos. Del futuro, cabrón, también a veces debe uno salirse. También en éste puedes, si no, ahogarte.

Ya te lo expliqué.

Te lo dije hace un momento, pero si no me has entendido vuelvo a hacerlo.

Aunque al principio decidí que iba a quedarme, en aquel mismo momento, sin saberlo, también había decidido lo contrario. Y es que aunque quería ser padre de Ernesto, puta que quería entonces serlo, no quería volverme el padre que querían que me volviera.

Era un pendejo, un muchachito idiota que, para colmo, en aquellas tres semanas de silencio, había estado en contacto con su gente en el D. F. Creía que algo grande finalmente se venía. Y a pesar del desengaño que había sido Guerrero, volví a sentirme obligado.

Otra vez tu risita esa.

No te hagas pendejo. Por lo menos ten los huevos necesarios para no hacerte pendejo.

Vete mucho a la chingada, cabrón. Huevos no hacen falta solamente para ser el padre de alguien. ¿O crees que para mí todo esto es fácil?

Esto de encuerarme enfrente tuyo. Todo esto de sacar de mi memoria lo que allí arde.

Eso quiero, exactamente. Pero no me estás dejando.

Y además esto está cerca de volverse una disculpa. Así que voy mejor al baño.

VI

No dejes los huesos ahí nomás en la maceta.

Allá al jardín. O guárdalos y tíralos al rato en algún bote. Porque sí sabes cómo se usa un bote, ¿no?

Son de aquel árbol. Y eso que ya son los últimos del año. Hace un mes salía una bolsa diaria.

Regalarlos. ¿Qué otra cosa iba a hacer si ni me gustan los duraznos?

¿Mermelada? ¿En serio crees que aquí nos sobra el tiempo? ¿O pensabas que ésta era la casa de tu madre? Aquí no hay una tropa de sirvientes, Emiliano, aquí la esclavitud está prohibida.

Porque así era, cabrón, alguien recogía las peras ahí, alguien más las preparaba y tu mamá decía después que había hecho mermelada.

Si lo sabes para qué me lo preguntas.

Por supuesto que ése fue un gran problema, que no pude nunca estar en paz con todo eso, aceptar, pues, todo aquello: el jardinero, los choferes, las muchachas, la chingada servidumbre. Pero también la casa enorme, las bardotas, el dinero que se iba como el agua.

Al principio no era así, de ningún modo. Pero luego ella fue volviendo a ser quien había sido desde niña, sobre todo después de que tú hubieras nacido. Y yo no supe cómo detener todo aquello en su momento. Pensé que no sería para tanto, hasta que un día, en vez de tanto, era ya un chingo.

Eso era lo peor, que cuando estaba ahí en la casa lo gozaba. O no, no lo gozaba, fingía que no había de otra. Pero después, con los amigos, en los simposios, con los otros escultores, me sentía un hombre falso, un ser que era poco menos que un farsante.

No, no nada más por lo que yo era, también por lo que yo había dejado que pasara en torno mío. Todo lo que odiaba de mi país, todo lo que les explicaba a mis amigos escultores de otras partes, sucedía en nuestra casa, en mi propia pinche casa.

Tienes razón, nos hemos ido aquí muy lejos. Pero tú me preguntaste. Yo estaba nada más hablando de duraznos, pero ya vuelvo a aquello otro.

A mi regreso al D. F., ¿o no?

No, tu hermano y Olivia regresaron por su lado, semanas después, aunque no sé exactamente cuántas.

Porque Olivia estaba encabronada. No quería saber de mí una chingada. Lo raro fue que no quiso tampoco saber más de mi familia. Algo pasó en El Vainillo que a mí nunca me han contado, algo que la hizo a ella odiarnos.

Sí, también ésta es otra historia.

En fin, la cosa es que yo había regresado al D. F. y que allí, con Mejía, Martín del Campo y Santos, habíamos hecho otro frente, un frente al que muy pronto se sumaron Manuel Martínez, el Chato, y los hermanos Baltazar: Herminio, el Pitochas y el Mongol.

Pues no te creas, en realidad los que te digo éramos todos, y aun así éramos un chingo.

No era tan fácil. La gente que formaba el movimiento no quería ni que se hablara de violencia. Les daba miedo. Y de violencia era de lo que hablábamos nosotros.

Ya te lo he dicho, el sesenta y ocho fue una burla, el entretenimiento de una bola de cabrones bien nacidos que querían andar aparentando su coraje.

Porque entonces lo intuía y lo veía, pero no alcanzaba aún a entenderlo. Pero bueno, el punto es que no, no era que pudiéramos sumar mucha más gente. Además, no podíamos andar confiando en cualquiera. Hacía apenas muy poco habíamos sido traicionados.

Exacto, el pinche Sócrates de mierda. El que luego traicionó a todo el movimiento. Pero otra vez me estás desviando.

Pues eso digo, no nos queda tanto tiempo, Emiliano.

En fin, con ellos, con Mejía, Martín del Campo, Santos, el Chato, Herminio, el Pitochas y el Mongol, hartos de la inacción del movimiento, dimos un paso adelante. Un paso que nos dejó completamente aislados.

Pues imagínate, cabrón, si a esos pinches dirigentes, si a los líderes aquellos que después mordieron puestos o sacaron libros y lucraron durante años les daba miedo hasta traer encima un arma, lo que no hicieron cuando supieron que habíamos sido nosotros los que habían puesto las bombas en Viaducto y en los bancos.

Puta madre, cabrón. Putísima madre.

Acabo de acordarme de algo que pensé que había olvidado.

Qué cabrón, Emiliano. Hasta la piel volvió a erizárseme de nuevo.

Mira. Putisisísima madre.

No, no por las bombas. Ésas ni siquiera hicieron tanto daño. La única que en serio tuvo impacto fue la de una torre eléctrica.

Porque un día que llegué al poli, me encontré, colgado en la reja de la entrada, un letrero que decía: "Se rentan botas y traje de guerrillero. Interesados, buscar a Carlos Monge Sánchez". Hijos de puta.

Mira, otra vez vuelvo a enchinarme.

Me reí. O eso creo. Me reí y no debí darle importancia. Pero seguro que, a otro nivel, le di toda la importancia que podía haberle dado. Si no, ¿por qué me siento así ahorita?

Encabronado. Encabronado, idiota y humillado, como te dije hace un ratito. Era un pendejo. Éramos todos una bola de pendejos.

Eso sí, ahora comprendo por qué entonces, justo en esos mismos días, volví a buscar a Olivia, por qué después de aquello volví a buscar a Ernesto.

A la chingada, me mandó directo a la chingada. Igualito que me habían mandado los compañeros de la huelga, con su letrero aquel de mierda, es decir, burlándose. Y todo por creer que no era más que el que creían ellos que era.

El letrero ese, igual que las palabras de Olivia: ni yo ni Ernesto nos creemos lo que eres, fueron como las palabras que me había dicho Genaro.

No, no fueron como aquellas, pero rompieron dentro de mí lo mismo.

Claro, quise hacerme a un lado nuevamente. Quise mandar todo a la chingada. Y lo habría hecho, si no fuera porque aquella misma noche, o una de esas noches en las que a mí me estaba succionando mi descenso, la situación, todo el pedo aquel, cambió de golpe.

Entró el ejército en el casco. Y allí estábamos nosotros.

Pero antes de contártelo, necesito un tequilita.

¿En serio va a importarte la hora?

VII

Sí, mejor.

Pero no por el tequila.

Me va tu prisa a perdonar, pero quería un momentito. Necesitaba respirar un momentito.

Me está costando un huevo. Me está costando y además me está doliendo. En serio no entiendo por qué mierdas me haces esto, Emiliano. Y menos aún por qué Belén me dijo que: *Será bueno.*

Lo había perdido todo. Al movimiento, pero también a mi familia, la de antes y la nueva. Y, sobre todo, había perdido, para siempre, la idea que tenía de mí mismo. Y con ésta, todas las ideas que tenía, todas las ideas que era entonces.

¿Cómo que por qué? Porque en los otros me había visto como era. Y había visto, además, cómo se veían, en los otros, las ideas que yo tenía y lo que yo era. *Ni yo ni Ernesto nos creemos lo que eres, ni yo ni mi hijo necesitamos que tú estés a nuestro lado,* eso había dicho Olivia.

Así que así andaba, extraviado, tratando de entender por qué yo no había aceptado al Carlos que era, por qué no había podido aceptar nunca el presente, cuando entró el ejército en el casco, cuando ahí llegaron los soldados disparando.

Puta que me está costando hablar de aquello. No, no me está costando hablarlo, me está costando recordarlo, sacarlo de debajo de la mierda. Sentirlo aquí de nuevo, Emiliano.

¿Has visto alguna vez esos videos en los que está un tractor gigante removiendo un basurero? Así me siento, exactamente así me estoy sintiendo ahora.

Sí, sí, sí, mejor sigamos. Estábamos el Chato y yo subidos en un techo, haciendo guardia, cuando, de pronto, ahí estaban. Y todo fue tan rápido que no puedo decirte cómo nos bajamos de allí arriba. De pronto él y yo cruzábamos los campos de futbol a pecho tierra. Y que las balas nos pasaban por encima. Yo quería darme la vuelta y devolver algún disparo, pero sabía que no podía.

Así llegamos hasta Plan Sexenal, donde sí pude responder con mi pistola y donde pronto nos subieron en su coche dos muchachas, que resultaron ser maestras. Ellas, de camino hacia su casa, porque ahí fue a donde fuimos, nos dijeron que habían visto varios muertos.

Sí, desde ese día hubo muertos. Y sí, aquellas dos mujeres vivían juntas. Curiosamente, en Tlatelolco. Así que ahí estuvimos escondidos varios días. Días en los que hablé de todo lo que entonces traía adentro con el Chato y en los que él también habló conmigo de aquello que él traía adentro.

Yo creo que sí, que ahí se selló la amistad que aún me une a ese pendejo, a ese cabrón que allí hasta me dijo que él quería con Olivia, a ese hijo de puta que de estar ahorita aquí ya me habría rellenado el caballito, sin que tuviera que decirle yo nada.

Así está bueno.

Ni tanto que queme al santo, ni tanto que no lo alumbre.

No, no sólo hablamos de lo que cada uno pensaba, de lo que cada uno sentía. También hablamos de los otros y del punto al que habíamos llegado, del momento en el que estaba nuestro frente.

Exactamente, no me acuerdo. Habrán sido cuatro o cinco días. Tampoco nos podíamos quedar ahí para siempre. Teníamos que juntarnos con los otros. Además, las estábamos poniendo en peligro, a las maestras.

A ningún sitio. O a ninguno mucho tiempo. Lo que siguió fue puro andar en movimiento, de un lado para el otro. A salto de mata, pues. Además, habían agarrado al Pitochas y sabíamos que andaban detrás de nosotros, que debían andar bien cerca.

Pero lo peor era que yo también andaba a salto de mí mismo. No sólo escapando del gobierno, sino de eso otro que yo era, de eso otro que creía que había sido y que de pronto no sabía si era cierto o no era cierto. Por eso quería dejar todo.

No, no sólo el movimiento. También quería irme del D. F. Y quería irme de mí, convertirme en otra cosa, en otro Carlos, vete tú a saber en cuál chingados.

Tan perdido andaba que le volví a hablar a Olivia, quien, por supuesto, volvió a mandarme a la chingada. Luego intenté hablar con tu abuela, pero alzó el teléfono tu abuelo.

Nada, le colgué sin decir nada. Escuché su voz y ni siquiera lo dudé.

Sí. Volví a intentarlo luego de un ratito. Pero otra vez oí su voz. Y tampoco es que anduviera yo tan vuelto mierda.

Traté con Jaime, pero en su casa no me contestaron.

Sólo entonces le hablé a Polo.

Puta madre. Otra vez, chingada madre.

Te digo que uno empieza y ya no para.

Pues que me acabo de acordar de otra cosa.

De que una vez, en El Vainillo, me subí al ciruelo prohibido, el de la entrada. Y justo antes de bajar, escuché su voz, llamándome en la casa. Yo creía que no estaba.

Sorprendido, escondí las ciruelas en mi sombrero y corrí a verlo. *¿No saludas o qué pasa?*, me preguntó mirándome a los ojos. Y antes de que pudiera decirle algo, se siguió: *¿No vas a quitarte ese sombrero?*

Exacto. Rodaron todas las ciruelas por el suelo. Y cumplió lo que decía.

No me digas.

Pues no, no sabía que ya sabías. No sabía que ya te había contado esto. Pero mejor, así no vuelvo a desviarme.

VIII

¿Qué te estaba diciendo antes?

Eso era.

Aunque mejor ya no te cuento nada. ¿Qué tal que esto también ya te lo he contado? ¿Qué tal que lo sabes?

Pues porque tú lo sabes todo.

Ya, ya. Estoy bromeando. También yo puedo hacerlo, ¿no?

El asunto es que no me contestaron en casa de Jaime. Y que por eso, porque no encontré a nadie más, me decidí a hablarle a Polo.

Claro, Polo estaba siempre. Para la familia estaba siempre.

Pero en lugar de que me abriera una puerta, sin quererlo, me cerró la que quedaba: *¿Dónde mierdas andas, mijo?* Y antes de que yo le contestara, sentenció: *Vente ahorita mismo a Sina-loa. La cosa allí se va a poner cabrona, el ejército trae orden de tirarles.*

Exacto. Se refería al 2 de octubre, me estaba hablando de lo que luego pasaría en la plaza. Y qué iba a hacer si no olvidarme de todo aquello en lo que yo andaba pensando. Por lo menos aquel día lo tenía que olvidar todo.

Así que fue eso lo que hice: volver a ser el Carlos que no quería seguir siendo, por lo que acababa de decirme enton-ces Polo. Él sabía de qué lado masticaban los cabrones. Y yo sabía que eso que acababa de escuchar se lo había dicho a él alguien de arriba.

Dos o tres horas después, ya me había juntado con el Chato, con Martín del Campo y con Herminio. A ellos les conté lo que me habían advertido. Y con ellos, entre los tres, decidimos avisarle a todo mundo. Pero claro, no podíamos ir de a uno por uno.

Porque no habría servido, no habría pasado nada. Habría sido sólo un rumor entre los otros. Y mira que entonces lo que había, sobre todo, eran rumores, chingos de rumores.

Por eso decidimos ir arriba, dirigirnos a los líderes. Y por eso fuimos derechito al Chihuahua.

Pero allí, entre los que iban a ocupar aquel balcón en unas horas, andaba el Sócrates de mierda, que apenas vernos empezó a insultarnos y a atacarnos.

Diciendo lo que entonces se decía de nosotros: *Ellos son los de las bombas, ellos son provocadores.* Hijo de puta, el provocador, estoy seguro, siempre estuve seguro, era él. Y aun así tenía bien alta la vara. Tan alta que hizo que otros nos metieran en un cuarto.

Como una hora, por lo menos fue una hora.

¿Cómo que qué? El cabrón lo que quería era que nadie nos oyera. Porque quería, estoy seguro, que todo sucediera como luego pasó todo. Él también sabía, seguro que sabía.

Sí, lo consiguió. Y consiguió además que luego nos echaran a la plaza, justo antes de que todo comenzara. Por eso, como pudimos, atravesamos la multitud. Teníamos que llegar al jardincito de San Marcos.

Ahí estaba el Mongol, con un altavoz de tres centavos, pero que, creímos, sería mejor que nada. O eso pensábamos. Tan lo pensábamos que aquél era, de hecho, el plan alterno que teníamos: anunciar, a través del altavoz, lo que me había contado Polo.

Pero cruzar la plaza no fue tan sencillo. Nos tardamos mucho más de lo planeado.

Por lo llena que ésta estaba. Así que cuando al fin miré al Mongol, también oí las primeras descargas. Y sentí, junto a mí, los primeros cuerpos que caían.

Sí, también yo escuché eso.

No, debe ser Belén, que finalmente ha despertado.

No te preocupes. Ya vendrá ella en un ratito.

Sí, me viene bien a mí una pausa.

Agua, mejor tráeme un poco de agua.

IX

Exactamente, mejor vamos terminando.

¿Cómo que no? ¿De qué más crees que voy a hablarte?

No me estés chingando. Además, se te va a acabar el tiempo. ¿Quién lo hubiera dicho, no?

Que al final iba a faltarnos, que al final querrías haber venido más días aquí. A ver si así por fin aprendes.

Que un padre es un padre para siempre, Emiliano. Que podrías venir aquí más días. Que deberías venir con menos prisas.

Sí, ahora termino.

De repente, no sabía en dónde estaba yo ni en dónde estaba nadie ni qué estaba sucediendo ni cómo era que aquello estaba sucediendo. Yo, que había estado en varios tiroteos, que ya hasta había quedado entre dos fuegos cruzados, no entendía cómo estaba sucediendo todo aquello.

Eso digo, que te imagines a los otros. Imagínate cómo habrían de andar todos los otros, que no habían ni siquiera imaginado algo como eso. Corrían por todas partes, corrían a cualquier parte, corrían a ninguna pinche parte. Ahí andaban sólo aplastándose unos a otros.

Un par de segundos después, todos habíamos perdido al compañero con el que íbamos, a los amigos que hacía nada estaban aplastándote el cuerpo. Yo, al verme solo, me hinqué y empecé a devolver la agresión, a disparar, pues, hacia arriba, porque ahí vi a esos ojetes.

Luego, apenas me acabé los tres cartuchos que llevaba, corrí rumbo al jardín, para ver si allí encontraba a alguien. Pero nada. Ni al Mongol ni a nadie más de los que allí tendrían que haber estado: el Chato, Martínez del Campo y Herminio.

Eché a correr. Crucé el jardín y eché a correr hacia Reforma.

Hasta crees. Más bien no paré hasta llegar, ahogándome, a La Lagunilla.

Tomé un camión al sur, del que bajé después de veinte cuadras, para tomar otro camión, del que volví a bajarme luego de otras veinte cuadras, para agarrar un taxi a casa de mi madre.

No sé por qué, todavía hoy no sé por qué elegí ese sitio. Pero ahí fue a donde quise entonces ir y a donde llegué esa misma madrugada.

Y claro, ahí, en aquella casa a la que no había vuelto en un chingo de tiempo, me estaba esperando un carro de Polo. *Otra vez la burra al trigo*, me dije en voz bajita. Y antes de que pudiera añadir algo, ya estaba adentro de aquel coche.

No, por suerte entonces no hubo ni jeringas ni anestesias.

Derechito a Sinaloa.

¿Cómo iba a dormir si había sentido cómo se caían mis amigos, si había visto cómo había acabado todo, Emiliano? No dormí ni un solo instante. Si hasta creía, cabrón, que no iba a volver a dormir nunca.

Para mí, Guerrero y el sesenta y ocho fueron un puto desastre. Un puto desastre que no sirvió de nada, que me dejó únicamente amigos muertos o en la cárcel. Y mira que yo sé lo que es la cárcel. Y que yo sé qué es la tortura, cabrón, yo sé las marcas que te deja eso aquí adentro.

Marcas que no se van, que no olvidas nunca. Marcas que les pasas luego a los que vienen, que les pasas luego a los que siguen. ¿O qué te crees, Emiliano, que todo eso no dejó, que lo que me hizo a mi Gutiérrez Barrios no pasó después a ustedes?

Y mira que intenté que no pasaran. Como intenté que no llegara a ustedes, tampoco, todo aquello que yo era, todos aquellos que fui cuando no sabía ni quién era.

Porque al final eso y poco más es lo que hace un padre, Emiliano, intentar no pasarle nada suyo a sus hijos, cuando lo suyo es como lo mío. Nada de aquello de entonces, pero tampoco de aquello que sería después de entonces y de aquello que había sido mucho antes. Toda esa violencia de mi infancia.

Y así, cabrón, te respondo mucho más de lo que estamos ahora hablando. Así te doy lo que aquí estás buscando, aunque ni sepas bien qué es eso.

No, no lo tienes claro.

Sí, yo sí lo sé.

¿Cómo que qué? ¿No estás aquí en serio por esto? Seamos honestos: ¿no estás haciendo todo esto nomás por todo eso?

Esto de venir a entrevistarme, eso de querer escribir esto, de querer tú escribirnos a los Monge. ¿No lo estás haciendo para entender por qué yo no fui tan cercano, para entender por qué me estaba yendo siempre, por qué estaba así como si más bien estuviera en otra parte?

Yo era quienes habían sido mis antes. Un dolor, un vacío y unas ganas de escapar que no quería que les llegaran. Esa violencia que enterraron en mi cuerpo ahí en la cárcel y esa otra violencia que traía desde el comienzo.

La violencia masculina, sinaloense e hija de puta de tus tíos y tus abuelos, de tus tías y tus abuelas. Y el extravío que sólo éstas pueden dejar. Nada de eso quería heredárselo a ustedes.

No, dijimos que no habría ni una risa más.

Menos ahora, cabrón. Menos ahora.

Pues eso espero.

Yo no podía dejarles nada, no podía dejarles nada bueno. Yo no podía dejarle a nadie nada bueno.

Pero volvamos al coche ese, mejor volvamos a aquel coche en el que no dormí ni una chingada. En el que incluso, de esto apenas me estoy ahora acordando, manejé una parte del trayecto.

Imagina cuánto tiempo tuve para darle y darle y darle vueltas a las cosas ahí entonces. A lo que apenas había sucedido, pero también al conflicto ese que había estado postergando y que ahí, en aquella carretera, me alcanzó y me atropelló de frente.

¿Cómo que cuál? El que sería mi mayor carga, el peor peso que cargué en las décadas siguientes, el no saber estar en donde estaba, el no tener más que futuro, el estarme siempre yendo, a punto de convertirme en otro Carlos.

Otra vez el ruido ese.

¿Escuchaste?

Te lo dije, es Belencita.

Mejor quédate otro día.

¿Cómo voy a decirle eso?

Pues te aguantas, te va a tocar estar con ella. Más si vas a irte y ya no vas a verla.

Sí, en cuanto salga de la casa le seguimos.

X

No, lo que pasa es que me duele. Que me duele y que no puedo, ya no puedo.

Más que cansado, estoy jodido, hecho una mierda. ¿Cómo es que alguien como tú, tan sensible, tan humano, tan maravillosamente puro no lo entiende? ¿O será que no eres eso, que nunca fuiste nada de eso?

Ya, ya sé que eso te había dicho, pero, ¿qué quieres que haga?

Mírame, nomás.

No, es en serio que no puedo, que no doy más. Y no es cosa de hoy únicamente.

No, ya no quiero hablar contigo, ya no quiero hablar de mí ni de mi vida nunca más, Emiliano. Lo que tenía que decirte, ya te lo dije.

Pues no, no pienso lo mismo.

Te estoy diciendo que yo ya te dije todo, que yo ya te conté todo, todo lo que me era posible.

Lo que tú hayas escuchado es otra cosa. Lo que tú hayas entendido es muy tu pedo.

Si prefieres también puedes decir eso. Pero sabes, bien que sabes, que tú y yo leemos entre líneas. O entre años, así queda más claro: tú y yo leemos entre años.

Exactamente, lo que sigue lo conoces. O lo intuyes. O ya te lo has imaginado. Y cómo voy a discutir con lo que te has imaginado, con lo que tú te has inventado.

Nomás acuérdate que, luego, lo que inventas, tú hasta te lo crees que te lo sabes. Y cómo habría de pelearme yo con eso, con las cosas que Emiliano ha decidido que son ciertas.

¿Cómo que qué? Que me quedé en El Vainillo un año y medio. Que volví después al D. F., queriendo ser un nuevo Carlos, pero sin tener ni puta idea de cómo serlo.

Que me metí de profesor en una escuela. Que quería enseñarle a los niños, enseñarles lo que fuera. Que empecé varias carreras. Que no acabé ninguna. Que conocí luego a tu madre, con quien traté de ser lo que nunca había sido.

Y que hasta intenté ser un empresario. Que vino después la fundición. Que luego vino la escultura. Y que llegaron tú y tu hermano Diego. ¿Lo ves? ¿Lo entiendes?

No, desde aquí ya no tienes pretexto. Desde aquí ya te lo sabes o ya te lo has contado de tal modo que lo sabes. Esta parte de la historia tú la puedes escribir sin que te ayude.

¿La escuchaste?

Algo debió haber olvidado. Mi Belencita es despistada.

¿De quién te ríes ahora? ¿De mí o de ella?

Eso espero, cabrón, que no sea de ella, que nunca te rías de ella.

Si tu madre hizo que un día me enfrentara a mi padre, ella, Belén, hizo que enfrentara lo que les hice luego a ustedes. Lo que les hice a tu madre, a ti y a tus hermanos. Y lo que me hice a mí mismo en todos esos años.

Ves cómo sí habías venido aquí a recoger una disculpa.

¿Cuál explicación, cabrón, cuál puta explicación podría darte de algo así de complicado, de algo tan complejo que no le duele sólo a un hombre, que te duele a ti y me duele a mí y a tus hermanos y a tu madre?

No, hay cosas que no pueden explicarse, que no hay manera de explicárselas más que uno, que no pueden entenderse entre todos. Cosas que no pueden contarse.

Que me sentía asfixiado, que todos los putos días me sentía asfixiado. Que otra vez me estaba ahogando, que otra vez necesitaba respirar un aire diferente, un aire tibio.

Porque todos querían algo, porque todos, aun aquellos que ni cuenta se habían dado de que algo andaban también necesitando, necesitaban que yo fuera el que ellos y sólo ellos habían querido, peor, habían creído que yo era.

No, no sólo tu madre. Y no sólo la familia.

En la escultura, por ejemplo. Mis maestros y colegas querían que fuera un Carlos que yo no era, un Carlos que yo no quería ser en ese entonces.

No podía ni hacer mis esculturas, Emiliano. No podía ni trabajar ni estar con nadie. Pero claro, esto no lo comprendí hasta no haberme alejado, hasta no haber empezado a trabajar aquí en el extranjero.

Sí, por eso tuve que venirme.

Otra vez, ahí está tu risa esa.

No, a mí no me haces pendejo. Es increíble que aún no hayas entendido que a mí no me vas a hacer pendejo nunca.

Te estabas riendo. Pero ésta va a ser la última, ésta va a ser la última vez que aquí te burlas. Hasta aquí hemos llegado. O no, todavía no.

Quiero decirte una última cosa, necesito decirte esto: igual que tú, cabrón. Cuando me fui, me fui como tú te fuiste luego. ¿O no estás también viviendo aquí?

Puedes disfrazarlo como quieras, pero estás aquí y por lo mismo. Por lo mismo que tu abuelo hizo lo que hizo y por lo mismo que yo hice lo que hice.

Aunque igual y sí haya diferencias, Emiliano. Nosotros sí tuvimos huevos. Nosotros sí quemamos todo. Y es que no puedes marcharte sin haber quemado cada nave.

Porque no puedes estar en otro sitio como tú estás aquí. Si no lo quemas todo, siempre seguirás esperando algo. Y estarás entonces esperando nada más a irte de nuevo.

¿O no es eso lo que tú estás viviendo?

Así es tu familia, así es esta familia de la que tantas ganas tienes de escribir, de la que tantas ganas tienes tú de decir algo, para ver si así también, por fin, tienes los huevos de decir algo de ti, de entender algo de ti.

Exactamente, así lo creo. Y creo, además, que deberías de decirte también esto: entre nosotros, entre los Monge, para ser, hay que haberse antes marchado, hay que haberse ido de uno, hay que haber dejado todo. Y tú no te has ido de ti mismo ni has dejado todo.

Exactamente, eso es lo que pienso y eso es lo que siento. Que estás a punto otra vez de irte. Y que por eso estás aquí, que por eso estamos haciendo esto.

Así que sí, a ver si ahorita que me pare te sigues riendo. A ver si ahorita que me vaya, Emiliano, sigues nomás haciéndole al pendejo.

Índice

No contar todo de Emiliano Monge
se terminó de imprimir en septiembre de 2018
en los talleres de
Litográfica Ingramex, S.A. de C.V.
Centeno 162-1, Col. Granjas Esmeralda, C.P. 09810
Ciudad de México.